L'Odyssée des Ombres

Brice Milan

L'Odyssée des Ombres

Édition : BoD · Books on Demand GmbH, In de Tarpen 42,
22848 Norderstedt (Allemagne)
Impression : Libri Plureos GmbH, Friedensallee 273,
22763 Hamburg (Allemagne)

ISBN : 978-2-3225-3539-2

Dépôt légal : Décembre 2024

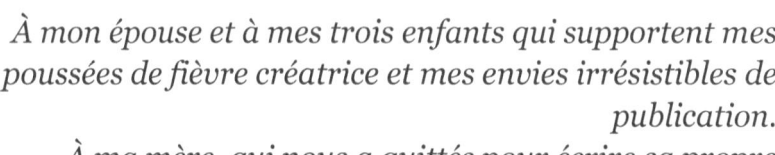

À mon épouse et à mes trois enfants qui supportent mes poussées de fièvre créatrice et mes envies irrésistibles de publication.
À ma mère, qui nous a quittés pour écrire sa propre histoire.

LISTE DES PRINCIPAUX PERSONNAGES

Azaam : Grand Médicateur de l'Ordre de Chaam

Gaalmon : membre de l'Ordre de Chaam

Hamilcar : Membre de la guilde des sorciers de Zamgar

Kumbal : commandant en chef de la flotte royale

Sigbert de Clérant : Chevalier du guet

Tian : voleur claudiquant

Tongar : canaille des bas-quartiers

Yalstar : despote sanguinaire du royaume de Drusse

Zadia : commandante chargée de défendre l'archipel de Bellisar

Zé-gib : nomade du désert de Sin-Sinaïl

1. Moitié mort

— À mort ! Pendez-le !

Dans les ruelles bondées, les gens hurlent sur son passage avec une animosité croissante. Certains lui crachent dessus avec mépris, d'autres lui jettent des fruits pourris. Attaché par les poignets au moyen d'une chaîne rouillée, une foule haineuse l'entraîne en hurlant sa colère, à défaut de l'acclamer.

— Sacrilège ! Tuez-le !

Les habitants de la cité de Lagos, comptoir situé au sud de la mer des Sarcasses, manifestent légitimement leur désir de vengeance, car il n'aurait pas dû voler un peu de poussière d'Alun. La colère disproportionnée de la population locale s'explique par le caractère sacré de cette précieuse substance. Malheureusement, il n'a rencontré aucune difficulté à s'introduire dans le temple d'Amkat pour dérober la relique.

La chaleur et les cris l'agressent presque autant que les coups qui pleuvent. Il peine à rester debout en suivant la cadence infernale qu'on lui impose. La jeunesse ne suffit pas ! Sa jambe droite le fait de plus en plus souffrir. Depuis l'enfance et un stupide accident, il est affligé d'un boitement. En d'autres circonstances, ce handicap attendrirait les badauds, certains allant jusqu'à lui donner la pièce. Comme pour confirmer son propos, il trébuche et s'affale de tout son long sur les pavés glissants. Des rires moqueurs résonnent de toutes parts, auxquels des insultes viennent se mêler. Un coup de pied dans les côtes l'oblige à se relever, le souffle coupé. Le calvaire se poursuit en claudiquant. Des groupes d'enfants se joignent aux manifestants, ravis d'assister à un spectacle gratuit. Une gamine, pas plus âgée que trois ans, perchée sur les épaules de son père, applaudit en riant, visiblement fascinée.

Il ne cherche plus le réconfort dans son propre regard. Les murs blancs de la cité, baignés de soleil, réfléchissent son visage défiguré par l'effort. Dans une venelle, il aperçoit des filles court-vêtues qui font commerce de leur chair. Une jolie brune à la mine pensive lui fait un signe encourageant, mais aussitôt, un de ses bourreaux le frappe traîtreusement dans le dos. Lagos la blanche ! Lagos l'accueillante ! Il aurait dû réfléchir à deux fois avant de venir tenter sa chance ici. Au même moment, une lavandière déverse sur son passage les eaux usées de sa lessive. Il empeste, mais l'odeur n'est pas le pire des châtiments. Les lois de la cité sont impitoyables : un voleur surpris la main dans le sac aura celle-ci tranchée. Son infirmité, conjuguée à un physique ingrat, ne s'accommodera pas de perdre un membre. Il finira dans la mendicité, selon les prévisions de sa chère mère. Seulement voilà, voler de la poussière d'Alun est passible de la peine capitale : la pendaison immédiate, sans autre forme de procès. C'est pourquoi les habitants s'en donnent à cœur joie ; ils ne font qu'appliquer la sentence.

Jeter un regard furtif sur le ciel si bleu. Ne pas penser mourir par une si belle journée. Malgré une température difficilement supportable pour un fils des régions polaires, la douceur du climat, combinée aux eaux turquoise du lagon, inciterait n'importe quel visiteur à s'attarder. Dans son cas, il s'apprête à y séjourner éternellement, couché six pieds sous terre. Une seconde fois, un instant d'inattention entraîne sa chute. Les quolibets se mêlent toujours plus aux éclats de rires, indifférents à sa souffrance. Les genoux écorchés, des hématomes sur tout le corps à cause des coups généreusement distribués par les passants, font de lui un martyre.

Une volée de marches en pierre s'élève vers une place où la populace attend le clou du spectacle. Au centre, se dresse sur un échafaud une potence, gardienne sinistre des lieux. Certains badauds, amassés sur les gradins disposés pour l'occasion, se lèvent avec enthousiasme pour saluer son arrivée. D'autres applaudissent en beuglant des insanités. La foule l'oppresse, mais il n'arrive pas à s'extraire de la gangue humaine, de ces bras qui le molestent. Pour bien faire, il lui faudrait le silence et la concentration...

On le traîne aux pieds d'un homme de forte stature, les bras croisés, la mine austère. D'après son uniforme, il occupe un poste important dans la cité.

Il lève un bras pour imposer le calme et attend stoïquement que la rumeur cesse. Les habitants de Lagos semblent lui accorder une grande importance, car bientôt, la place entière résonne d'un silence assourdissant. Seuls quelques pigeons stupides osent déranger le recueillement de ses détracteurs.

— Tu as tenté de dérober un des biens les plus précieux de nos ancêtres. Tu t'es introduit sans autorisation dans un des temples d'Amkat. Par ce geste, tu scelles à jamais ton destin. La mort sera un bien piètre châtiment pour expier tes fautes !

Des cris de joie couvrent la voix de celui qui doit faire office de chef de la milice. Des femmes lancent des youyous joyeux, signe que les festivités à venir s'annoncent grandioses. Il aimerait se défendre, trouver des arguments pour prouver son innocence, mais hélas, mis à part le mensonge, il est incapable de nier les faits qui lui sont reprochés.

Pendant que son accusateur parlait, un des bourreaux qui précédait l'étrange cortège est monté sur l'estrade pour vérifier qu'un nœud coulant le cravatera efficacement. Il ressent déjà la morsure du chanvre autour de son cou.

— Écoutez-moi, braves gens ! s'exclame-t-il alors, dans une ultime tentative de sauver sa misérable existence. Je suis prêt à rembourser au centuple le prix de mon forfait.

Aussitôt, des rires fusent de toutes parts, et mêmes les nobles accoudés aux balcons des bâtiments cossus s'offusquent de son audace. Des femmes élégantes observent avec plus d'intérêt le prisonnier qui va être livré à la vindicte de la foule. Parmi ces galantes, une brune particulièrement séduisante attire son regard. S'il avait eu la possibilité de séjourner plus longtemps dans cette magnifique cité, il l'aurait peut-être rencontrée par hasard, au détour d'une ruelle embaumée.

— Chien ! Tu oses lever les yeux sur la femme du Chevalier du guet !

Une brute sans pitié, sans doute un des soldats de la garde rapprochée du fameux chevalier, lui balance un coup de pied dans les reins, tandis qu'il se tord de douleur. Son existence n'aura été qu'une longue agonie dans un monde impitoyable. Pourquoi a-t-il quitté les terres glacées très loin au nord ? Pourquoi l'élevage de poneys sauvages ne comblait-il pas ses ambitions ?

Pour toute réponse, des hordes de bambins surgissent et le criblent de cailloux, lui jetant à la face leur mépris. Il n'a rien à se reprocher : le mauvais œil est braqué sur lui depuis sa naissance !

— Moi, Sigbert de Clérant, officiant en tant que Chevalier du guet, je déclare solennellement que toi, le dénommé Tian, es coupable d'un des crimes les plus odieux de cette juridiction. Sans nul besoin de jugement, je confirme la sentence que tous les habitants ont prononcée à ton encontre : la mort par pendaison.

Agenouillé, face contre terre, il est livré à la vindicte des Lagosiens, satisfaits d'une exécution rapide. Des mains l'attrapent et le portent vers son trépas. Il ne voit plus les visages tordus par la haine qui agitent leurs poings serrés, il n'entend qu'un murmure presque inaudible, une mélodie que son cœur a toujours souhaitée. À cet instant, même si le monde entier se ligue contre sa pauvre personne, il sait qu'il rejoindra d'autres cieux plus cléments que ses vœux appellent depuis longtemps.

Sur l'échafaud, il domine la foule. Leur haine prend alors une autre tournure ; leur besoin de revanche lui saute aux yeux, le saisit au plus profond de sa conscience. S'il avait compris, avant de commettre son acte délictueux, la détresse de tous ces miséreux, il aurait renoncé à son projet de vol. Selon la tradition du pays, une fillette, tout de blanc vêtue, grimpe l'escalier qui mène à l'estrade. Le bouquet de fleurs blanches qu'elle dépose à ses pieds symbolise la pureté et le pardon qui l'attendent par-delà son enveloppe terrestre. Le second bourreau l'aide à grimper à l'échelle que le premier soutient. Les deux exécuteurs officiels sont masqués, mais leurs gestes, empreints de douceur, contrastent avec leur posture martiale. Il se dit que dans la vie de tous les jours, ce sont sans doute de bonnes personnes.

Un soupir de satisfaction retentit lorsqu'on lui attache la corde autour du cou. Le spectacle du pendu gigotant à la potence va bientôt débuter.

Pudiquement, des femmes au fond de la place baissent le regard, une main gantée posée sur leur front. Sans savoir comment, il arrive à distinguer leur robe en crinoline parmi les remous fluctuants de la foule. Le bourreau qui a vérifié le nœud coulant s'apprête à lui bander les yeux. Fièrement, il refuse. *« Tian, tu n'es qu'une canaille, un vaurien, mais tu mourras en héros ! »* Ce sont les mots de sa grand-mère avant son départ. Elle avait d'indéniables talents de conteuse, mais aussi de diseuse de bonne aventure. Sa prédiction, sur le pas de sa porte, va bientôt se réaliser. Confiant, il lève les yeux vers le ciel si bleu de cette matinée chaude et ensoleillée, essayant d'entendre une ultime fois les remous de la mer.

— As-tu une dernière volonté avant de payer pour ton crime ?

Décidément, le Sieur Sigbert de Clérant ne le laissera pas mourir tranquillement !

— La poussière sacrée d'Alun s'est envolée, loin de mes préoccupations, mais j'aurais quand même aimé sentir dans ma main sa douce présence une fois encore.

Le brouhaha qui s'ensuit confirme que sa demande ne fait pas l'unanimité. L'air contrarié du Chevalier du guet ne dément pas son impression. Néanmoins, il sait que la loi oblige à satisfaire toute demande « raisonnable » d'un condamné à mort.

Des ordres sont donnés pour envoyer chercher ladite substance exceptionnellement.

Tandis que les spectateurs scandent d'innombrables noms d'oiseaux, il cherche la paix intérieure, paupières closes. Étrange quête pour un mort en sursis... Pourquoi ne pas simplement crever sans demander son reste ? Mourir n'est qu'un passage vers une autre dimension. Tous les chamans des régions arctiques le diront. Durant sa courte existence, il aura tenté d'échapper à ces préceptes religieux, profondément ancrés dans sa région natale. À présent, une profonde sérénité envahit son être. Il a fallu qu'il soit pendu à un gibet pour que cela arrive ! Quelle ironie et quel gâchis...

Les deux bourreaux commencent à s'impatienter, d'autant que la foule devient de plus en plus agitée. Le Chevalier du guet a posté en faction plusieurs gardes devant l'escalier afin d'empêcher quiconque de monter. Bras levés, les citadins réclament l'exécution du condamné, furieux de patienter pour une requête qui offense leurs convictions intimes. L'inévitable se produit : les mouvements des manifestants bousculent les soldats, qui cèdent sous la pression. Aussitôt, une dizaine de personnes envahissent l'estrade en poussant des cris de fureur. Les deux exécuteurs, déjà peu motivés à prolonger la pendaison, sautent de l'estrade, puis s'enfuient. L'échelle bascule et Tian croyait ressentir une douleur qui s'apparenterait à une rupture ou une strangulation, mais à la place, il flotte dans un cocon irréel. L'espace envahi par des manifestants en colère a disparu. Indolent voyageur, il attend l'atterrissage sur une surface chaude et sableuse pour sombrer dans un sommeil réparateur.

Sigbert de Clérant n'en croit pas ses yeux, comme la foule qui demeure figée et muette. Le pendu a disparu aussi soudainement qu'une flamme soufflée par une rafale de vent. Peu à peu, un grondement enfle parmi les habitants qui réclament vengeance. Le Chevalier du guet sait déjà qu'il va devoir traquer le fugitif, car nul condamné ne peut se soustraire à une sentence de mort. Avant que le peuple de Lagos ne retourne sa colère contre le responsable légal, le noble bat prudemment en retraite pour se barricader avec sa garde dans son logis. Le soldat qui avait pour mission d'apporter une pincée de poudre d'Alun au pied de l'échafaud ne l'atteindra jamais, victime expiatoire de la cohue incontrôlable.

Si le tumulte n'avait atteint son paroxysme, un observateur attentif aurait noté que de la fumée s'échappe encore du nœud coulant, occupé quelques instants plus tôt par la tête du condamné.

2. La vague

Zadia scrute l'horizon, au sommet de la plus haute montagne de l'archipel de Bellisar. La journée est magnifique et le ballet incessant des oiseaux de mer au-dessus des îles, à la recherche de partenaires pour l'accouplement, annonce le début de la période de reproduction. Pour sa tournée d'inspection, la jeune femme a revêtu une tenue légère de combattante : une ample tunique complétée par des cuissardes, rehaussée par un plastron de cuir bouilli. Les membres âgés de l'Ordre de Chaam trouveraient certainement à redire, car ses choix vestimentaires heurtent régulièrement les plus conservateurs.

Haussant les épaules, Zadia effectue lentement un tour complet sur elle-même afin d'apercevoir toutes les directions de l'horizon maritime. Excepté les vaguelettes désordonnées, la mer moutonneuse s'étend à perte de vue sans révéler la moindre présence. Pourquoi, alors, son cœur se serre-t-il à l'idée d'un danger imminent ? Cheffe de la garde rapprochée du Grand Médicateur Azaam, poste envié qu'elle est la seule femme à occuper, Zadia sait ne pas avoir le droit à l'erreur. L'époque faste de la congrégation est révolue, quand la neutralité millénaire de l'Ordre de Chaam suffisait à imposer le respect aux autres peuples, et non pas à attirer la convoitise de seigneurs ambitieux.

Des mouettes criardes s'agitent dans le vent, comme pour se moquer des craintes de la première des guerrières. N'empêche, s'il fallait compter uniquement sur l'art de la méditation pour défendre l'archipel... Zadia s'entraîne aux maniements des armes chaque jour, imposant une discipline de fer aux soldats sous son commandement. L'un d'eux a payé sa désobéissance de sa vie après l'avoir défiée en combat singulier. Depuis, tous ses hommes mourraient pour elle s'il le fallait. Pourtant, même une cinquantaine de gardes entraînés ne feront pas le poids face à une invasion massive. Heureusement, le Grand Médicateur veille. La consommation d'herbes de Chaam, plante endémique de l'archipel, lui procure des facultés exceptionnelles, mises à profit pour protéger toutes les îles des appétits étrangers.

Zadia soupire en songeant qu'Azaam se fait vieux. Plus que son âge avancé, la maladie contre laquelle il se bat depuis plusieurs années n'augure pas d'un avenir radieux pour la secte. Ses pouvoirs occultes déclinent et certains de ses disciples s'opposent et se déchirent pour désigner son successeur. La communauté s'est établie voilà longtemps sur la plus grande des îles. Au fil du temps, ses membres ont bâti des édifices fortifiés, lieux de prières et de contemplation, d'enseignements et d'échanges. Impressionnées par leur piété et les immenses connaissances accumulées au cours des siècles, les autres civilisations les ont épargnés, respectant leur neutralité. Tous profitent de leur savoir pour envoyer des émissaires séjourner dans ce temple de la sagesse, afin de s'initier aux vertus de la plante de Chaam et tenter d'approcher la vérité sans jamais y parvenir.

Zadia s'accroupit, fatiguée de veiller sur un trésor de plus en plus convoité. Malgré son jeune âge, sa beauté et son intelligence, elle a sacrifié une partie de son existence à ces adeptes de la non-violence. Elle-même ne croit pas que les conflits peuvent se résoudre seulement avec des palabres, en fumant une pipe remplie d'herbes magiques. Seule parmi tous ces mâles pacifistes, à l'exception des gardes qu'elle a formés et recrutés sur les autres îles, sa vie lui laisserait un goût amer si le Grand Médicateur ne lui vouait une confiance aveugle. Ce vieil ami, qu'elle considère plus comme un père d'adoption, croit en sa parole. Il sait que sa protégée ne le trahira jamais.

Rejetant sa chevelure sombre en arrière, telle la crinière d'une jument fougueuse, Zadia se redresse vivement, fière de la considération dont elle bénéficie de la part d'Azaam. Elle frissonne en implorant les dieux qu'il ne meurt jamais. Que deviendra-t-elle le jour où le vieillard s'éteindra ? Aussitôt, elle regrette cette pensée égoïste. Sa petite personne n'a pas d'importance : la fraternité de l'Ordre de Chaam perdurera, même après la disparition de son membre le plus éminent. Cela seul compte. Une brise légère caresse son visage à la peau couverte de taches de rousseur, tandis qu'une lueur espiègle traverse ses yeux couleur noisette. Elle devrait être mariée, soumise à son époux, vouée à lui servir sa boisson préférée et à porter dans son ventre un enfant de son sang. Balivernes ! L'attachement, l'amour, sont des sentiments mièvres, synonymes de faiblesse. Aucun beau mâle bien bâti ne la détournera de sa mission : protéger l'homme qu'elle respecte le plus au monde.

Pour se rassurer, Zadia s'approche de son cheval qui broute paisiblement. Elle lui caresse tendrement l'encolure, enfouissant sa tête dans sa crinière. L'animal hennit pour manifester sa reconnaissance, frappant du sabot sur le sol en signe de contentement.

— Alderam, toi seul es mon unique amour !

Les mots prononcés sur le ton de la plaisanterie n'offusquent pas la brave bête. La main flatteuse de sa maîtresse sur sa croupe dissipe toute moquerie. Le lien qui unit la jeune cavalière à son destrier est sacré. Soufflant bruyamment par les naseaux, Alderam s'impatiente. Zadia sait qu'il voudrait dévaler la pente qui mène à l'immense plage, le long de laquelle il adore s'élancer dans un galop effréné.

Soudain, le cheval lève la tête, lançant des regards nerveux de droite et de gauche. La cheffe des gardes attrape alors ses rênes avant que l'équidé ne fasse un écart, prêt à s'enfuir.

— Calme-toi, Alderam. Qu'est-ce qui t'effraie ?

L'archipel n'héberge aucun prédateur terrestre, hormis l'homme. Parfois, des requins d'une taille imposante sont pris au piège dans la lagune et des pêcheurs s'unissent pour les capturer. Leurs ailerons restent un mets apprécié des autochtones. Quoi qu'il en soit, les eaux qui encerclent les îles renferment plus d'ennemis que la terre ferme.

Mue par son instinct, Zadia se retourne face au soleil qui perce les nuages. Pour se protéger des rayons naissants, elle se sert de ses mains et écarquille les yeux en tentant de décrypter les signes en provenance du large. Le calme règne toujours à l'horizon, pourtant les oiseaux dans le ciel ont disparu. La guerrière touche le pommeau de son épée afin de se rassurer. Personne ne se risquerait à franchir les barrières invisibles dressées par le Grand Médicateur. Depuis sa prise de commandement, les journées se sont déroulées en suivant une routine immuable. Après avoir terminé son inspection, elle rentre au fortin, poste avancé de l'archipel de Bellisar, puis prend une collation avec ses officiers. Ensuite, les entraînements commencent et se poursuivent toute la matinée. Lorsque le soleil est au zénith, la compagnie des gardes se restaure et s'abreuve. Parfois, en été, la chaleur devient écrasante, à tel point que Zadia autorise une sieste à l'ombre pour les plus méritants. La fin d'après-midi est consacrée aux manœuvres, une partie de sa troupe simulant des attaques du fort.

Non, elle s'inquiète sans raison. L'Ordre de Chaam n'a jamais subi de défaite, ne connaît pas la présence des envahisseurs. Ces îles sont paradisiaques ; elles respirent la plénitude. Qui pourrait vouloir troubler cet ordre immuable ? Son cheval s'agite toujours, aussi Zadia le laisse agir à sa guise. Souvent, pendant qu'elle reste allongée dans l'herbe fraîche, Alderam, débarrassé de sa selle, part se promener. Elle l'imagine à la poursuite de juments pour saillir. L'idée de son étalon qui s'adonne aux plaisirs de la reproduction la trouble. Chaque fois, une onde de désir l'envahit, puis déclenche des sensations agréables dans sa chair. Entre ses jambes, son intimité manifeste du plaisir, qu'elle s'empresse d'assouvir avec sa main.

Ses pensées à nouveau focalisées sur les flots, Zadia s'abîme les yeux pour repérer le moindre mouvement suspect. À force de scruter fixement l'horizon, des larmes s'échappent de ses paupières, qu'elle essuie d'un revers de la main. Lassée, elle s'apprête à redescendre la montagne, lorsqu'un grondement lointain l'interpelle. En provenance du sud, une rumeur inhabituelle approche. Ainsi, son fidèle compagnon avait bien perçu quelque chose. Cette fois-ci, un frémissement de l'horizon accompagne le grondement qui enfle. Sans aucun doute, une déferlante se dirige vers l'archipel. Ce n'est pas la première fois qu'un raz-de-marée prend leurs rivages pour cible. Immanquablement, le

Grand Médicateur sait comment y faire face. Ses capacités hors norme lui permettent d'appréhender tous les phénomènes naturels dangereux. Zadia est consciente que le plus raisonnable serait de partir le rejoindre, bien que l'homme sage doive déjà être averti du danger qui se présente. Toutefois, une force plus grande encore lui intime de rester. Au loin, une barre liquide s'étire et un rouleau implacable se dirige vers leur sanctuaire à la vitesse d'un cheval au galop.

Indécise pour une fois, Zadia hésite, certaine que quelque chose lui échappe. Le phénomène connu dans cette région semble gagner en ampleur au fur et à mesure qu'il progresse. Une vague de plusieurs dizaines de mètres de hauteur s'apprête à engloutir l'archipel. Fascinée, la jeune femme oublie ses devoirs. Elle sait que la menace se brisera sur les défenses immatérielles de leur mentor, que comme les fois précédentes, la sécurité sera préservée. Pourtant, une angoisse sourde naît au creux de son estomac, une sensation inhabituelle. Tous ces signaux d'alerte devraient l'inciter à dévaler la pente de son observatoire, mais une curiosité malsaine retient son attention. Le rouleau monstrueux accélère sa cadence, tandis qu'il avance dans leur direction. Cette particularité interpelle Zadia, car elle ne s'est jamais produite auparavant. Fascination morbide ou inexplicable attraction, le bouleversement marin semble hors de contrôle. Elle réagit enfin, lorsque le cor d'alarme retentit en provenance des remparts du fort : ses soldats appellent à l'aide, terrorisés par une menace imprévisible. Son devoir serait d'être présente à leurs côtés, pour les rassurer. Elle doit les rejoindre au plus vite !

Au même moment, un hurlement inhumain couvre le grondement du raz-de-marée. Zadia aperçoit alors une créature aquatique qui domine les flots de toute sa hauteur et s'agite frénétiquement. Le Kraken ! C'est impossible que ce monstre marin, cette abomination redoutée par tous les marins depuis l'Antiquité, resurgisse précisément en face de leurs rivages. Poussant les rouleaux furieux devant lui tel un tapis persan, l'animal légendaire combine sa puissance avec celles des vagues démesurées. L'union de la bête et des éléments ! Zadia comprend à cet instant que l'attaque est coordonnée par la volonté humaine et ne résulte pas seulement du hasard. Heurtant un bouclier invisible, la charge liquide se brise en des milliers de fragments d'écumes, tandis que le Kraken cogne de toutes ses forces contre la protection magique. Des fissures apparaissent à l'emplacement des coups portés, semblables aux lézardes naissantes sur un lac gelé. Inopportunément, Zadia se remémore un court instant son enfance dans les régions septentrionales, avant que la créature ne s'acharne avec plus de détermination. Un test ! Tout cela n'a pour but que de mettre à l'épreuve leurs défenses. Cette conclusion lui traverse l'esprit comme un éclair dans un ciel d'orage.

— Commandante, les hommes vous réclament !

Revenant à la réalité, Zadia dévisage son plus jeune lieutenant en sueur, qui a chevauché à bride abattue pour la rejoindre. Elle réalise que son absence fait courir un grave danger à la garnison, car dans l'affolement, ses soldats pourraient vouloir abandonner leur poste. Il est plus que temps de reprendre la place qui lui échoit. Sans daigner répondre, elle attrape le cavalier et tire de toutes ses forces de manière à ce qu'il vide les étriers, puis saute souplement sur le dos de la monture. Dévisageant son officier médusé à terre, elle hurle au vent avant de s'élancer au galop :

— J'arrive, noble Azaam ! La garde veille et ne se rend pas.

3.   Au royaume de Drusse

Les courtisans sont des porcs et ceux de la cour du roi Yalstar n'échappent pas à la règle. Les orgies succèdent aux orgies pendant toute la période des festivités du centenaire du règne. Le palais de la ville d'Astrebal retentit des rires et des cris de plaisir des convives. La salle des fêtes brille de mille feux, tandis que les couples enlacés se contorsionnent comme des boas constricteurs. L'immense pièce accueille régulièrement des centaines d'invités, venus des quatre coins du royaume de Drusse. Jadis, cette peuplade inoffensive élevait des moutons, jusqu'au jour où un des bergers, Yamorf, décida d'agrandir son cheptel. Par des alliances subtiles avec d'autres tribus, épousant les filles de leurs chefs, il conquit en quelques années un territoire aussi vaste que la mer des Sarcasses. Ses descendants ont poursuivi son œuvre jusqu'à ce que les frontières rencontrent la mer ou des montagnes.

Yalstar n'est pas que le lointain parent de Yamorf ; ses ambitions de conquérant restent démesurées. Il aspire à dépasser en notoriété son illustre ancêtre. Pour le moment, il s'exhibe nu sur son trône d'or, chevauchant une esclave lascive à la peau mate, sa poitrine velue recouverte de poils dorés. On raconte que la blondeur de sa pilosité a inspiré son nom à ses géniteurs. En effet, dans la langue de Drusse, celui-ci signifie *Pluie d'étoiles dorées*.

— Gloire à notre illustre suzerain ! entonnent en chœur des nobles libidineux.

À regret, le roi interrompt son coït, contraint de saluer la foule obséquieuse qui l'acclame. Pour honorer Sa Majesté, des officiers serviles tranchent la gorge de prisonniers arrachés aux quatre coins du Royaume. On chante, on danse, parmi les dépouilles ensanglantées : la semence se mêle au sang dans une atmosphère de débauche générale. Le plafond voûté, décoré de fresques obscènes, se fait écho des hurlements d'esclaves sacrifiés, auxquels se joignent les applaudissements des fêtards. Les agapes se poursuivent tard dans la nuit, jusqu'à la mort de tous ceux qui ont le malheur d'être asservis par les armées du roi-sorcier.

Au matin, le débauché a vomi plusieurs fois pour continuer la beuverie. Lassé par ses partenaires sexuelles, il ordonne à sa garde de congédier tous les pisse-vinaigres qui encombrent sa demeure. Malgré leur gueule de bois, les invités comprennent rapidement qu'ils ne sont plus les bienvenus. Yalstar a la réputation d'aimer faire couler le sang, ne se privant pas de tuer de ses propres mains les indésirables. Monarque cruel, il règne par la terreur, comme nombre de ses prédécesseurs. La crainte qu'il inspire maintient la cohésion parmi ses vassaux.

Sans sa poigne impitoyable, le Royaume sombrerait dans le chaos.

— Seigneur Orhan, vous n'approuvez pas mes orgies ?

Obligé d'assister à ce spectacle dégradant, le vieux noble serre les dents pour masquer son mépris. Issu d'une ancienne famille qui a toujours soutenu l'héritier au trône de Drusse, il déteste ce rejeton vautré dans le stupre, au lieu d'être occupé à étendre son emprise sur le monde.

— Votre Altesse sait que je n'approuve pas les dépenses excessives. Longtemps en charge de la gestion de vos finances, mon cerveau ne peut s'empêcher de calculer les moyens d'enrichir la couronne, à la seule fin de financer de nouvelles invasions.

Yalstar se redresse péniblement, puis, d'une démarche lourde, se dirige vers son plus ancien vassal. Des serviteurs appelés à la rescousse soutiennent ses pas hésitants, alors qu'il enjambe péniblement des cadavres déjà putréfiés. Parvenu à hauteur du baron désobligeant, l'homme qui dirige d'une main de fer le pays s'approche, de manière à ce que son haleine pestilentielle indispose le patriarche.

— Vous ne m'avez jamais aimé, n'est-ce pas ? Votre honneur est incapable de s'accommoder de ma présence.

La pause qu'il ménage volontairement ne surprend pas le baron Orhan, coutumier des provocations de son roi. Désormais, plus rien ne l'émeut, ayant vécu tellement longtemps à ses côtés.

— Pourtant, poursuit le monarque d'une voix insidieuse, j'ai ouï dire que votre affection déraisonnable pour votre fille aînée, Flamina, que l'on dit d'une beauté remarquable, vous tourmente au point de vouloir partager sa couche.

Sous l'affront, le visage du vieillard prend un ton cramoisi. Perdant son sang-froid légendaire, il dégaine sa dague, pointant la lame contre le cœur de celui qui l'a offensé. Le visage tordu par la haine, le baron hésite à transpercer la poitrine de son vis-à-vis.

— C'est bien ce que je pensais : vous n'êtes qu'un lâche, uniquement capable de vous accoupler avec votre propre descendance !

Avant que le bras tremblant du noble n'exécute le geste fatal, le roi Yalstar saisit la lame entre ses doigts et retourne brutalement l'arme contre son agresseur. Du sang s'échappe à gros bouillons de la gorge de sa victime, sans espoir d'arrêter l'hémorragie. Râlant, celle-ci s'affale en suffoquant, les yeux exorbités. Parmi les témoins, personne n'ose intervenir pour porter assistance au malheureux. Son agonie se prolonge longtemps, à la satisfaction évidente de son assassin. Enfin, s'agitant pathétiquement en un dernier soubresaut, le baron Orhan cesse de vivre.

— Débarrassez-moi de ce cadavre qui m'encombre ! ordonne son tortionnaire d'un air offusqué. Ainsi périssent tous ceux qui osent s'en prendre à ma personne. Le chef de la garde ira arrêter sa femme et sa fille. Elles me serviront d'amuse-gueules ce soir, préludes à des ribaudes plus expertes.

Les courtisans ayant assisté à la scène baissent la tête en signe de soumission, conscients de pouvoir figurer sur la liste des prochains martyrs. Rassasié, le souverain sort prendre l'air sur le balcon surplombant la mer. Un vent chaud, chargé des sables du désert de Sin-Sinaïl, apporte les senteurs poivrées des marchés le long du port. Dans le lointain, tel un gardien protecteur, le phare de la citadelle veille sur l'immensité bleutée. Des navires transportant des denrées rares accostent sans cesse, symbole de l'économie florissante du pays de Drusse.

Le roi Yalstar apprécie cette activité incessante, mais il voudrait que sa flotte règne sans conteste sur la mer des Sarcasses. Il sait qu'un chapelet d'îles échappe à son contrôle, une poussière de terres qui s'oppose à son hégémonie maritime. La neutralité insolente dont jouit l'archipel de Bellisar ne durera pas éternellement. Bientôt, les protections magiques qui entourent les îles seront réduites à néant. Le temps travaille pour lui ; l'usure des ans affaiblit à chaque instant davantage le Grand Médicateur. L'Ordre de Chaam, ce ramassis de pacifistes, s'effondrera de lui-même, sous l'effet de sa propre suffisance. Le ver est dans le fruit, il n'y a plus qu'à attendre que la pourriture achève son travail.

— Votre Seigneurie, le visiteur que vous attendiez est arrivé.

Le garde qui annonce le premier rendez-vous de la journée n'a visiblement pas compris que son souverain n'aime pas être dérangé lorsqu'il contemple l'œuvre de sa vie. En soupirant, il quitte son observatoire privilégié et se dirige à regret vers son trône. Un guéridon en bois précieux a été apporté à la hâte, sur lequel ses larbins ont disposé un plateau de victuailles. Le roi attrape une poignée de dattes, qu'il déguste lentement. Son embonpoint alimente les conversations autour des étals. Certains baladins imprudents adorent se moquer de sa disgrâce. Yalstar les fait emprisonner systématiquement, tout comme il condamne à des peines lourdes de galères les inconscients qui font circuler les plus folles rumeurs à son sujet.

L'ordre et l'obéissance forment les piliers sur lesquels repose son pouvoir, particulièrement lorsque les peuplades hétéroclites de son royaume n'aspirent qu'à envahir les territoires mitoyens. La discipline de la population augure de celle de son armée. Le temps viendra où ses bataillons envahiront les contrées sauvages de l'extrême nord. Des richesses incommensurables sommeillent sous la glace depuis des siècles. Yalstar le Conquérant sera le premier à les réveiller. L'arrivée inopportune de son interlocuteur interrompt ses rêves de grandeur.

— Maître, votre sorcier dévoué attend vos ordres.

Membre de la guilde des sorciers de Zamgar, le despote salue distraitement le plus puissant d'entre eux, debout devant lui, imperturbable. Tout observateur de la cour noterait le contraste saisissant entre les deux personnalités : l'une, silhouette replète à l'allure suffisante ; l'autre, longiligne, le corps enveloppé d'une ample cape sombre et le visage aux traits aquilins encapuchonné, dissimulant le rictus mauvais dessiné par sa bouche. Seules quelques flammes timides, pâles lueurs des bougies demeurées allumées, osent se mêler aux ombres mouvantes et danser faiblement sur ses joues marquées aux pommettes saillantes. Le mage répond à son suzerain en s'inclinant solennellement. Tous ses gestes semblent empreints de grâce, mélange de noblesse et de maîtrise.

— Votre Altesse me fait trop d'honneur de me recevoir si tôt dans la matinée, déclare-t-il d'un ton mielleux, presque suave. Si j'avais su que la fête se prolongerait toute la nuit durant, j'aurais demandé audience un autre jour.

— Hamilcar, incorrigible flagorneur ! s'exclame Yalstar. Je sais pertinemment que tu ne penses pas un mot de tes regrets. Arrête ton numéro et passons aux choses sérieuses : le but de ta venue.

Le sorcier ne se donne pas la peine de feindre la surprise. Il connaît parfaitement les réactions de celui qui règne sur le royaume de Drusse. Bien qu'il n'aime pas l'homme, il n'ignore pas son pouvoir de nuisance.

— Seigneur, j'apporte des nouvelles formidables qui justifieront de vous avoir dérangé. La stratégie adoptée à l'encontre de...

Il s'interrompt lorsque plusieurs servantes, munies de longues plumes d'autruches, s'avancent pour éventer leur souverain. Furieux, celui-ci les congédie d'un geste agacé. Les jeunes femmes font demi-tour en accélérant le pas, effrayées par le changement d'humeur du roi.

— Je disais donc que notre dernière attaque contre l'archipel de Bellisar a porté ses fruits...

— Enfin, nous allons percer leurs défenses magiques ! exulte le tyran, incapable de contenir sa joie.

Hamilcar ôte alors sa capuche, comme pour se donner le temps de réfléchir. Son crâne chauve luit sous les flammes mourantes des bougies qui finissent de se consumer. Son visage, couvert de cicatrices, contraste avec un physique avenant, quoique sec et dur. Comme s'il ressentait de la honte à s'exhiber, le mage enfonce de nouveau sa tête dans la protection de sa capuche.

— Le test que vous avez ordonné a démontré que leur résistance s'affaiblit. Bientôt, vos troupes débarqueront sur les rivages paradisiaques de ces îles.

— Et nous les anéantirons tous ! déclare Yalstar d'un ton péremptoire, adoptant une posture jubilatoire.

Hamilcar sait que celui qu'il sert est obsédé par l'extermination de l'Ordre de Chaam. Pourtant, nombre de peuplades respectent les moines pacifiques. Quel secret se dissimule derrière l'expression satisfaite du monarque ?

— Même si les défenses côtières tombent, Azaam, le Grand Médicateur, se dressera face aux envahisseurs...

Un regard mauvais s'allume au fond des yeux plissés de Yalstar. Le sourire, qui ressemble au baiser du fauve, ne laisse rien présager de bon :

— Alors, nous nous occuperons de son cas...

4.   L'ombre du chaos

Assise dans l'antichambre de la grande cellule qui sert de bureau à Azaam, Zadia s'impatiente. Depuis son arrivée, avant l'aube, le ballet des soigneurs et des domestiques n'a cessé. Elle s'est tout d'abord inquiétée pour la santé du Grand Médicateur, souhaitant que la dernière attaque contre l'Ordre de Chaam ne l'ait pas vidé de ses forces. Le vieux Jaam s'est montré rassurant lorsqu'elle s'est permise de le questionner à son passage. Le maître-guérisseur a simplement mentionné que le plus sage d'entre tous avait besoin de repos.

Zadia ne peut s'empêcher de revivre les événements récents, cette attaque orchestrée par les ennemis de l'Ordre. Après avoir rejoint le fort, elle a assisté avec ses soldats, médusés, au déferlement de violence du Kraken. La barrière infranchissable a montré des faiblesses, se fissurant par endroits. Par précaution, les armes de traits ont été positionnées, prêtes à catapulter des projectiles divers sur le monstre des eaux. Fort heureusement, cela n'a pas été nécessaire. La protection magique s'est enroulée comme un lien invisible autour du Kraken, le broyant et l'aspirant progressivement. Ceux qui ont perpétré cette attaque se sont alliés avec les forces ténébreuses, de redoutables magiciens qui ne reculent devant aucun sortilège pour parvenir à leurs fins, même ceux interdits.

La jeune femme passe une main dans sa chevelure ruisselante comme les eaux sombres d'une cascade. Les premiers rayons du soleil coïncident avec les reflets qui ornent ses pupilles. Surprise par les lueurs vives, Zadia plisse les paupières, enfouissant sa tête dans ses mains pour se protéger. Le sommeil fuit les âmes tourmentées : la guerrière sait que les défenses de leur refuge ne tiendront pas face à une nouvelle attaque d'envergure. Au même moment, maître Jaam sort du bureau du Grand Médicateur :

— Il vous attend, mon enfant. Ménagez-le, évitez de trop le fatiguer...

À l'intérieur de la pièce, règne un clair-obscur énigmatique. Les parfums d'encens se mêlent à celui de l'herbe de Chaam. Zadia n'a jamais consommé aucune substance qui pourrait altérer son jugement. Elle préfère conserver l'esprit intact, et se fonder sur la raison plutôt que l'imagination. Immobile dans l'encadrement de porte, elle hésite à pénétrer dans l'antre de son mentor.

— N'aie pas peur, Zadia. Approche de ton vieil ami.

Allongé sur une couche garnie de paille, Azaam tend faiblement la main. Son allure implorante a raison des dernières réticences de la visiteuse. Les murs de la pièce austère sont couverts d'étagères, remplies de grimoires et de manuscrits. Le savoir accumulé au cours des siècles par les dirigeants de l'Ordre de Chaam trouve refuge parmi ces pages. Zadia ne peut s'empêcher de caresser la couverture d'un livre posé sur la grande table jonchée de parchemins.

— Tu as toujours aimé *L'Odyssée des Ombres*. Cette épopée raconte les aventures d'un fidèle serviteur, prêt à donner sa vie pour trouver le remède qui guérira son maître.

Emportée par une quinte de toux, la voix du vieillard s'interrompt brusquement, tandis que Zadia s'empresse de lui tendre un verre d'eau. Le liquide frais apaise momentanément l'irritation de sa gorge.

— Vous devenez chaque jour plus faible, murmure tristement la jeune femme. Bientôt, nous ne pourrons plus compter sur votre pouvoir pour tenir à distance les adversaires de l'Ordre.

Effrayée par son audace, Zadia plaque sa main sur sa bouche. Elle s'en veut d'avoir osé juger celui dont les ressources inépuisables n'ont de cesse d'impressionner ses adeptes.

Péniblement, l'homme décharné se met sur son séant. Son visage exprime la bonté et ses yeux aux couleurs délavées pétillent d'intelligence. Il n'a jamais eu la beauté insolente de certains métis en provenance de la ville de Lagos, ni la musculature imposante des nordiques. Pourtant, un éclat intense s'échappe de son regard et envoûte les personnes en sa présence.

Succombant à cette attirance mystérieuse, Zadia s'installe à son chevet pour prendre sa main dans la sienne. Elle est la seule à s'accorder un geste aussi familier. Après tout, cet homme ne l'a-t-il pas élevée comme un père ?

— Je suis content de te retrouver après la dernière attaque perpétrée. Résister à cette tentative de percer nos défenses a nécessité que je mobilise toute mon énergie, une concentration absolue et une consommation excessive d'herbe de Chaam. J'ai mis trop longtemps à récupérer mes facultés, laissant l'archipel vulnérable.

Son silence après ses aveux en dit plus qu'un long discours. Zadia comprend que le temps des changements s'annonce.

— Pourquoi m'avoir convoquée ? Qu'attendez-vous de moi ?

Le Vénérable ne répond pas immédiatement. Un air las le saisit tout à coup, et, comme pris de remords, il ferme les yeux, puis croise les bras sur sa poitrine. Croyant une séance de méditation à l'œuvre, la cheffe des gardes se lève, résignée à le laisser tranquille, mais Azaam lui agrippe le bras, ses yeux rougeoyant dans la pénombre.

— J'ai fait un rêve. Un jeune homme m'est apparu lors d'un songe. Il garantira l'avenir de l'Ordre, ou au contraire, précipitera sa chute !

Intriguée, Zadia s'arrache à la poigne de l'être qui n'a prononcé aucune parole. Pourtant, elle a clairement perçu les propos de son mentor.

— Qui est cette personne dont vous parlez ? Sauriez-vous l'identifier ?

Fatigué, le Grand Médicateur s'allonge à nouveau sur sa couche, les bras repliés contre son torse. Un visiteur de passage pourrait croire qu'il est assoupi, épuisé par l'effort d'une prophétie, mais Zadia connaît parfaitement Azaam. Elle sait qu'il cherche à gagner du temps afin de trouver une réponse à ses questions.

La patience n'est pas son point fort, aussi la guerrière reste maître de soi pour ne pas hurler que la menace s'intensifie, que bientôt, ses soldats seront submergés par les assaillants. Elle souhaiterait que d'autres membres de l'Ordre de Chaam acceptent de partager le poids de la survie. Pour autant, depuis toutes ces années, les adeptes se vouent corps et âme à la pratique de la non-violence, avec pour principes de masquer toute velléité et de museler leurs instincts les plus primaires.

— Ma perle des îles, mon unique enfant, il n'y a que toi qui peux trouver ce garçon. Vos différences ne seront qu'apparence. Vous convergerez vers des causes communes dès lors que vos vies seront menacées...

Dans un souffle rauque, le vieil ermite s'est exprimé. Ses paroles demeurent mystérieuses aux yeux du profane. Sa respiration apaisée indique que cette fois-ci, il s'est vraiment endormi. Frustrée, Zadia aurait souhaité en apprendre davantage sur la voie à suivre, afin de retrouver celui qui semble – aux dire du maître ! – détenir la destinée de l'Ordre. Respectueuse du repos du grand homme, elle se retire sans faire de bruit pour ne pas le déranger. Après cet entretien, nombre de questions sans réponse l'assaillent. Où est le chemin vers la vérité ? Elle ne l'a jamais su ! Néanmoins, trouver l'individu évoqué la rapprochera de son but : œuvrer pour la survie de l'Ordre, s'assurer de la sécurité des îles et de sa population.

— Il est de notre devoir de songer à organiser sa succession ! déclare Gaalmon d'un ton péremptoire.

Parmi les membres influents de l'Ordre de Chaam, une partie s'insurge contre les propos jugés blasphématoires d'un des plus fidèles adeptes. La salle des Félicités Intenses, dont le plafond monumental semble suspendu, accueille la réunion du Conseil des sages à l'initiative de Gaalmon. Debout face à l'immense table susceptible d'accueillir une centaine de convives, le tribun fait face à ses détracteurs.

— De quel droit oses-tu l'évoquer ? s'insurge Nathaan. Azaam est encore en capacité de décider s'il doit remettre sa charge de Grand Médicateur à l'un d'entre nous.

Habituellement, parmi les plus modérés, le trésorier honorifique de l'Ordre n'a pu contenir sa colère. Il sait pertinemment que l'état de santé périclitant de leur guide suprême ouvre la porte à toutes les spéculations. Une partie de l'assistance se range à son avis, et manifeste en frappant du poing sur le plateau en bois massif de la table. La rumeur enfle, démultipliée en se répercutant contre les murs de l'immense pièce.

— Silence ! ordonne le plus ancien confrère, Matusaam, d'une voix chevrotante. Avez-vous oublié les principes de notre congrégation ? La non-violence et la recherche d'un compromis sont les deux piliers de notre Ordre.

À nouveau, des murmures font écho à son intervention. « La maladie d'Azaam a fait naître parmi nous des dissensions, au point d'exacerber les ambitions de certains », soupire Nathaan pour lui-même. Depuis trop longtemps, le Grand Médicateur n'a pas siégé en salle de conseil ; sa présence suffit à apaiser les tensions. Seuls quelques privilégiés ont la chance de le rencontrer. Le visage de Zadia lui apparaît spontanément et il ressent une pointe de jalousie. Bien qu'elle soit la pupille de leur maître, la cheffe des gardes fait beaucoup d'envieux. Les disciples les plus conservateurs regrettent même qu'une femme bénéficie d'une telle faveur.

— Mes amis, mes frères ! s'exclame Gaalmon. Je comprends que l'évocation d'une telle perspective vous trouble, mais l'Ordre de Chaam doit veiller à sa survie si son plus prestigieux représentant venait à disparaître.

À ce mot prononcé, un concert de désapprobations couvre la voix de stentor. Écœurés par la tournure des événements, des membres éminents quittent la salle, dont Matusaam. Dépité, le vieillard hausse les épaules, incapable d'entendre de pareilles inepties. L'essence de l'Ordre, subtil mélange de paix et de concorde, s'étiole. La consommation d'herbe de Chaam ne suffit plus à calmer les esprits. Des forces obscures sont en marche, avec l'objectif de briser le pacte initial de la fratrie.

Les frères les plus jeunes ne quittent pas la grande salle et se regroupent autour de Gaalmon, pour initier une communion. À l'écart, Nathaan sait que ses conseils ne seraient pas écoutés, que ses prêches ne rencontreraient nul écho parmi cette génération. Ces membres ont soif de renouveau, d'un meneur fort et visible, d'un homme jeune, en pleine forme physique, et non pas d'un vieillard au crépuscule de sa vie. Plutôt que d'assister à un adoubement qu'il désapprouve, Nathaan sort précipitamment du lieu où la flamme de l'Ordre de Chaam vacille, au risque de précipiter l'archipel de Bellisar dans le chaos.

Il doit à tout prix s'entretenir avec Azaam... Zadia. Elle est la clé ! Elle l'aidera à approcher le saint homme, à le convaincre que la rébellion prend racine au cœur même de sa communauté. Une lueur d'espoir traverse le regard morne du trésorier. Oui, Zadia prêtera attention à ses craintes. Femme et guerrière, sa beauté illumine depuis tellement longtemps ses années passées à faire les comptes, à additionner des chiffres austères, à oublier qu'il est lui-même un homme, fait de chair et de sang. Nathaan accélère le pas, pressé de trouver celle dont la fière silhouette fait battre plus vite son cœur dans sa poitrine et renaître un espoir fragile.

5.   Sin-Sinaïl

Allongé sur le sable brûlant, Tian essaie de rassembler ses esprits. Comment s'est-il retrouvé dans pareille situation ? Pourquoi la mort ne s'est-elle pas contentée de s'emparer de son existence sur l'échafaud ? Le soleil darde ses rayons impitoyables, réfléchis mille fois par les dunes luisantes. Un vent léger soulève la fine couche de sable qui s'insinue dans tous les orifices. Déjà asphyxié par la chaleur, le jeune homme peine à s'agenouiller en recrachant de petits grains sablonneux charriés par l'air étouffant. En scrutant les alentours, il découvre des paysages désertiques à perte de vue. Mourir déshydraté dans un environnement hostile, voilà donc sa récompense pour avoir échappé à la pendaison ?

Les lèvres craquelées, la langue râpeuse, Tian gratte frénétiquement le sable avec les mains, avec l'espoir de trouver un peu de fraîcheur en creusant en profondeur. Rapidement, il s'épuise, sans avoir découvert la moindre trace d'humidité. Le soleil brille encore haut dans le ciel. La journée ne fait que commencer. S'il reste immobile, sous l'astre en feu, il périra totalement desséché. Déjà éprouvé par son voyage inexplicable, le rescapé se force à se mettre debout. Péniblement, il enroule un morceau de tissu autour de son crâne, avec l'espoir illusoire d'éviter une insolation.

Peu importe la direction, les paysages semblent similaires : dunes mouvantes de sable doré. D'une certaine manière, le désert lui fait penser à une autre étendue, glacée. D'un blanc immaculé, les steppes gelées de son pays d'origine consument de froid le voyageur égaré. Dans ses gènes, la souffrance des grands espaces désertiques est inscrite, l'absence de vie lorsque les températures dépassent des seuils que même les animaux les plus robustes ne peuvent supporter.

Soif ! Il a tellement soif que son ventre risque d'exploser. Une nouvelle épreuve... sa vie est une succession d'épreuves. Pourquoi son destin devrait-il toujours s'inscrire en lettres de sang ? À nouveau, il repense à sa grand-mère qui l'aimait, bien que son bon à rien de petit-fils l'ait déçue. Il voudrait revenir en arrière, faire défiler les images du passé, rejouer ses années d'enfance, chérir la seule personne qui a pris soin de lui.

Tian s'efforce d'avancer, un pas après l'autre, claudiquant tant bien que mal, malgré le manque d'eau qui lui donne envie de hurler de rage et de dépit. Son corps a besoin de se réhysdrater. On peut survivre sans manger, mais pas sans boire. Une idée stupide lui traverse alors l'esprit : si seulement il pouvait absorber sa transpiration ! Toutes ces gouttes liquides qui perlent le long de sa peau, puis s'évaporent. Quel gâchis ! La température lui monte à la tête. Tant qu'à suggérer des inepties, pourquoi ne pas boire son urine ? Après tout, c'est un liquide disponible, du moins pour un temps. Il chasse ces idées bizarres et continue de progresser dans cette fournaise, traqué par un soleil impitoyable.

Grimper sur une haute dune, avec l'espoir d'apercevoir une oasis ou des habitations à l'horizon, relève de l'exploit dans sa situation. Tian termine en rampant telle une larve. Parvenu enfin au sommet, sa vision troublée ne devine rien d'autre que des formes sableuses et rousses, des ondulations poussiéreuses. Le désert de chaleur n'est pas plus accueillant que celui de glace. Enfant, déjà, il s'était aventuré seul dans l'infinie blancheur, avec pour unique complice la nuit polaire. Cet abandon, il le revit chaque jour depuis, incapable d'oublier ce traumatisme originel.

Est-ce la chaleur qui lui tape trop fort sur la tête ? Quel besoin de s'enfoncer encore plus dans le désespoir en revivant les images du passé ? Comme pour exorciser sa mémoire de ses souvenirs douloureux, Tian s'engage sur l'autre versant pentu de la dune. À bout de force, il trébuche et dévale le coteau friable. Sa chute ne s'arrêtera donc jamais ? À ce rythme-là, il atterrira sur les rivages du Styx si rien ne stoppe sa dégringolade. Enfin, il heurte brutalement quelque chose de plus dur que le sable. Un rocher ? Il se frotte le haut du crâne : sur le plat de sa main, une substance poisseuse adhère. Du sang ! Il ne manquait plus que ça. Les charognards – en admettant qu'une espèce animale arrive à survivre dans cet enfer – vont apprécier. Certains prédateurs repèrent l'odeur d'une blessure à des lieues à la ronde.

À moitié assommé, Tian se force à s'agenouiller. En levant la tête, il tombe nez à nez avec un corps oblongue et visqueux, dont la circonférence dépasse la taille d'un homme adulte, et la longueur, plusieurs fois celle d'un arbre millénaire. Un ver monstrueux ! La chose possède une sorte de bouche et des orifices latéraux qui ressemblent à des yeux. Fasciné et horrifié à la fois, Tian n'ose pas bouger. De toute manière, épuisé, il ne pourrait pas s'enfuir très loin. Sa découverte la plus étonnante, au point qu'il pense halluciner, se matérialise en la présence d'un être humain, chevauchant ce lombric géant. L'épuisement et la déshydratation ont raison de sa résistance : il sombre dans un évanouissement salutaire.

La tempête fait rage à l'extérieur et soulève des trombes violentes, fauchant les inconscients qui oseraient braver les assauts du Sin-Sinaïl. Le ciel et la terre se sont unis, engloutis dans un même décor apocalyptique. Les bourrasques se déchaînent, réclament sans pitié les gémissements de la toile.

Zé-gib écoute les plaintes de la Nature, qui se manifestent par les rugissements du désert. Les tentes solidement ancrées dans le sol plus propice de l'oasis, la tribu nomade a formé les cercles concentriques hérités de leurs ancêtres. Il remercie les dieux et les lombters pour les galeries creusées sous le sable ; celles-ci évitent aux siens d'être surpris pendant leur périple. Ces vers géants, domestiqués par son peuple voilà plusieurs décennies, constituent des moyens de transport efficaces. Voyageurs infatigables à l'abri des rayons mortels du soleil et des cataclysmes périodiques, ces montures indolentes ont tracé, à l'abri de la surface, un réseau labyrinthique de tunnels.

Zé-gib frémit en entendant craquer les montants en bois sur lesquels son abri provisoire est amarré. Ce n'est pas la première fois... ni la dernière. Par le passé, il affrontait en famille ces moments angoissants. Mais cette fois, à l'initiative du chef de la tribu, Ar-Zar, l'étranger ramassé au pied de la Dune-Hel repose sur une des nattes de son gite. « Tu as perdu ta femme et ton fils. Il est juste que tu t'en occupes, au moins le temps qu'il restera parmi nous. » Les paroles du sage parmi les Sages ne sont pas contestables. Zé-gib n'a pas eu le choix. Veuf et sans enfant depuis plusieurs lunaisons, son refus aurait signifié une provocation aux yeux des membres du Conseil des sages.

Par curiosité, il dévisage le prisonnier. Jeune, les traits plutôt agréables bien que marqués par l'insolation, il devine chez lui des crispations dans tous ses membres. Les chasseurs qui l'ont ramené s'extasiaient de sa résistance. D'après les plus braves guerriers, ils l'auraient trouvé agonisant que cela n'aurait surpris personne. Une observation plus attentive confirme à Zé-gib que son prisonnier a le type nordique. Les yeux clairs, la chevelure blonde : presque une caricature des fils des régions polaires, pur produit des étendues froides et blanchâtres. La coïncidence l'amuse, car d'un désert à l'autre, la difficulté à survivre les réunit. Quel dommage que l'assistance apportée par ses congénères réclame un tribut...

Les sifflements mauvais de la bise empirent, mais le nouveau venu continue de sommeiller comme si de rien n'était. Parfois, il est préférable de vivre dans les illusions d'un rêve, plutôt que de faire face à une réalité déplaisante. Zé-gib ferme les yeux en espérant sombrer lui aussi dans un sommeil réparateur. Le vacarme extérieur l'insupporte. Malgré toutes ces années passées dans le désert de Sin-Sinaïl, son organisme ne supporte pas les contraintes liées à l'insomnie des tempêtes. Les frayeurs causées par les rafales qui arrachent les toiles de tente et emportent leurs occupants, le souvenir de sa femme, qui serre dans ses bras son fils, arrachée à sa poigne par les vents mauvais... Depuis, ses nuits sont très longues. L'inconnu a de la chance de pouvoir dormir. Au moins, il échappe à la vérité.

Tian ne sait pas ce qu'il fait dans cet endroit, ni comment il y est parvenu. Une douzaine d'hommes l'observent d'un air austère : la peau parcheminée par les rayons du soleil, ils sont revêtus de longs vêtements en coton aux couleurs vives, un turban enroulé autour de leur tête. Debout au centre de la tente depuis un moment, il y a été introduit par son hôte, un certain Zé-gib ou, du moins, c'est le prénom qu'il a entendu. Son langage, difficile à comprendre, n'aide pas à la communication. Néanmoins, il lui a offert des dattes, du lait caillé et un liquide brûlant et amer. Grâce à ces répugnants vaisseaux, le désert n'a pas voulu de sa carcasse. Tandis qu'il traversait le campement en compagnie de Zé-gib, un représentant de ces grosses larves filait en emportant deux nomades sur son dos.

Le vent a enfin cessé de souffler. À nouveau, le soleil agresse de ses feux perçants les regards étrangers. À l'abri sous la tente, décorée de soieries chamarrées, la circulation d'air procure l'illusion d'une température supportable. Tian donnerait n'importe quoi pour que ces autochtones s'expriment. Bien que sa vie ne tienne qu'à un fil, la lassitude l'emporte. Les tribus du désert de Sin-Sinaïl sont réputées pour ne pas faire de cadeau. Leur existence au quotidien résulte d'une telle lutte pour survivre, que leur caractère et leurs manières rudes ne s'accommodent d'aucune mansuétude.

— Tu as violé notre sanctuaire. Tu t'es introduit sur nos terres sans avoir y avoir été invité...

Le plus âgé des nomades qui s'adresse à lui dans la langue commune prend le temps de traduire à ses pairs. Ses mains décrivent des arabesques pendant qu'il prononce des paroles dans un dialecte guttural.

— Jamais, je n'ai eu l'intention de vous nuire, l'interrompt Tian. J'ai atterri par hasard dans cette contrée de sables brûlants.

Sur un signe de celui qui a débuté la conversation, un garde posté à l'entrée de la tente se dirige vers le jeune homme. À l'aide du pommeau de sa longue épée, il lui assène un coup dans le bas-ventre. Tian s'agenouille en se tordant de douleur.

— ... Tu n'es pas digne de notre intérêt. Nos guerriers t'ont porté secours, uniquement parce que tu représentes une monnaie d'échange.

Grimaçant, Tian ne comprend pas où veut en venir l'indigène. Qu'il soit leur prisonnier ne fait aucun doute. C'est déjà un miracle qu'ils ne l'aient pas sacrifié sur un autel ou donné à bouffer à leurs satanées bestioles. Cette fois-ci, il lève la main pour demander la parole. Les membres du Conseil se concertent avant de l'autoriser à s'exprimer.

— Je préfère rester parmi vous, plutôt que de retourner vers la civilisation. La servitude n'est rien en comparaison des geôles insalubres, où l'on croupit comme un chien abandonné...

De manière inattendue, les conseillers s'esclaffent et ricanent les uns après les autres en se tapant le ventre. Leurs éclats de rire contrastent avec la sévérité affichée auparavant. Peu à peu, le calme revient et celui qui préside ce Conseil se lève lentement.

— Étranger, tu n'as pas entendu mes paroles : les nomades haïssent les autres ethnies. Chaque fois que nous avons été confrontés à d'autres peuplades, des affrontements sanglants ont éclaté et se sont soldés par de nombreuses victimes. Tu ne peux demeurer parmi nous. À la prochaine pleine lune, tu seras vendu au plus grand marché d'esclaves de tout le continent, dans la ville d'Astrebal.

Bouche bée, Tian ne parvient pas à opposer des arguments. Naïvement, il espérait qu'un exil involontaire dans cette région aride l'éloignerait des cités portuaires où la débauche et les nombreuses tentations n'incitent pas à l'honnêteté. Être mis en vente comme une vulgaire marchandise, voilà bien une expérience avilissante dont il se serait passé. Sa déchéance n'aura donc pas de fin ! Après la tentative de pendaison avortée, l'espoir de rédemption semble voué à l'échec...

6.　Un client pas ordinaire

Le temps se dilate comme si l'existence défilait en une fraction infinitésimale. Yalstar ressent dans sa chair le moment opportun, l'instant crucial où la destinée bascule et s'avère propice à porter le coup fatal. Dans son cœur endurci, s'immisce une portion de bonheur indicible, une félicité rarement atteinte.

Vautré sur son trône, les pieds et les bras reposant sur les accoudoirs, sa posture désinvolte semblerait provocatrice à l'observateur novice. Elle ne trompe pourtant pas le plus brillant des sorciers de Zamgar, debout à distance respectable de son souverain. Sa raideur austère contraste avec la bonhomie apparente du roi de Drusse, dont le corps grassouillet, déformé par les abus gastronomiques et les joutes alcooliques, ne cesse d'enfler.

La salle des fêtes paraît triste aux visiteurs, dépouillée des nuées de courtisans avides de faveurs, des musiciens interprétant les derniers airs à la mode, sans la présence des baladins, des filles de joie, des soldats qui punissent les nombreux esclaves pour satisfaire leur souverain, sans les remugles d'une nuit orgiaque.

— Mon cher Hamilcar, nous approchons de la grande offensive ! Bientôt, tous les peuples de la mer des Sarcasses se plieront à ma seule volonté.

Aucune émotion ne transparaît chez l'intéressé qui se contente d'acquiescer d'un signe de tête. Il sait que le qualificatif « cher » dont l'affuble le despote est dénué d'affection. Au contraire, cette tentative de séduction masque une manœuvre pernicieuse, un danger que le mage ne saurait ignorer.

— Votre Majesté a le don de voyance. Son regard porte au-delà des mers et embrasse l'horizon du monde connu.

Les flatteries débitées par son subordonné allument des éclairs dans les yeux de Yalstar. À ce jeu de dupes, il est persuadé d'être toujours le vainqueur, sans que la chance n'y ait aucune part. Seule la force brute et la rouerie, fruit de longues années d'entraînement, lui assurent la volupté du succès. Les magiciens ont leur utilité... un temps !

— Amiral Elsam, la flotte de Gunorks se tient-elle prête à appareiller ?

Les Gunorks sont des mammifères marins réputés indomptables. Leur taille gigantesque et leurs mâchoires acérées en font le plus grand prédateur de toutes les mers. Pourtant, les sorciers de Zamgar ont réussi à mettre au point un élixir qui facilite leur domestication. Parfois, leur comportement sauvage reprend le dessus et un déchaînement de violence s'ensuit.

À l'autre bout de l'immense salle, un homme de taille exceptionnelle, sanglé dans un uniforme chamarré, accélère le pas pour se porter à hauteur de son suzerain. Ses rouflaquettes confèrent à son visage un air sévère, un surcroît de dédain propre à l'aristocratie. Les joues légèrement rosies par l'effort, il exécute une révérence obséquieuse en présence des deux hommes.

— Votre Altesse, chef indiscutable des armées, le contingent maritime se tient sur le pied de guerre, capable de guerroyer à tout moment !

L'entrain excessif avec lequel il a formulé sa réponse peut porter à confusion. Hamilcar se garde bien d'exprimer sa pensée à voix haute. Un bref coup d'œil vers le trône confirme son impression. Yalstar s'est assis, les mains posées sur ses cuisses, toisant le nouveau venu d'un air morne.

— Pourriez-vous nous donner plus de précisions, Amiral ? De combien d'esquifs disposons-nous exactement pour envahir l'archipel de Bellisar ?

Elsam gratte les pattes de cheveux sur ses joues, cherchant visiblement à gagner du temps. Malgré son expérience et une décennie passée à ce poste stratégique, le vétéran hésite à formuler une réponse. La crainte qu'inspire Yalstar à tous ses courtisans n'est pas usurpée. Beaucoup ont payé de leur vie des erreurs, ou simplement des résultats qui ne correspondaient pas aux attentes royales.

— Votre Sérénissime…, tente de se justifier le commandant de la flotte qui transpire de plus en plus, une dizaine de Gunorks indociles se sont entretués la nuit dernière, ce qui a entraîné l'amputation d'environ un quart votre armada. Pour autant, votre puissance navale demeure inégalée par-delà la mer des Sarcasses...

Impatient, le roi l'interrompt en levant la main brusquement. Puis, il s'extirpe péniblement de son trône et vient se camper en face de son officier. Impressionné, l'autre se voûte pour paraître moins grand. Alors, sans prononcer une parole, Yalstar tend la main en direction du militaire. Malgré l'angoisse, celui-ci comprend la signification de la demande. Il tire son sabre du fourreau et l'offre à son supérieur en signe de soumission. Témoin impuissant, Hamilcar assiste à l'exécution, la lame enfoncée dans la poitrine de l'amiral. Un dernier hoquet de stupeur fige le regard du fidèle parmi les fidèles, puis il s'écroule sans émettre de son. Surgissant des recoins, des serviteurs emportent la dépouille loin de son bourreau.

— Ainsi périssent ceux qui sont coupables d'incompétence !

Ses yeux transpercent le sorcier de Zamgar avec une satisfaction proche de la jubilation. Pour Hamilcar, cet assassinat sonne comme un ultime avertissement... Il comprend que désormais ses jours sont comptés. Une ombre se dresse, un serviteur commet une erreur : sa vie ne vaut plus rien ! Lorsque la magie noire aura œuvré à la perte du Grand Médicateur, le roi Yalstar s'empressera de le supprimer avec délectation.

— Hamilcar, que diriez-vous de m'accompagner au marché des esclaves ? Vous connaissez mon plaisir de choisir moi-même mes futurs serviteurs.

Ses futures victimes, plutôt ! Le mage s'incline respectueusement, car il sait ne pas avoir le choix.

La fraîcheur matinale agit comme un baume pour Tian. Après un voyage interminable, passé à avaler la poussière des paysages desséchés du Sin-Sinaïl, la caravane à laquelle Zé-gib et lui se sont joints a fini par atteindre la ville d'Astrebal. En comparaison, la traversée du royaume de Drusse s'est avérée moins périlleuse, même si les soldats omniprésents ont multiplié les contrôles et exigé le versement de pots-de-vin pour autoriser les marchands à poursuivre leur périple.

À présent, la foule oppressante du marché agresse le jeune homme qui suit, non sans difficulté, son guide nomade. Partout, des marchandises variées sont disponibles à profusion, des bonimenteurs vantent avec force la qualité de leurs produits. Des senteurs d'épices, d'encens, embaument l'atmosphère saturée d'odeurs et de parfums. Des souks succèdent à des étals en plein air ; les toiles colorées attirent la curiosité des badauds.

— Les esclaves se négocient à l'abri des regards. Les acheteurs viennent de très loin pour réaliser leurs affaires.

Affectant l'indifférence, Tian écoute attentivement Zé-gib. Il prend conscience qu'à l'intérieur de ces tentes multicolores, son destin va se jouer. Il n'a pas tenté d'échapper à ses ravisseurs, comme si son avenir l'indifférait. Après tout, la mort serait peut-être préférable à l'esclavage... Il est vrai qu'en plus de l'homme d'âge mûr, une escorte de deux nomades veille sur lui. Depuis sa dématérialisation avant de finir pendu au gibet, cette faculté ne s'est plus manifestée. Il doit se faire une raison : sa liberté ne lui appartient plus.

— Évite de te mouvoir pendant les enchères, murmure Zé-gib, tandis qu'ils pénètrent dans l'antre à l'ambiance surchauffée.

Tian n'a plus assez de fierté pour s'offusquer. Il boite depuis l'enfance, à tel point que cela lui paraît naturel. L'endroit est surpeuplé de types qui hurlent et s'agitent, en mimant des signes incompréhensibles.

— C'est le langage des négociants, explique Zé-gib. Le gars excité à la barbe torsadée est notre homme. Bar-Anh touche une commission sur toutes les transactions. Plus celles-ci sont élevées, plus sa rétribution augmente.

Par pure provocation, Tian accentue sa claudication, face au vendeur qui fronce les sourcils. Son expression dépitée lui confirme une bien maigre revanche « Mauvaise affaire en perspective ! » se lit dans son regard cupide.

— Monte sur l'estrade ! ordonne un des surveillants.

D'autres malheureux attendent de découvrir quel maître ils serviront. Bien que Zé-gib ne semble pas particulièrement friand des marchés de chair humaine, il l'encourage d'un signe de tête.

— Pour dix piastres, offrez-vous ce jeune nordiste en pleine forme ! claironne le vendeur.

Des rires se font entendre sous la tente, accompagnés de sarcasmes de la part des acheteurs.

— Cet infirme n'a que la peau sur les os ! s'esclaffe un gros homme. Même si on me l'offrait, je n'en voudrais pas.

La honte saisit Tian plus que la colère. Son physique de gringalet et son handicap lui ont déjà causé beaucoup de tort. Il bombe le torse pour défier tous les visages peu amènes braqués sur lui.

— Déplace-toi pour voir, si tu en es capable ! le tance ironiquement un autre client.

Furieux, Tian se fige, semblable à une statue, bien décidé à ne plus bouger d'un pouce. Zé-gib fait des gestes discrets pour l'inciter à obtempérer. Les autres esclaves l'encouragent, inquiets des conséquences de son refus sur leur propre sort. Des poings se lèvent dans la foule qui scande « Fouettez-le ! Fouettez-le ! ». Un grand balaise muni d'un fouet grimpe sur la tribune, visiblement énervé. Il le fait claquer devant lui pour satisfaire l'assistance, puis s'avance vers la raison de son courroux. Zé-gib se prend la tête à deux mains, décontenancé par l'attitude rebelle du jeune homme.

— Tu vas obéir ou bien je te fais danser ! menace la brute agressive.

— Vivre dans de telles conditions ne mène à rien, mieux vaut tirer sa révérence.

Fier de sa tirade, Tian esquisse un sourire mutin, le regard traversant l'inconnu menaçant sans paraître le voir. Fou de rage, le trafiquant d'esclaves empoigne le manche de son instrument, puis lève un bras tremblant de rage, prêt à châtier l'impudent rebelle. Au moment où il frappe, Tian se dématérialise une fraction de seconde, puis réapparait à quelques pas de lui. Dans l'assistance, les insultes se métamorphosent en hoquets de stupeur, auxquels se joint celui de Zé-gib.

— Je veux cet esclave ! Je t'en donne cent petzars.

Encore stupéfait par la disparition, Bar-Anh s'apprête à surenchérir machinalement sur la somme proposée, avant de découvrir l'identité du client. S'inclinant avec déférence, il répond sur un ton faussement enjoué :

— Votre Altesse Grandissime ! Quel honneur de vous compter parmi nos acquéreurs de notre modeste marchandise.

Légèrement en retrait, Hamilcar observe l'étranger qui vient d'accomplir un tel prodige. Celui-ci adopte une posture désinvolte, presque détaché des événements. Son air juvénile contraste avec les faces décrépites de la plupart des hommes d'âge mûr de l'assistance. Le mage tente de sonder l'esprit de cet esclave pour découvrir son secret, mais les murmures alentours empêchent sa concentration. Un des gardes royaux règle les détails financiers avec le vendeur, pendant que Yalstar dévisage sa nouvelle acquisition.

— Vous le livrerez au palais avant le coucher du soleil. Je vous tiendrai pour responsable s'il lui arrive quelque chose.

Le rictus caractéristique du souverain ne laisse planer aucun doute. Malgré les risques, Bar-Anh est persuadé d'avoir fait une bonne affaire. Hamilcar est impatient d'étudier de plus près cette recrue inattendue.

Un peu en retrait, Zé-gib regarde s'éloigner le roi de Drusse, entouré de son escorte. La somme récoltée dépasse les plus folles espérances des guides de son peuple. Pourtant, il ne peut s'empêcher de ressentir de la tristesse dans la perspective de se séparer du dénommé Tian. Voilà qu'en vieillissant, il devient sentimental... Après tout, un butin reste un butin !

7.　L'art de flétrir

D'une beauté insolente, la journée ensoleillée semble défier les soupçons de Zadia. Postée sur la plus haute tour de guet du fortin, elle scrute l'horizon depuis l'aube, redoutant une menace. Les adversaires de l'Ordre de Chaam n'en resteront pas là. Leur précédente offensive avait pour unique ambition de tester la résistance des défenses de l'archipel de Bellisar. Même si le Grand Médicateur a répondu présent, son temps de réaction était trop lent, l'intensité de sa réponse moins foudroyante. À n'en pas douter, leurs ennemis de l'extérieur ont analysé la moindre des failles de la protection magique déployée par Azaam.

Pourtant, Zadia redoute encore plus la menace qui grandit à l'intérieur. Deux factions rivales s'opposent désormais au sein de la congrégation, dont les partisans s'affronteront bientôt. Depuis des siècles, jamais la discorde n'a régné entre les moines au détriment de la paix. Seule femme parmi des mâles aux humeurs belliqueuses, que peut-elle faire ? Provoquer un choc chez son mentor, déciller les yeux du Grand Médicateur, l'obliger à affronter la triste vérité...

Quelle présomption ! Elle n'a pas l'intention de prendre la place d'Azaam, qui préside à la destinée de l'Ordre depuis presque un siècle. Loin d'être aveugle, les rumeurs de désapprobation qui enflent sont parvenues à ses oreilles. Inspirés par l'herbe de Chaam, les soubresauts de l'Ordre lui ont été révélés par des messages oniriques. Ces pensées n'ont pas le don de rassurer Zadia. D'habitude, son tuteur intervient en cas de troubles ; il la convoque pour échafauder un plan d'action et réagir par des mesures destinées à apaiser la situation. Le chemin du Grand Médicateur n'a jamais été semé de roses, ou alors celles-ci sont pourvues de nombreuses épines !

Zadia ne peut empêcher le haut de son corps de frissonner. Elle jette un coup d'œil autour d'elle, pour s'assurer qu'aucun des hommes qui patrouillent sur le chemin de ronde ne perçoit son désarroi. Il ne manquerait plus que son autorité soit remise en cause ! En cas d'aggravation de la situation, ce lieu retranché pourrait servir de rempart au chaos.

— Commandante, un message vous a été adressé par le Grand Médicateur.

Sur l'épaule d'un de ses officiers, un splendide ara gonfle son plumage pour l'impressionner.

— Merci, Lieutenant Liams. Ce brigand de Raisun ne rate pas une occasion de pavoiser.

Visiblement sensible aux compliments, le volatile pousse un cri de plaisir, tandis que les couleurs vives de ses plumes enflamment les yeux noisette de Zadia. Si la vie se résumait aux facéties d'un oiseau des îles, dont les plumes rouge vif et les reflets verts embellissent les jours sombres...

Les mots, tracés à l'encre noire, la convoquent sur-le-champ à un Conseil des Sages. En tant que cheffe des forces militaires de l'archipel, elle doit répondre sans tarder à une telle injonction. Rarement, le ton employé n'aura été aussi autoritaire, ce qui exclut qu'Azaam en soit l'auteur. La sensation oppressante dans sa poitrine confirme à Zadia que ce rendez-vous sera différent des autres.

— Capitaine Sorgos, en mon absence, c'est à vous que revient le commandement. Montrez-vous-en digne, quel que soit le danger qui menace les remparts du fortin.

Au son de la voix de Zadia, tous les soldats lèvent la tête, tandis que la jeune femme descend quatre à quatre les marches de l'escalier pour aboutir devant les écuries. Son cheval piaffe d'impatience, bien que quelque chose dans l'air le perturbe, car il s'ébroue nerveusement. Les vétérans regardent la cavalière accomplie enfourcher sa monture, puis s'élancer au galop vers la sortie.

— Vrai, frères d'arme, que les ennuis vont commencer dans pas longtemps...

Sans qu'un ordre ne soit donné, tous les vétérans présents dans l'enceinte s'activent aux préparatifs de défense.

À peine arrivée au sanctuaire de l'Ordre, des émissaires de Matusaam invitent Zadia à leur table. Dans la salle commune, les convives mangent en silence. Malgré les années qui passent, la Commandante éprouve une certaine gêne à être la seule présence féminine. Assis sur un banc qui fait l'angle, Nathaan l'observe en silence. En rougissant légèrement, le trésorier rend son salut à la visiteuse. D'autres membres ne daignent pas lever la tête de leur brouet. Une atmosphère pesante épaissit l'air, à tel point que l'ambiance confine au morose. Zadia préférerait galoper sur la plage avec sa monture, à des lieux de là.

— Bienvenue à celle qui a l'oreille du Grand Médicateur, l'accueille le vieillard. Assieds-toi et partage avec nous le pain de l'amitié.

Non sans méfiance, la guerrière s'exécute. Entourée de membres parmi les plus âgés, mais également des plus éminents, elle s'efforce de ne pas se laisser impressionner.

— Ma chère amie, vous savez qu'une autre faction de l'Ordre appelle à la sédition. Nous nous considérons comme faisant partie des garants de la tradition, persuadés qu'Azaam est le seul à pouvoir nommer son successeur.

Les bras croisés sur la poitrine, Matusaam ferme les yeux afin de ménager une pause, pour que ses paroles aient le temps d'imprégner la personne assise en face de lui. Nathaan se lève et se joint à la tablée. Il profite du silence de Zadia pour accrocher son regard perplexe :

— Nous sollicitons votre appui en cas d'affrontement avec les partisans de Gaalmon. Votre proximité avec le Maître fait de vous une alliée naturelle.

Mal à l'aise, la jeune femme hésite à partir ; elle fait mine de se lever, puis dévisage ses interlocuteurs, l'air buté :

— Mon rôle consiste à défendre ce sanctuaire marin, avec pour consigne de ne pas choisir de camp, autre que celui de la sauvegarde de l'Ordre de Chaam et de son plus haut dignitaire. Mon impartialité vis-à-vis des querelles internes garantit ma loyauté.

Des moues de déception se mêlent à des hochements de tête désapprobateurs. Les membres présents de la communauté ne cachent pas leur désaccord avec la position défendue par la cheffe militaire.

— Zadia, supplie Nathaan, si vous laissez l'autre groupe s'emparer du pouvoir, vous vous en repentirez !

Un brouhaha répond à l'avertissement du trésorier, dont le ton implorant traduit sa déception. Au fond de ses yeux, Zadia découvre une lueur de désespoir, qui cadre mal avec les valeurs prônées par Azaam. « Il est amoureux de moi ! », se surprend-elle à penser.

Nerveusement, elle se redresse et affronte les regards braqués sur son corps aux courbes féminines. Sans prononcer de paroles inutiles, elle prend congé des vieillards et de Nathaan qui a baissé la tête. La chambre de son mentor est l'endroit où elle voudrait être : pour qu'il la rassure et trouve les mots susceptibles d'empêcher le délitement de l'Ordre. La salle où siègent les sages du Conseil se situe un étage plus haut. Tandis qu'elle s'éloigne, elle se sent déshabillée du regard par des hommes qui ont fait vœu de chasteté.

Lorsque la séance du Conseil des Sages débute en début d'après-midi, les plus éminents membres de l'Ordre qui le composent sont présents, à l'exception notable du Grand Médicateur. Zadia regrette d'avoir suivi les recommandations du vieux Jaam. Le soigneur lui a déconseillé de rendre visite à Azaam, invoquant son état de faiblesse. La présence de sa pupille aurait fatigué le malade, le forçant à paraître sous son meilleur jour. Autorisée à siéger exceptionnellement, la jeune femme se sent observée par nombre d'adeptes grisonnants. Parmi les moins âgés, Nathaan et Gaalmon prennent soin que leurs regards ne croisent pas le sien.

Zadia ressent une tension particulière dans l'assemblée, une fébrilité inhabituelle parmi les confrères. La plupart des participants affichent un air grave, certains gardent même les yeux fermés, comme pour méditer et se recueillir. L'atmosphère est solennelle et tous en ont conscience :

— S'il faut briser le silence, j'en prendrai la responsabilité !

La voix de Gaalmon a fait sursauter plusieurs vieillards somnolents. L'assurance perce dans le ton employé, ainsi qu'un mélange d'ironie et d'autorité.

— L'Ordre de Chaam ne peut plus se contenter d'attendre. Le Conseil doit désigner rapidement un nouveau guide, car les menaces en provenance de l'extérieur s'intensifient. Le Grand Médicateur – Paix à son âme ! – n'a plus la force de défendre nos intérêts.

— Vous parlez comme s'il était déjà mort ! s'insurge Matusaam. Sa maladie vous sert d'alibi pour monter les frères les uns contre les autres !

Dans la rangée qui fait face à Zadia, les partisans qui entourent Gaalmon se dressent, les poings levés et les insultes à la bouche. Jamais, depuis son séjour sur l'île, elle n'a été témoin d'une telle flambée de colère. Les principes fondamentaux de l'Ordre reposent sur la non-violence et la recherche de compromis.

— Calmez-vous ! ordonne Gaalmon. Rappelez-vous qui vous êtes et où vous êtes. Ce sanctuaire ne tolère pas la zizanie.

Aussitôt, la pollution sonore qui souillait la salle des Félicités Intenses s'estompe. Honteux, certains adeptes baissent la tête, conscients d'avoir enfreint des règles sacrées.

— Voilà où nous mène votre ambition : au reniement des valeurs de l'Ordre, sermonne Matusaam. Tout le monde sait que vous intriguez pour succéder à Azaam, alors que celui-ci est encore en vie !

Cette fois-ci, les membres avec lesquels Zadia a discuté le matin même se lèvent pour signifier leur soutien au vénérable qui vient de s'exprimer. Les deux parties s'invectivent et la salle des Félicités Intenses résonne d'injures. Au paroxysme de la dispute, Nathaan assène un coup puissant sur le gong placé à l'entrée, pour signifier la fin des hostilités. À contrecœur, les belligérants se rassoient, le visage cramoisi et les yeux hagards. « Le pouvoir apaisant de l'herbe de Chaam ne suffit plus à maintenir la paix », regrette Zadia. Assise en bout de table, elle aurait quitté depuis longtemps cette assemblée hostile, si l'enjeu de la réunion n'était pas le devenir de l'Ordre.

— Vous étiez frères, rappelle Nathaan. À présent, vous vous comportez en ennemis. Ce n'est pas l'enseignement dispensé par le Grand Médicateur. Son absence ne doit pas être source de discorde...

Comme un baume qui apaise temporairement, ses paroles font réfléchir les représentants de la communauté. Chacun semble marquer le coup, incapable de croiser le regard des autres sans honte. Un instant, la folie déserte la salle du Conseil et Zadia se surprend à envisager une solution pacifique. D'un même élan, chaque homme prend les mains de ses voisins pour former une chaîne de solidarité. L'union fraternelle qui s'empare des deux parties adversaires présage-t-elle de l'union des membres de l'Ordre de Chaam ?

C'est le moment que choisit le vieux Jaam pour faire irruption dans ce lieu réservé aux initiés, le visage inondé de larmes :

— Notre Maître à tous, celui qui a guidé nos pas depuis des décennies, Azaam, le Grand Médicateur, agonise. Avant de mourir, il implore la présence de celle qu'il considère comme sa fille pour l'accompagner dans ses derniers instants sur Terre.

Tous les regards convergent vers Zadia, tétanisée. D'une démarche empruntée, elle finit par se diriger vers le soigneur de son père adoptif. Inquiète, elle sort de la salle des Félicités Intenses, sans remarquer les visages qui tentent de dissimuler leur frustration. Seul celui de Gaalmon arbore un masque circonstancié.

8.   Le saut vers l'inconnu

À proprement parler, la cellule dans laquelle il repose n'est pas insalubre. Tian s'étonne du traitement de faveur dont il bénéficie de la part des sbires de son acquéreur. Les soldats, pour la plupart des rustres, l'ont conduit à travers les interminables couloirs d'un palais aux murs rutilants. Habitué à dormir à la belle étoile, il n'a jamais croisé autant de pièces dont le luxe s'étale sur les plafonds, les colonnades ou encore les parquets. Le souverain du royaume de Drusse semble disposer de moyens financiers colossaux. Tian en avait entendu parler, ainsi que de sa flotte puissante, de ses armées conquérantes, mais à présent, il a pu constater de lui-même que les récits légendaires n'exagéraient pas.

En tentant de faire le point sur les derniers événements, Tian se persuade que l'issue était inexorable. Vivre de rapines et d'expédients, se complaire dans des aventures sans lendemain, tout cela ne mène à rien. Depuis sa naissance, le seul dessein tracé dans son avenir se résume à une mort prématurée sans gloire. En fin de compte, terminer son existence dans la peau d'un esclave paraît une suite logique au gâchis de sa vie... Ah, oui ! C'est un autre trait de son caractère : une propension à noircir le tableau, à s'apitoyer sur son sort, à désespérer de son avenir, à sombrer dans la mélancolie... Tous ces états pitoyables, Tian les a endossés comme des costumes taillés sur mesure. « Un vrai comédien ! », se serait exclamée sa grand-mère. Paix à son âme.

Un bruit de bottes le détourne de ses pensées négatives. Tian fait l'effort de se redresser, malgré les stigmates des fers qui lui ont broyé les chevilles. Un sursaut d'orgueil avant la confrontation avec ses tortionnaires ! Enfin, pas forcément. Après tout, son nouveau maître a payé très cher pour l'acquérir. Son numéro de dématérialisation a fait son petit effet, même s'il ne parvient toujours pas à contrôler cette faculté. Dès l'enfance, ce pouvoir s'est manifesté à l'improviste, au point de le désigner aux yeux des autres gamins comme suspect d'un pacte avec les forces occultes. Chassé par leurs parents, vilipendé par les guerriers qui associaient cette pratique à une ruse synonyme de lâcheté, il a grandi, sauvage, loin des hommes, dans le giron d'une vieille femme qui l'aimait.

— Amène-toi, ordonne le gardien sans amabilité. Notre roi veut te parler. Si tu as de la chance, il ne te tuera pas ou ne te fera pas torturer pour son bon plaisir. Viens ! Il te reste peut-être du temps à vivre.

Malgré lui, Tian frissonne. Tant de fois, le fil ténu de son existence a failli se rompre... Bientôt, plus rien ne l'effraiera, excepté la souffrance et la faim. La brute épaisse prend un malin plaisir à lui enfoncer la hampe de sa lance dans les côtes. La grimace qu'il ne peut réprimer remplit de joie le rustre. Un duo singulier traverse les couloirs déserts de la forteresse.

— La résidence qui accueille un monarque, pérore son escorte, se doit d'offrir tout le luxe à son hôte royal. Cependant, la principale fonction du château est de rester imprenable en cas d'attaque. Les dorures à l'intérieur n'empêchent pas la solidité à l'extérieur !

Apparemment satisfait de lui, l'homme frustre propulse en avant Tian, et éclate d'un rire moqueur lorsque son prisonnier s'étale de tout son long.

— J'me demande ce que notre souverain t'a trouvé pour te payer aussi cher ! Peut-être qu'il a envie de s'amuser avec un infirme ?

Tian aimerait sauter à la gorge de cet abruti qui raille sa claudication. Tant d'années à supporter les remarques désobligeantes, les injures poisseuses, les qualificatifs peu glorieux... Une vie passée à avaler des couleuvres, à cause d'imbéciles qui ne tolèrent pas la différence. Faudra-t-il se rebeller, rosser systématiquement tous ces abrutis, laver son honneur à chaque nouvel affront ? Difficile d'imaginer qu'un jeune homme d'allure malingre use de la force pour s'imposer. Il ne lui reste que la ruse ou la tricherie.

— Bon, nous arrivons, l'interrompt dans ses réflexions le geôlier. Lorsque nous pénétrerons dans la salle des fêtes, tu garderas la tête baissée. Tu t'agenouilleras et ne parleras que lorsque l'on te le demandera. Tout manquement à la règle pour un esclave est passible de la peine de mort. La sentence s'applique sur-le-champ.

Tian comprend qu'il doit faire profil bas. Ses chances de ressortir vivant de cette confrontation avec le roi Yalstar sont faibles. Au moins, s'il était capable de déclencher son pouvoir quand il en a besoin !

À l'intérieur, une atmosphère trompeuse de frivolité règne. Au centre, des bateleurs enchaînent des numéros d'adresse, tandis que des courtisans s'adonnent à toutes sortes de plaisirs. Au milieu de ce remue-ménage, un boiteux poussé dans le dos par un garde musclé attire à peine l'attention des convives. Habitués à tellement d'extravagances de la part de leur suzerain, les privilégiés conviés aux agapes profitent de leur chance avant qu'elle ne tourne. Tian est pris de vertige dans ce tourbillonnement de personnages, tous plus atypiques les uns que les autres. Un hercule s'amuse à soulever sur ses épaules une table en bois massif, garnie de mets. Des femmes enlacées s'adonnent à des plaisirs saphiques, pendant que d'autres couples boivent sans relâche. Les centaines de chandeliers qui illuminent la voûte décorée de peintures suggestives agressent les yeux du jeune homme, après son séjour dans une geôle sombre. Une telle débauche de luxe et de richesse l'effraie.

— Voilà donc celui qui pratique la magie involontairement ! s'exclame un personnage filiforme, revêtu d'une bure de couleur cendrée.

Sans autre présentation, il s'approche du duo mal assorti pour examiner avec attention le plus jeune des deux. Son regard scrutateur semble tenter de percer la chair du nouveau venu.

— Incline-toi devant Hamilcar, chien ! Tu te tiens devant le plus grand sorcier de tous les temps.

Malgré la menace de son escorte, aux relents flagorneurs, Tian ne bouge pas, le regard vissé dans celui du mage. Le gardien hésite à interrompre cet affrontement yeux dans les yeux. Avant qu'il ne se décide à agir, toutes les têtes se tournent dans la même direction. Le jeune esclave reconnaît la voix qui s'élève au-dessus du brouhaha : c'est celle de son propriétaire !

— Approche, infirme. Prouve-moi que j'ai eu raison de t'accorder l'honneur de faire partie de ma collection de jouets.

Effrayé, son geôlier s'empresse de s'agenouiller aux pieds du monarque en obligeant Tian à l'imiter. Trônant en compagnie d'une créature dévêtue, Yalstar caresse la croupe de sa monture féminine sans cesser de dévisager son vis-à-vis. Instinctivement, toute l'assistance s'incline avec respect. Un silence pesant s'installe dans la salle des fêtes.

— Ainsi, cet handicapé dissimulerait un pouvoir dont les sorciers de Zamgar n'ont pas connaissance ?

Bien que Yalstar ne daigne pas tourner la tête dans sa direction, Hamilcar est persuadé que la remarque sarcastique lui est destinée. D'abord tenté de réagir, il adopte un air détaché. Puis, en fin connaisseur de la nature humaine, le sorcier s'avance avec déférence. Arrivé à hauteur du couple disparate, il effectue quelques passes mystérieuses. Aussitôt, le gardien s'écroule en se tordant de douleur et implore la pitié de celui qui lui a jeté un sort.

— Votre Altesse sait qu'un vrai magicien n'a pas besoin de dévoiler ses tours de magie...

Pendant que son voisin agonise à ses côtés, Tian prie les dieux auxquels il n'a jamais vraiment cru de l'épargner. Depuis sa naissance, chaque jour a été un combat pour survivre, au point qu'il ne pensait pas que tous ses efforts seraient réduits à néant. Il plaint le gardien qui crève la bouche ouverte, en maudissant sa mère.

— Je connais vos capacités illimitées, cher Hamilcar, poursuit Yalstar d'un ton condescendant. Néanmoins, ce gamin, capable de se dématérialiser, les surpassera rapidement.

Malgré la crainte de représailles, un murmure de surprise parcourt l'assemblée. Puis, une excitation proche de celle d'une arène des jeux du cirque s'empare des spectateurs avides de sensations. Le sorcier n'est pas dupe : le roi cherche un prétexte pour se débarrasser de lui ! Le défi à peine masqué du suzerain à un de ses sujets annonce sa fin. Certains courtisans retiennent déjà leur souffle avant la mise à mort.

— Ma vie m'appartient ! hurle soudain Tian. J'ai le droit de décider comment j'en dispose.

Abasourdi, Yalstar n'en revient pas que ce moins-que-rien ait osé l'interrompre. Il fait signe à sa garde personnelle de châtier l'inconscient, mais avant que ses sbires ne s'exécutent, Hamilcar dirige un de ses sorts vers celui qui vient de défier l'autorité royale. L'assistance pousse un cri de stupéfaction : la silhouette du prisonnier a déjà disparu !

— Je suis entouré d'incapables ! éructe Yalstar, dont le visage cramoisi annonce la tempête. Personne n'est donc en mesure de neutraliser cette vipère ? Premier sorcier, cet outrage à ton suzerain restera-t-il impuni ?

Le défi lancé à Hamilcar en présence de sujets du royaume sonne comme un ultimatum. Les yeux brillants de haine, l'offensé déclenche une brume magique pour s'extraire de la foule qui s'agite dans l'espoir de retrouver l'esclave volatilisé. Au cœur du maelström des courtisans, Yalstar se pose en statue de marbre, le regard torve, les lèvres crispées. Sa partenaire sexuelle du moment en a subi les conséquences : il l'a étranglé consciencieusement, ses mains lui ont enserré la gorge comme un étau. Prendre une vie innocente qui palpite apaise sa rage meurtrière et permet d'accorder un sursis au conquérant impatient.

Tian ne comprend pas comment son enveloppe terrestre repose en équilibre sur les créneaux de la plus haute tour du château royal. À ses pieds, la ville d'Astrebal étale sa magnificence. Une brise légère diffuse des embruns, un mélange de sel marin et de senteurs des célèbres marchés du port. Des mouettes en quête de nourriture virevoltent autour du jeune homme. Au loin, des bateaux chargés de marchandises à destination de toutes les côtes étrangères s'estompent dans le soleil au zénith. Si le vertige ne le paralysait pas, Tian profiterait volontiers du spectacle. Son cerveau travaille à toute allure, essayant de le persuader d'abandonner cette position dangereuse. Sa jambe lui fait mal. Pourvu qu'elle ne se dérobe pas sous son propre poids !
L'infirme maudit la malchance de posséder un don qu'il ne contrôle pas et ne lui cause que des ennuis. Qui pourrait affirmer qu'un jour, il ne se matérialisera pas à l'intérieur d'une épaisse muraille ?
— Rends-toi ! Tu es cerné !
Considérant la précarité de sa situation, l'ordre des gardes qui ont fait irruption sur le chemin de ronde peut prêter à sourire. Pourtant, aucun doute ne subsiste quant à leurs intentions : leurs hallebardes sont pointées dans sa direction ! Tian ressent

soudain une profonde lassitude. Combien de fois la fuite a-t-elle été sa seule solution ? Depuis sa plus tendre enfance, sa vie a été marquée par la nécessité de survivre, d'échapper à ceux qui lui veulent du mal. À présent que ces soldats l'invectivent, le fugitif éternel refuse d'être remis en cage. Les douves, dont la surface renvoie l'image des puissantes murailles, offrent un refuge tentant. En dépit de la hauteur et de la noirceur attirante de l'eau, l'élément liquide rassure Tian. Sans se soucier des injonctions des gardes, il s'avance vers le vide, l'esprit serein et la conscience tranquille. Ignorant les clameurs qui résonnent, la victime devient bourreau et refuse de se rendre. Avant que son corps ne s'abîme dans l'eau, sa chute dans les airs le ravit. L'élément fluide masse son corps meurtri, tend sa peau fragile, modèle son visage souffrant. Juste avant l'impact, un éclair éblouissant l'aveugle, alors que le ciel dégagé ne laissait présager aucun orage.

9.   Une femme rallume une flamme

Jamais, de mémoire de serviteur au palais d'Astrebal, le roi Yalstar n'est entré dans une telle colère. Agrippé à son trône comme une araignée à sa toile, le suzerain éructe des ordres sans reprendre son souffle. Sa face rougeâtre vire progressivement à une teinte cuivrée, au point que deux de ses médecins personnels se hâtent de s'enquérir de sa santé. Affolés, les courtisans ont fui la salle des fêtes, conscients que rester pourrait signer leur arrêt de mort. Les larbins désorientés s'agitent dans tous les sens, semblables à une colonie de fourmis.

Depuis la disparition du jeune esclave, toutes les forces de sécurité sont sur le qui-vive.

— Je veux la tête de cet esclave sur un plateau pour mon souper ! répète Yalstar en boucle.

La fureur qui l'habite n'a plus rien de rationnel. Il ne peut tolérer qu'un misérable va-nu-pieds échappe à son contrôle. Comment ferait-il désormais pour imposer son autorité sur l'ensemble de la mer des Sarcasses, si le premier venu contestait sa suprématie ?

Les chefs de milices, les sergents de la garde, les officiers dont la carrière est suspendue aux caprices du monarque, sont mobilisés pour débusquer le dénommé Tian. D'après les dernières informations, l'esclave en fuite a échappé aux soldats du guet après une chute spectaculaire du haut des remparts. Les eaux troubles des douves du château ont été sondées, pourtant, aucune trace de son corps disloqué n'a été retrouvée.

— Je ne peux concevoir qu'un cadavre disparaisse sous vos propres yeux !

Le chef du guet a payé de sa vie cette aberration, pendu par les pieds à la plus haute des tours. À l'intérieur du château, l'ambiance de terreur que fait régner Yalstar a entraîné plusieurs suicides parmi les serviteurs.

L'autre sujet d'agacement concerne le mage Hamilcar. Lorsqu'il a jeté un sort pour s'élancer à la poursuite du fugitif, le roi espérait un retour rapide avec, dans ses rets, le captif. Hélas, le soleil a rendu plusieurs fois son dernier soupir flamboyant sans que le Premier sorcier ne réapparaisse à la cour... Les relations tendues entre Son Altesse et Hamilcar, connues de tous, ne favorisent pas un retour à la normale. Des sanctions sont promises à ceux en charge de traquer les disparus.

— Comment cela se peut-il ? s'agace Yalstar, exprimant à voix haute ses doutes, à la surprise de ses proches conseillers.

L'incertitude engendrée par un esclave en fuite pourrait-elle signifier l'arrêt de sa marche en avant victorieuse ? Ainsi se mettent à penser les intrigants du royaume de Drusse. Jusqu'à présent, rien ni personne n'a résisté à la folie du conquérant, mais par sa simple prise de parole et sa disparition mystérieuse, celui que tous surnomment « Tian le boiteux » a créé un précédent. Rien ne déstabilise plus un despote que le fruit du hasard, cette onde insignifiante qui précède l'espoir...

— Convoquez immédiatement mon nouvel amiral, le successeur de cette limace d'Elsam.

La tempête momentanément apaisée, Yalstar sort de son état éruptif pour revenir à ses plans d'invasion. Malgré ses nerfs à vif, il ne doit pas oublier pourquoi sa flotte se tient prête à appareiller. L'Archipel de Bellisar demeure une proie tentante, d'autant plus que toutes les pièces de son plan machiavélique se mettent en place. Les rumeurs en provenance du berceau de l'Ordre de Chaam confirment ses intentions. Le Grand Médicateur est proche de la fin. Sans sa présence, ses adeptes ne seront pas de taille à lutter pour leur survie. Voilà pourquoi, lui, le potentat de Drusse, doit prévoir toutes les éventualités.

— Votre Majesté m'a fait quérir ?

L'officier Kumbal ne ressemble en rien à son malheureux prédécesseur. Un petit corps musculeux couvert de balafres et surmonté d'un visage taillé à la serpe ; une allure austère, fruit d'une existence dédiée à la science des combats maritimes : l'antithèse parfaite d'Elsam ! En gage de soumission, la fille du vétéran a été promise en mariage à un des plus puissants vassaux du suzerain.

Le nouveau chef de la flotte ploie un genou à terre face au trône occupé par le roi, tête inclinée pour marquer la soumission. L'état-major a été convié – ou plutôt obligé ! – d'assister à cette passation de pouvoir, que certains généraux considèrent comme une imposture. Yalstar, qui brandit le collier de perles et de coquillages, insigne du haut commandement de la force navale, s'avance cérémonieusement. Il place le collier autour du cou de Kumbal, et par ce geste, lui octroie un titre envié par beaucoup, mais ô combien dangereux ! Tous les officiers qui se tiennent au garde-à-vous le savent... ce qui ne les empêche pas d'éprouver de l'envie et des regrets.

— Par ma volonté, je vous nomme amiral de la plus puissante armada de tous les temps. Ne me décevez pas, Kumbal !

Un frisson parcourt l'assemblée, subjuguée par les paroles du despote. Personne n'ose faire le moindre mouvement, le corps figé dans une posture dévote. Chacun sait que troubler la cérémonie entraînerait une sanction immédiate. Lorsqu'enfin Yalstar reprend sa place sur le trône, les courtisans laissent échapper des soupirs d'aise.

— En témoignage de ma bonne volonté, Amiral Kumbal, je vous offre un présent qui devrait certainement vous combler.

D'un geste impatient, il ordonne à ses gardes dissimulés dans une alcôve d'approcher avec leur chargement. L'immense salle résonne de murmures d'étonnement lorsque quatre soldats portant une litière s'avancent au pied de l'estrade. Allongée, une jeune femme entravée jette des regards affolés en direction de la foule subjuguée. Les yeux révulsés, la captive terrorisée est consciente d'être toujours en vie à cause de l'esprit pervers de son souverain. Dans la salle du trône, les personnes aux premiers rangs ont remarqué les traces violettes visibles sur son corps dénudé. Déstabilisé, Kumbal cherche parmi ses connaissances des réponses.

Avec lenteur, Yalstar s'extrait de son siège et se dirige d'une démarche pesante vers les nouveaux-venus.

— Commandant en chef de ma flotte, je vous offre Flamina, la fille aînée du baron Orhan. La chère enfant a cessé de m'amuser rapidement.... Malgré les traces de coups et de brûlures, sa chair reste appétissante et son corps conserve encore des parfums virginaux. J'espère que sa beauté n'aura pas été trop corrompue par mes services.

Face à une assistance médusée, le monarque obscène éclate d'un rire dément, bientôt imités par tous les pleutres courtisans. Seul l'Amiral Kumbal ne se mêle pas à l'hilarité ambiante. Marié jadis à une femme morte en couche, il n'a connu depuis que les rapports tarifés avec des prostituées de luxe. En dépit des épreuves subies, la prisonnière le fixe avec dédain et son port de tête reflète une fierté aristocratique. À l'aide de la lame affûtée de sa dague, le vétéran de la marine tranche avec des gestes précis les liens qui l'immobilisent. Toute l'assistance retient son souffle lorsque la beauté ténébreuse se redresse péniblement, mal remise des traitements de son suzerain. Avec pudeur, Kumbal dissimule son corps meurtri sous sa cape, puis la soulève dans ses bras musclés.

— Ah ! Ah ! Ah ! s'esclaffe Yalstar. La belle et la bête, réunies, pour le meilleur et pour le pire.

Tout le monde se sent obligé de répondre par des rires forcés, tandis que le vétéran fend la foule en protégeant Flamina, comme une prise de guerre.

— Vous avez intérêt à mériter cette putain que son père a dû abandonner ! s'exclame le suzerain hilare. Sa présence dans votre lit servira de caution à vos exploits guerriers : en cas d'échec, je tuerai Flamina de mes propres mains.

Dans le tumulte de la foule, personne ne remarque le regard courroucé de l'amiral, serrant tendrement le corps de cette femme contre son cœur...

À peine Kumbal sorti, Yalstar retourne à des occupations plus importantes. Il refuse les avances de ses esclaves sexuelles, pour gagner l'abri de son cabinet particulier. Ce lieu, dont les murs sont tapissés de cartes, héberge une collection de livres unique au monde. La plupart racontent de manière exaltée les aventures des plus grands conquérants, et nourrissent les ambitions démesurées de leur royal lecteur.

— Sors de ta cachette, maudit espion !

Le conquérant ne peut s'empêcher d'être nerveux, à la pensée de l'ombre qui s'avance. Vêtu de noir, le visage masqué, l'individu qui se dissimulait dans une alcôve, n'est connu que de son seul maître et ne semble pas pressé de retrouver la lumière. Sa taille moyenne et son allure quelconque le feraient presque passer pour un homme ordinaire, à l'exception de ses yeux froids qui glaceraient toute personne croisant son regard de tueur. « Certains reptiles ont ce genre d'expression, annonciatrice d'une mort imminente », pense Yalstar.

— Votre Altesse a encore besoin de mes services ? Ma lame s'impatiente de découvrir sa prochaine victime.

— Tais-toi ! Tes qualités d'espion me sont plus utiles que celles d'assassin. Pour la mission que je t'ai confiée, j'avais surtout besoin de ta science du camouflage pour te fondre parmi mes ennemis.

Les flammes des bougies vacillent sous l'effet d'un courant d'air sournois, tandis qu'un silence complice s'installe avant l'inévitable question :

— Quelles sont les conclusions de tes observations ?

Le tyran savoure par avance la réponse de ce forban qui garantira la réussite de son projet, bien qu'il sait pouvoir disposer d'un allié dans la place.

— Ô mon Roi, la déliquescence de l'Ordre de Chaam est engagée. Lorsque votre flotte envahira l'archipel de Bellisar et réduira au silence sans grande résistance tous ceux qui s'accrocheront aux rêves de ces stupides pacifistes. Bientôt, vous allez pouvoir accoster sur l'île principale comme dans un de vos fiefs.

Le sourire carnassier qui se dessine sur le visage du monarque ne laisse présager rien de bon. À la vue de la lueur macabre ancrée au fond des yeux du souverain, l'homme de main préfère prendre congé à reculons pour s'éclipser de la pièce. « Bien ! se félicite Yalstar. Il ne faut rien laisser au hasard. Le sanctuaire des moines de l'Ordre de Chaam appartiendra à la couronne. Le royaume de Drusse marquera de son sceau ces îles insignifiantes, dont le seul atout réside dans la valeur de l'herbe endémique. Celui qui contrôle cette plante aux vertus exceptionnelles est assuré de régner sur tout le continent. »

10. Apaisement

Dans la chambre plongée dans l'obscurité, seule la pâle clarté de la lune apporte un peu de lumière. Par crainte de couper le fil de l'existence du vieil homme qui l'a élevée comme un père, Zadia n'ose pas rompre le silence. Accoutumée à la pénombre, elle distingue le corps immobile, qu'un souffle imperceptible maintient dans le monde des vivants. Dehors, les chants improvisés des oiseaux nocturnes ajoutent à son malaise.

En raison de ses fonctions militaires, elle a assisté à la mort de plusieurs soldats. Parfois, certains ont été exécutés de ses propres mains ! Pourtant, l'être allongé à ses côtés et qui lutte pour sa survie n'est pas le premier venu. Par-delà le lien filial qui les unit, le Grand Médicateur incarne une figure protectrice de l'Ordre de Chaam, et plus encore, un gage d'unité. Malgré son grand âge, elle redoute son proche départ vers des contrées inconnues. Un vent marin, au parfum chargé de sel, caresse les murs du refuge monastique.

— Ne sois pas triste, ma chère enfant. Mon temps est révolu et j'ai présidé depuis trop longtemps à la destinée de notre communauté. Mes forces déclinent, ma faiblesse risque de compromettre l'avenir de tout l'archipel.

— Comment pouvez-vous dire cela, Maître ? Sans votre présence, vos fidèles se déchireront pour désigner votre successeur, sans qu'aucun ne soit digne de vous remplacer !

Zadia réprime difficilement les sanglots dans sa voix. Élevée à la dure, habituée aux entraînements rigoureux, la commandante n'imaginait pas qu'envisager la disparition d'Azaam représenterait une telle épreuve. Dans ses entrailles, elle ressent le besoin vital de sa présence bienveillante. Celui-ci tousse et s'agite convulsivement, puis lève péniblement une main, invitant sa fille adoptive à se rapprocher à son chevet. Elle s'exécute et s'efforce de dissimuler les larmes qui baignent ses paupières.

— Le chemin vers l'ultime demeure touche à sa fin. Il a été long et semé d'embûches, murmure-t-il en posant sa main sur celle de sa bien-aimée. Je partirais avec la conscience tranquille, si je ne savais pas autant de choses...

Épuisé par l'effort, le vieillard marque une pause.

— Voulez-vous que j'appelle Maître Jaam ? Votre guérisseur vous est dévoué corps et âme.

— Non... Non. Ce n'est pas nécessaire. J'avais besoin de discuter avec toi en privé. Le sort de l'Ordre repose entre des mains étrangères... Je n'ai confiance qu'en toi seule...

Preuve de l'angoisse qui la saisit, les battements de cœur de Zadia s'accélèrent, tandis que le malade marque un nouveau temps d'arrêt. À l'extérieur, la douce brise s'est transformée en une tempête tropicale et des bourrasques violentes s'acharnent sur le bâtiment. Rien d'inhabituel en pareille saison. Sans savoir pourquoi, Zadia se persuade que ce déchaînement des éléments naturels n'augure rien de bon.

— Comme tu le sais, les adeptes veulent un remplaçant. C'est compréhensible. Sans mentor capable de les initier aux vertus de l'herbe de Chaam, mais aussi de les défendre, l'Ordre deviendra une proie tentante pour certaines puissances étrangères.

— Jamais ! interrompt-elle avec véhémence. Jamais, je ne tolérerai qu'une armée profane les lieux sacrés de l'archipel de Bellisar.

Blême et suffoquant, le Grand Médicateur tente de maîtriser ses convulsions. Lorsque son corps lui accorde enfin un sursis, il ordonne à Zadia de se taire d'un geste impératif. Sa position hiérarchique doit primer devant les liens affectifs. Le visage déformé par la souffrance, il tend à la jeune femme téméraire un objet en cuir dissimulé dans sa manche.

— Je n'aurai pas le temps de tout t'expliquer... mais les mots couchés sur le papier dissimulé dans cet étui remplaceront ma parole affaiblie. Sache que je suis pleinement conscient du dessein de notre ennemi. Son complot vise à me faire disparaître afin d'asservir l'Ordre de Chaam.

Zadia ne peut réprimer un mouvement de défiance, accompagné naturellement du besoin d'agripper la poignée de son épée. Malheureusement, elle se souvient avoir confié son arme à la sentinelle avant d'être autorisée à pénétrer dans la chambre. Désarmée, elle ne peut que compatir aux angoisses du mourant.

— Avant de pousser mon dernier soupir, je dois t'avertir du danger qui guette celui que nous attendons peut-être...

— Vous faites allusion au jeune homme entrevu dans vos rêves ?

Comment le Grand Médicateur peut-il se laisser abuser par des songes, alors qu'autour d'eux, les intrigues resserrent leurs liens ? L'impatience et un sentiment d'impuissance font oublier à la jeune guerrière les devoirs de sa fonction.

— Tu es jeune et impulsive, Zadia. Tu dois écouter la raison de ton cœur et non pas les appels douloureux de la discorde.

Encore une fois, le vieillard est obligé d'interrompre ses propos, son corps rechignant à franchir une nouvelle limite. Les larmes versées par sa plus fidèle compagne n'adoucissent pas l'inquiétude qui entoure le patriarche. Les visions liées à l'herbe de Chaam ont tracé plusieurs voies, et certaines conduisent à la destruction de l'Ordre. Un timide espoir subsiste dans la trame de l'avenir, qu'un inconnu atteint de claudication semble incarner.

— Mon enfant, malgré que nous ne soyons pas liés par le sang, ton éducation et tes qualités t'ont hissée à un haut rang. Jamais, tu n'as déçu les attentes placées en toi. Pourtant, l'ennemi qui avance est d'une toute autre nature et tu ne pourras l'affronter seule. Tu dois t'allier à ce garçon aperçu en rêve pour espérer une victoire.

La voix inaudible du vieux sage transperce pourtant les tympans de Zadia, touchée par ses paroles. Elle comprend qu'il utilise les vestiges de ses pouvoirs pour l'imprégner de cette mission. À présent, elle connait le but de sa quête future : un jeune homme affligé d'un handicap.

— Père…, hasarde-t-elle, désorientée. Je ne connais pas l'endroit où se cache ce boiteux. Comment pourrais-je le retrouver ?

Un faible sourire illumine momentanément le visage ridé. Incapable de parler à haute voix, Azaam lui fait signe de se baisser pour murmurer dans son oreille : « *Vos différences ne seront qu'apparence. Vous convergerez vers des causes communes dès lors que vos vies seront menacées.* »

Ces paroles, le vieillard les a déjà prononcées durant leur précédent entretien, mais depuis, Zadia n'a pas mieux compris leur signification. L'agacement, plus que la patience, monte en elle, signe de tension. Son père adoptif a toujours aimé s'exprimer de manière énigmatique. En ce qui la concerne, la logique et la rigueur sont ses modes d'expression préférés. Son univers s'écroule inexorablement, et la seule piste qu'évoque le mentor de toute une communauté fait référence à un inconnu.

— Zadia, murmure péniblement l'agonisant, tu dois embarquer dès que possible et cingler vers le royaume de Drusse. J'ai aperçu en rêve une ville. Le jeune homme que tu dois rencontrer y séjourne certainement. Donne-moi tes mains, je vais partager ma vision.

Avec réticence, la jeune femme accepte l'offrande des membres décharnés d'Azaam, dont le regard implorant lui déchire le cœur. Comment un être omniprésent, aux facultés mentales exceptionnelles, en est-il réduit à quémander son aide ? Elle s'oblige à chasser ses pensées néfastes, puis s'exécute en fermant les yeux, incapable de soutenir la vue du mourant.

Au contact des doigts osseux, un souffle violent traverse sa conscience, comme une bourrasque s'engouffre sous les ramures. Lorsque les mains, cassantes telles des branches pourries, impriment leur marque, une tornade bouleverse son enveloppe corporelle et l'emporte au loin vers la mer des Sarcasses. La sensation de planer au-dessus des eaux turquoise est grisante. Le soleil au zénith darde ses rayons vivifiants et l'écume des vagues du grand large l'éclabousse de son parfum salé. Soudain, l'apaisement se métamorphose en angoisse lorsqu'elle croise dans son voyage immatériel un banc immense de mammifères marins. En observant plus attentivement, Zadia discerne des bannières et des soldats massés sur ce qu'elle avait pris pour de banals cétacés. Une armée fend les flots en direction de l'archipel de Bellisar : elle en a la certitude ! Les envahisseurs redoutés par Azaam ont déjà mis le cap sur les îles de l'Ordre de Chaam.

Des nuages recouvrent l'armada adverse avant qu'elle ne réussisse à évaluer les forces d'invasion. À l'horizon, des rivages se dessinent et attirent son attention, tandis que la promesse d'une rencontre déterminante accélère les battements dans sa poitrine. Avant que les images ne s'estompent, Zadia reconnaît les ruelles bordées de palmiers en fleur, les toits plats recouverts de chaume blanchi à la chaux, les marchés aux senteurs épicées. Depuis sa plus tendre enfance, les voyageurs qui accostent les rivages de l'archipel vantent les splendeurs de la ville d'Astrebal. À mots couverts, certains ont déploré le règne du tyran cruel et impitoyable qui asservit d'une main de fer leur pays. Zadia est convaincue que ce suzerain est l'ennemi tant redouté par Azaam.

Soudain, elle se sent aspirée dans un puits sans fond et plonge malgré elle à travers un liquide saumâtre, à la recherche désespérée d'une bouffée d'oxygène. Dans la fosse abyssale vers laquelle sa chute l'a entraînée, des yeux gris-verts l'observent silencieusement. Zadia tend les bras vers une silhouette masculine dont les traits familiers implorent son aide. Au moment d'unir ses mains à celles de l'apparition, une explosion pulvérise sa vision.

Haletante, elle ouvre les yeux et son regard se pose sur le visage de mentor. Avant qu'il n'expire, elle aperçoit un dernier éclat dans son regard qui s'éteint. Affolée, elle pousse un cri de désespoir, abandonnant toute réserve. Sa réaction excessive alerte les gardes, qui s'empressent d'aller prévenir maître Jaam. Quand celui-ci pénètre dans la chambre, il trouve une Zadia sanglotant, agenouillée aux pieds de la dépouille du Grand Médicateur. L'odeur tenace de la mort a envahi la pièce, à tel point que le soigneur ouvre aussitôt la fenêtre. Émue, les soldats de sa garde personnelle se mettent au garde-à-vous pour rendre hommage au guide éclairé de l'Ordre de Chaam.

À l'aube, les vents violents s'apaisent, ultime témoignage d'une nature reconnaissante.

11.   Un trio disparate

Parfois, il est préférable de ne rien faire plutôt que d'agir. Hamilcar regrette déjà son intervention. L'animosité du roi Yalstar envers lui n'est rien en comparaison de sa colère. Il le traquera sans répit, mobilisera toutes ses forces armées – et elles sont nombreuses ! –, n'aura de cesse de châtier celui qui a osé défier son autorité. À elle seule, sa magie ne suffira pas à lui épargner une mort certaine... Un triste dénouement pour une existence entièrement consacrée au royaume de Drusse.

Tandis qu'il guette le réveil de son précieux otage, le Premier sorcier soupire en cherchant une justification à son acte héroïque. Depuis tant années, il obéit à un despote sanguinaire, un souverain que rien ne répugne pour parvenir à ses fins. La traîtrise, la mort violente à l'aide de poisons raffinés, l'exécution sans autre forme de procès : ces atrocités sont le lot quotidien d'un règne destructeur.

Hamilcar s'étire longuement, pareil à un vieux chat corrompu par l'humidité des ruelles au fil des années. La vie à la cour infecte tous ceux qui y séjournent trop longtemps. Le temps était venu de choisir son camp ! Yalstar pervertit les âmes et ramollit les cœurs. Autrefois, alors qu'il était encore apprenti-sorcier, les valeurs chevaleresques prévalaient sur les biens matériels. Plutôt que de se muer en bénédiction, son ascension fulgurante au sein de la Confrérie des sorciers de Zamgar a abouti à sa promotion sous la férule d'un tyran qui ne supporte aucune contradiction.

Décidément, l'âge n'arrange rien ! Il exécute quelques mouvements pour tenter de retrouver sa souplesse d'antan, puis se dirige vers le fenestron. Hamilcar jette un coup d'œil pour s'assurer qu'aucune patrouille de la Garde royale ne circule dans les environs. Évidemment, il a pris soin de cacher dans un abri sûr le rescapé d'une chute censée être mortelle... du moins, il l'espère ! La guilde des sorciers dispose de repères secrets, idéals pour se livrer aux expériences les plus insolites. Pour lors, la pièce où il patiente avec le jeune homme inanimé se distingue par son atmosphère pesante. La nuit n'est pas encore tombée, pourtant, les environs exhalent un ennui sans nom. Les ravages tangibles d'années de courtisanerie, de basses compromissions, ont abouti à un lent mais inexorable délitement.

Un mouvement du dormeur lui fait espérer son réveil prématuré. Pour autant, il n'a pas encore décidé du sort qu'il réserverait à cet étranger au pouvoir déconcertant. Il hésite à l'utiliser comme monnaie d'échange, ou bien tenter de percer le mystère de ses disparitions. Il est préférable que personne ne sache, dans l'entourage de Yalstar, l'inimaginable pouvoir que renferme ce corps débile.

Lorsque le fugitif a défié les soldats du roi, en équilibre instable sur les remparts, il se dissimulait derrière une tourelle. La perspective d'une arrestation rapide par ces soudards habitués aux rixes ne faisait aucun doute, lorsque contre toute attente, le boiteux a plongé dans le vide, sacrifiant son corps et sa jeunesse. Instinctivement, Hamilcar a compris que le pouvoir de dématérialisation ne se manifesterait pas. Aussitôt, il a usé d'un artifice pour lui éviter un choc mortel avec la surface de l'eau. L'éclair lumineux produit par sa magie n'a servi qu'à détourner l'attention ; une épaisse couche d'algues mousseuses s'est formée au point d'impact du corps. Pendant que les gardes reculaient face à l'agression lumineuse, son auteur n'a eu aucun mal à guider par la pensée le fragile esquif, avec à son bord l'esclave évanoui.

— Où... Où suis-je ?

Le crâne de Tian menace d'éclater et tous ses membres avec. Dans la pièce sombre, un mélange de salpêtre et de moisissure compose une odeur désagréable.

— Content d'entendre ta voix, jeune imbécile. Sacrifier volontairement sa vie n'est pas digne de celui qui possède un don aussi extraordinaire.

La voix de la silhouette assise près de la porte ne lui est pas inconnue. Le ton paternaliste employé lui déplaît ; malgré la douleur dans son corps, il tente de se mettre sur son séant. La souffrance qui déchire tous ses muscles le cloue au lit, non sans lui arracher un râle pathétique.

— C'est le prix à payer, suite à ta stupide tentative pour mettre fin à tes jours. À présent, il va falloir que tu me prouves que j'ai eu raison de te sauver d'une mort certaine.

Tian souffre dans sa chair, mais plus encore au fond de son âme. Comment a-t-il atterri dans cet endroit et pourquoi ce mage l'a-t-il empêché d'en finir ? S'il s'agit bien du sorcier à la solde du roi dégénéré, de quel droit se permet-il de lui faire la morale ? Les questions qui se bousculent sous son crâne sont trop nombreuses pour espérer des réponses. Épuisé, ses paupières se ferment, le plongeant à nouveau dans les limbes.

« *Qui es-tu réellement* ? » La voix dans sa tête se fait insistante. Des souvenirs affluent, semblables à des nuées d'oiseaux porteurs de mauvais présages. Un visage féminin émerge et se penche sur un berceau. Pendant qu'une voix douce chante une berceuse, une main d'enfant cherche à attraper les longs cheveux couleur paille. Bien qu'il ne sache pas qui elle est, Tian voudrait que la femme dont le parfum lui rappelle son enfance le serre dans ses bras.

— Tu ne connais pas tes parents ? Sont-ils morts ?

La voix brise le miroir de ses rêves en milliers éclats de verre. En levant les yeux, il est surpris de voir la silhouette longiligne du mage, Hamilcar. « On dirait un corbeau qui me surveille comme s'il guettait sa proie ! »

— Ton esprit semble troublé par le doute et l'oubli. Répondras-tu à ma question ?

Tian ne peut pas satisfaire la curiosité du magicien. Même s'il possédait les clés de sa naissance, il ne se confierait certainement pas à un serviteur du monarque de Drusse.

— Je devine ta méfiance. Après tout, nous nous sommes rencontrés à la cour du despote le plus sanguinaire que les rivages de la mer des Sarcasses aient connu. Cependant, je n'ai pas hésité à te sauver et tu me dois la vie.

Savoir qu'il est redevable à cet homme ne le rassure pas. Il n'est pas besoin de beaucoup réfléchir pour comprendre ce qui motive un tel personnage.

— Je me doutais de ton mutisme. Aussi, j'ai proposé à une de tes connaissances de se joindre à nous.

Avant que Tian n'ait le temps de s'interroger, une porte latérale s'ouvre et un homme d'âge mûr, vêtu de vêtements amples aux senteurs exotiques, fait son apparition.

— Zé-gib ! Tu n'es donc pas retourné dans ta tribu du Sin-Sinaïl ? Pourtant, je croyais que l'argent de la vente t'avait rapporté une coquette somme d'argent.

Imperturbable, le nomade déroule un tapis aux couleurs chamarrées, puis s'assoit dessus en tailleur.

Tian s'attend presque à ce qu'il propose du thé à ses convives !

— Alors que je séjournais chez un ami de longue date pour négocier le prix du voyage de retour, le sorcier de Zamgar m'a retrouvé... Je ne sais comment !

« Il prononce le nom de « Zamgar » avec superstition », remarque Tian. Chez les nomades, la magie du désert imprègne chaque être d'une aura mystérieuse ; aucune parcelle de sable balayée par les vents n'est épargnée par les prophéties. Néanmoins, la présence du nomade le rassure, car ce peuple sauvage ne cache pas ses sentiments, ni ne connaît les intrigues des palais luxurieux.

— Ta tête est mise à prix, poursuit Zé-gib. Je préfère ne pas savoir ce tu as fait au roi Yalstar pour parvenir à ce résultat. Une chose est certaine : il ne te reste pas longtemps à vivre si tu demeures dans cette cité.

Les sourcils froncés, Hamilcar désapprouve la mise en garde de ce pouilleux. S'il lui a fait l'honneur d'aller le chercher, ce n'est pas pour qu'il sème le doute dans l'esprit du rescapé. Tian s'assoit péniblement sur la couche inconfortable et inspecte la pièce. Les murs blanchis à la chaux sont couverts de traces grises, qui confirment les ravages du temps et de l'humidité. Le mobilier en bois vermoulu accentue le sentiment d'abandon de cet endroit. Une cache minable : voilà tout ce dont dispose le fameux magicien de la guilde de Zamgar ?

— Certains de nos repères sombrent dans l'oubli, anticipe Hamilcar. Le prestige des sorciers de Zamgar a été volontairement sapé par ce maudit Yalstar. De son point de vue, toutes les congrégations représentent un danger pour son trône, une puissance susceptible de contester son pouvoir. Certains de nos adeptes en sont réduits à se terrer comme des rats ! La haine du despote qui règne sur le royaume de Drusse est un des motifs de mon intervention en ta faveur.

Bien qu'il ne soit pas dupe de la nature humaine, Tian réprouve depuis toujours les actes dictés seulement par l'intérêt personnel. Malgré ses muscles encore douloureux, il se force à se lever, sous le regard désapprobateur de Zé-gib. Agrippé à une antique armoire, il progresse en boitillant vers la sortie. L'envie d'ouvrir la porte d'entrée et de s'échapper loin de la présence inquiétante du mage, est grande. Tian sait pourtant, qu'à moins d'arriver à se dématérialiser, il n'irait pas loin dans son état actuel.

— Je vais jouer cartes sur table, annonce d'une voix ferme Hamilcar. Je suis prêt à m'allier avec toi. Tes pouvoirs naissants ont besoin d'un mentor pour se développer. Je te propose de jouer ce rôle, avec l'objectif final de renverser Yalstar !

Les yeux écarquillés, Zé-gib ne peut dissimuler sa surprise. Ce fou veut défier un puissant monarque, alors que des centaines d'autres ont échoué !

— Sorcier, tu m'as demandé de venir t'aider, avec le secret espoir que j'arrive à convaincre mon jeune ami d'accepter ton offre. Il n'a jamais été question de participer à un complot voué à l'échec. Jamais, ô grand jamais, je ne prendrai part à une telle folie ! Depuis des siècles, les peuplades du désert ont réussi à préserver leur territoire de la convoitise de leurs voisins. Si le roi Yalstar apprend qu'un des nôtres a conspiré contre lui, il sautera sur l'occasion d'envahir le désert du Sin-Sinaïl et de massacrer tous ses habitants.

Un silence succède après l'intervention de Zé-gib. Adossé à la table pour soulager la douleur, Tian guette la réaction de son « sauveur ». Le regard noir et la mâchoire serrée, Hamilcar lève les mains comme pour lancer un sortilège. Sa colère refoulée n'attend que l'occasion d'éclater. Dans un effort surhumain, le magicien réussit à se calmer. Il agite son index pointé en direction du palais de Yalstar :

— Sauvage issu d'une culture primitive, crois-tu un instant qu'un tel souverain a besoin de prétexte pour envahir un pays mitoyen ? Lorsque toutes les civilisations de la mer des Sarcasses seront tombées sous son joug, il poursuivra ses conquêtes. Rien n'arrêtera ce monstre avide de pouvoir, excepté la mort. Je veux être la vipère qui le mordra au cœur, le bras armé qui plantera un poignard dans son dos. Contre un ennemi aussi redoutable, seules la ruse et la perfidie triompheront.

Interloqués, Tian et Zé-gib fixent le mage, leurs visages empreints de doute. Au même moment, la porte de leur repère vole en éclats sous l'effet d'une explosion. Malgré les débris qui jonchent l'entrée dévastée et une épaisse fumée, le trio aperçoit une silhouette dressée dans l'encadrement, les mains sur les hanches :

— Enfin, nous nous retrouvons, maudit voleur !

12. Les Flécheurs

L'Amiral Kumbal contemple les feux du crépuscule qui se reflètent dans les flots sombres de la mer des Sarcasses. Les membres de l'équipage s'affairent aux manœuvres, leurs efforts étant soutenus par la drogue administrée aux Gunorks. Debout sur la passerelle fixée à l'avant du mammifère marin, le commandant en chef de la flotte guette le moindre signe à l'horizon. Les paroles prononcées par le roi Yalstar au moment du départ sont gravées dans sa mémoire :

— Ne me décevez pas, amiral, sinon votre tête servira d'amuse-gueule à ces monstres marins !

Est-ce la brise marine qui lui arrache un frisson ? Prévenant, un des hommes d'équipage s'empresse de lui apporter son manteau en poils de chameau. Encore lointain, l'archipel de Bellisar se noie dans l'horizon brumeux. D'après les derniers rapports des espions du roi Yalstar, la santé du Grand Médicateur est déclinante. Il s'attend pourtant à des combats acharnés. Pour se rassurer, Kumbal balaie du regard l'armada réputée invincible, sous ses ordres, et dont le sort est à présent entre ses mains. Son souverain lui a ordonné de conquérir les îles occupées par les adeptes de l'Ordre de Chaam : pour une fois, il obéit sans se poser de questions.

À cause de son caractère rétif et de son physique peu avantageux, sa carrière en dents de scie n'a pas été à la hauteur de ses mérites. En fin de compte, cette promotion risquée pourrait lui garantir une retraite dorée... à condition toutefois de revenir victorieux et vivant de la campagne militaire ! À l'idée d'une vie rangée, il se surprend à espérer que le cadeau empoisonné de son roi s'incarnera en tant que mère de famille. La jeunesse et la beauté de Flamina enflamment son cœur de veuf. Depuis le décès prématuré de son épouse, ses sentiments amoureux sont restés en jachère. L'ancienne victime de Yalstar l'a supplié de l'emmener avec lui, à bord de son bateau. Son séjour forcé dans le lit du roi a laissé des séquelles durables et son corps magnifique portera à jamais les stigmates de la folie du souverain. Kumbal voudrait chasser ce genre de pensées, inquiet de dévoiler en public son manque d'estime pour le monarque.

Il est indéniable que le royaume de Drusse a besoin d'une poigne ferme pour être dirigé, car les peuples hétérogènes qui le composent sont prompts à se rebeller. Soumis à l'intransigeance de Yalstar, les vassaux s'abstiennent de guerroyer les uns contre les autres. En échange, le roi leur octroie des parcelles de territoire et des miettes du pouvoir. Néanmoins, la soif de pouvoir de l'actuel despote n'a d'égale que sa cupidité. Son règne vicié a eu pour conséquence de favoriser la prolifération des courtisans, tous plus veules les uns que les autres. Si un véritable danger se manifestait, les nobles accepteraient-ils de sacrifier leur existence pour sauver le royaume ou préféreraient-ils se révolter contre un suzerain haï ? Ce jeune homme, disparu comme par enchantement, représentait-il une vraie menace ? Ou bien, à l'inverse, l'opportunité de s'opposer au pouvoir actuel ?

En guise de réponse à toutes ses interrogations, l'un de leurs formidables esquifs souffle un immense jet de vapeur, puis lance un cri rauque aux accents déchirants. Fort heureusement, les sorciers de Zamgar ont mis au point un élixir qui permet de contrôler ces créatures redoutables ! Depuis le couronnement de Yalstar, les pratiques occultes et la magie noire se répandent à la cour du tyran. Un vrai soldat n'aime pas les maléfices. Il préfère l'épée ou la lance, les combats au corps-à-corps. Kumbal soupire : ses valeurs guerrières appartiennent à une époque révolue. À présent, seul le résultat compte sur le champ de bataille. Bientôt, son suzerain aura conquis tous les territoires baignés par la mer des Sarcasses.

— Vous songez à votre victoire imminente, Amiral ?

Les accents moqueurs de la voix de Flamina interrompent les réflexions du vétéran de la Marine. Drapée dans un manteau de velours beige, la promise adopte volontairement une pose lascive, sans pour autant renoncer à une attitude de défi. Le soleil couchant embrase ses cheveux d'un noir de jais et sublime sa carnation parfaite – excepté aux endroits où Yalstar lui a infligé des sévices. En cet instant, l'officier de marine se ferait damner pour étreindre la jeune femme. Peu désireux d'étaler son trouble à la vue de tous, il offre galamment son bras à celle qui partage sa couche. Néanmoins, lorsqu'il traverse le pont si galamment escorté, l'amiral éprouve une immense fierté face aux regards envieux des novices. Est-ce une coïncidence ? Plusieurs Gunorks saluent d'un souffle puissant le passage du couple.

— Phénomène non identifié à bâbord ! hurle soudain une voix inquiète.

Maudissant l'intervention, Kumbal abandonne à regret la douce main de sa compagne. Celle-ci lui jette un regard compatissant, tandis qu'il se précipite vers le bastingage à tribord, du côté où la vigie a cru repérer quelque chose. D'un geste fébrile, l'officier de quart lui tend une longue-vue. Tous les regards des hommes d'équipage sont tournés dans la même direction.

Au début de son observation, seules les éclaboussures des vagues troublent l'horizon limpide. En se concentrant un moment, il finit par discerner une nuée mouvante qui survole les flots.

— Des oiseaux migrateurs ? hasarde sans enthousiasme son subordonné.

— Pas en cette saison, répond Kumbal, incapable de quitter des yeux le nuage qui se rapproche. De plus, cette masse volante se déplace bien trop rapidement.

— Cela pourrait être une tempête tropicale ? suggère Flamina, qui s'est rapprochée discrètement.

Plusieurs marins dévisagent la passagère avec étonnement, comme s'il s'agissait d'une étrangère. L'amiral regrette déjà de l'avoir autorisée à prendre part à cette expédition. Il réalise qu'une menace potentielle lui fait courir des risques considérables. Son cœur se serre, tenté par l'envie de faire demi-tour pour retourner dans sa cabine, passer ses journées dans les bras de sa dulcinée. Pourtant, le devoir l'appelle et il hurle :

— Une attaque de Flécheurs ! Des oiseaux originaires des mers boréales, parmi les pires prédateurs. Ils sont munis de becs pointus et tranchants comme une lame. Nos navires constituent une cible idéale pour ces erreurs de la Nature.

Le léger tremblement dans sa voix trahit ses craintes. La masse grossissante fonce à toute vitesse dans leur direction. Si au moins un des sorciers de Zamgar s'était joint à leur expédition ! regrette Kumbal. Les autres embarcations envoient des signaux en quête d'instructions. Des trompes d'alarme retentissent partout, prélude à une panique générale. Le temps n'est plus aux regrets ni aux tergiversations. Kumbal devine le regard de ses hommes braqué sur lui. Même Flamina, dont la respiration semble bloquée, attend une décision de sa part.

— Contact imminent avec ces foutus volatiles ! se croit obligé de préciser le guetteur.

Face à l'urgence de la situation, une décision radicale s'impose :

— Plongée immédiate ! ordonne d'un ton martial le Commandant de la flotte. Transmettez la manœuvre aux autres esquifs.

Aussitôt, des drapeaux sont hissés pour confirmer l'ordre à toute l'escadre. En plus de sillonner inlassablement les mers, les Gunorks sont d'excellents plongeurs, capables de nager sous l'eau sur de longues distances. Une de leurs spécificités aquatiques consiste à générer une poche d'air autour de leur corps immergé. Ainsi, leurs passagers peuvent respirer en bénéficiant d'une atmosphère proche de celle terrestre. L'Amiral Kumbal est parfaitement au courant de cette particularité.

À peine la manœuvre exécutée, les mammifères marins démontrent leur attirance pour les fonds sous-marins, où ils évoluent avec une grande aisance. La majorité des animaux ont entamé leur plongée, lorsque des milliers de Flécheurs assombrissent la surface, puis s'élancent en piqué vers les flots grisâtres et fendent l'élément liquide à l'aide de leur bec acéré. Plusieurs Gunorks retardataires, le corps transpercé par des centaines d'aiguilles telles des pelotes de laine, subissent la loi des terribles volatiles. Dans l'espoir utopique d'échapper à leurs prédateurs, ils émettent des sons pathétiques... Quand les poches de gaz explosent, les chairs et les corps déchiquetés des passagers s'éparpillent dans la mer.

L'amiral serre les poings, conscient de ne pas avoir anticipé une telle menace. Blottie contre lui, Flamina essaie de ne pas imaginer l'horreur vécue par les victimes des vaisseaux piégés. Grâce aux ordres transmis, la majorité des Gunorks se sont mis hors de portée des Flécheurs. À l'aide de signaux lumineux, la consigne est passée à l'escadre de naviguer en profondeur par mesure de sécurité. Tandis que les eaux rougies par les cadavres s'estompent, le ballet macabre des oiseaux marins s'éloigne.

— Nous vengerons nos morts, jure Kumbal, la voix empreinte de colère. Si besoin, nous réduirons en cendres l'archipel de Bellisar !

— Mon Commandant, pensez-vous que l'attaque a été orchestrée par nos ennemis ?

L'amiral ne daigne pas répondre à cet officier inexpérimenté. Dans son esprit, il ne fait aucun doute qu'une telle offensive a forcément été commanditée par les partisans de l'Ordre de Chaam. Cette soi-disant doctrine de non-violence dissimule en réalité une attitude hypocrite et déloyale. Furieux de s'être laissé berner aussi facilement, Kumbal est impatient d'en découdre et d'anéantir une secte qui a bénéficié depuis trop longtemps de mansuétude grâce à l'herbe de Chaam. Bientôt, ses vaisseaux accosteront sur les plages de sable blanc que le sang des autochtones souillera. Bientôt, les hurlements des populations répondront aux supplications des adeptes du Grand Médicateur, ce vieillard sénile aux pouvoirs surestimés. Bientôt...

— Mon ami, lui susurre Flamina, la traversée est encore longue pour atteindre notre destination. Allons-nous détendre dans notre cabine. Je suis persuadée que vous avez beaucoup de secrets à me confier.

L'amiral tourne son visage de loup de mer vers sa plus fabuleuse conquête. Puis, sans jeter un regard à son équipage, il emporte dans ses bras la victime consentante. Pour saluer son passage, ces hommes vigoureux entament un chant paillard. À ce moment, Flamina, la tête enfouie dans le torse velu de Kumbal, a la certitude que le cœur du marin lui appartient. Des cornes de brume retentissent. Malgré des sonorités modifiées par le milieu aquatique, la beauté de la mélodie résonne dans les profondeurs abyssales. « Oui, bientôt, pense-t-elle, la victoire les éclaboussera de ses palmes dorées et un destin exceptionnel les guidera au sommet de la gloire. »

Après que le couple fusionnel eut franchi la porte sous les acclamations, l'officier de quart rappelle tout le monde à ses occupations.

— Branle-bas de combat, soldats du royaume de Drusse ! Notre roi attend de vous des miracles. Et que le sang des membres de l'Ordre de Chaam souille les eaux turquoise des lagons !

À cette allusion, des sourires envieux se dessinent sur les visages des hommes d'équipage : l'invasion d'îles paradisiaques leur fait miroiter des promesses de richesses. Le profit guidera toujours l'esprit des soldats, tout comme l'attrait des plaisirs faciles. Chaque marin présent ne peut s'empêcher de rêver à ses prises de guerre, parmi lesquelles des femmes à la beauté légendaire qui rivalise avec celle des sirènes d'épiques et lointains récits...

13. Amère retraite

Après l'annonce de la mort du Grand Médicateur, la stupéfaction et la tristesse se sont imposées à tous les disciples. Momentanément, une trêve entre les factions rivales entretient l'illusion d'une harmonie retrouvée. Malgré sa peine immense, Zadia assiste aux cérémonies en hommage à Azaam. Tandis que les chants funéraires retentissent, la cheffe de la Garde ne peut s'empêcher de penser à l'armée ennemie qui fonce vers l'archipel. Sans attendre l'avis des membres du Conseil des Sages, elle a déclenché une attaque contre l'armada naviguant vers leur havre de paix. Elle espère que les centaines de Flécheurs, conditionnés par le pouvoir de l'herbe de Chaam, accompliront leur mission suicidaire.

En observant Matusaam et Gaalmon, assis avec leurs partisans, chacun d'un côté de la Salle de Recueillement, la Commandante doute que la disparition du Guide Éternel tempère leurs ambitions. Des rumeurs annoncent une réunion extraordinaire au cours de laquelle un vote devra désigner le successeur d'Azaam. La dépouille du grand homme est encore tiède, que déjà les membres de l'Ordre se disputent les fragments de son pouvoir. Zadia sait qu'elle ne devra pas pleurer trop longtemps son père adoptif. La défense de l'île qui abrite les trésors de la plus incroyable bibliothèque de la mer des Sarcasses l'obsède.

Pourtant, un bateau de pêche attend son bon vouloir pour lever l'ancre et l'emporter vers le royaume de Drusse. Elle n'a pas oublié les visions de son mentor, mais l'idée d'abandonner ses soldats, de les laisser affronter seuls le pire des dangers en l'absence de la protection du Grand Médicateur, la révulse. Elle ne s'enfuira pas comme une lâche, consciente de la force d'invasion qui approche.

Bien que ses effectifs soient insuffisants, la garnison regroupée dans le fortin a besoin d'elle pour soutenir un siège. Des années d'entraînement sans véritable opposition risquent de ne pas suffire. Il faudra qu'elle insuffle à ses hommes plus de courage et d'abnégation. Une lutte inégale s'annonce, dont l'issue ne fait aucun doute. Depuis le sommet de sa colline préférée, Zadia contemple l'azur infini des flots, incapable d'envisager autre chose qu'une défaite. Horrifiée par son pessimisme, elle se blâme intérieurement.

— Commandante, l'interrompt respectueusement le lieutenant Liams qui vient d'arriver. Le capitaine Sorgos vous fait dire que les guetteurs ont repéré une activité anormale en provenance du soleil levant. Une escadre, composée d'étranges navires, vogue en direction de l'archipel.

« Le moment est venu ! » Depuis toutes ces années, elle s'est préparée à un tel défi : donner sa vie pour la sauvegarde de l'Ordre de Chaam. Jamais, elle n'avait imaginé que lorsque cela arriverait, Azaam ne serait plus à ses côtés, la contraignant à assumer seule la défense de l'île. Des adeptes de Chaam, Zadia n'attend aucune aide. En cette période cruciale, ils sont plus occupés à nouer des alliances et à intriguer pour s'emparer du pouvoir.

— Quels sont les ordres ? insiste d'une voix tendue le messager.

Raffermissant son maintien, la jeune femme soutient le regard de son interlocuteur. Puis, sans daigner lui répondre, elle saute sur la croupe d'Alderam, son fidèle destrier, pour s'élancer au galop vers le fort. Tandis que leurs silhouettes s'éloignent à l'horizon, l'officier comprend que la guerre a déjà commencé avec un ennemi dont il n'a pas connaissance. Un goût de fer se répand dans sa bouche. Il touche sa lèvre inférieure et découvre des taches de sang sur ses doigts. Le danger imminent qui menace leur havre de paix a raison de ses hésitations : il insère son pied dans l'étrier, puis, en cavalier accompli, imite celle qu'il admire. Les journées paisibles qui s'écoulaient avec langueur sur l'archipel vont prendre fin. À présent, un siège à l'issue incertaine remplacera la routine rassurante, et les moments de joie céderont la place à la souffrance.

Les canons-harpons transpercent les défenses du repère des troupes dirigées par Zadia. Des hordes de soldats ennemis envahissent la plage de sable fin, repoussés avec l'énergie du désespoir par les assiégés. Au large, les monstrueux mammifères marins crachent des jets puissants en poussant des cris effroyables. Une maigre consolation : aucun magicien ne prend part au débarquement. Zadia se bat comme une lionne et soutient avec ferveur les défenseurs, même si, au fond d'elle-même, elle est consciente que triompher d'un ennemi plus nombreux semble peu probable. Dans le fracas de la bataille, ses pensées luttent pour ne pas implorer l'apparition d'Azaam et de ses pouvoirs exceptionnels. Depuis sa disparition, elle se sent orpheline, vidée d'une partie de son énergie.

— Commandante ! alerte le Capitaine Sorgos. Les assaillants tentent de nous prendre à revers. Un de leurs bataillons plus légèrement armé fonce vers notre muraille nord.

— Prenez vos meilleurs archers et repoussez-les ! ordonne-t-elle. Nous devons tenir nos positions le plus longtemps possible.

Avant qu'il n'exécute ses ordres, le regard dubitatif du vétéran lui serre le cœur. Un instant, son moral flanche, car même ce fidèle compagnon ne se fait pas d'illusions quant à l'issue des combats. Des traits enflammés succèdent aux jets destructeurs. Les agresseurs ont l'intention d'abréger le siège en éliminant l'unique place forte qui s'oppose à leur conquête. Zadia a toujours su que les défenses de l'île reposaient avant tout sur les facultés uniques du Grand Médicateur. La vocation de la garnison qui affronte une armée de métier, reste avant tout de protéger les adeptes de l'Ordre de Chaam.

L'explosion précède le départ d'un incendie au milieu de la cour du fortin. Aussitôt, de hautes flammes lèchent les remparts occupés par ses gardes qui se démènent pour contenir les vagues successives. « Cet ennemi est parfaitement organisé ! Nous allons être taillés en pièces. » Mue par une soudaine inspiration qui contredit son désir de ne pas céder un pouce de terrain, Zadia hurle à pleins poumons :

— Repli immédiat sur les hauteurs ! La position du monastère sera plus facile à défendre. Exécution !

L'air incrédule, certains de ses hommes hésitent à obéir, avant que les sergents ne balaient les dernières réticences en confirmant l'ordre. Zadia sait qu'abandonner le fort condamne l'édifice, mais elle préfère épargner à ses soldats un massacre inévitable. Répétée maintes fois, la manœuvre de retraite s'effectue par la porte nord, en bousculant les lignes adverses qui tentent toujours de les prendre à revers. Composées d'unités faiblement armées, celles-ci ne résistent pas à la charge furieuse de la garnison.

Le son des cors les avertit que l'état-major adverse a compris leurs intentions et lance à leurs trousses tous leurs bataillons. Zadia s'époumone pour forcer ses hommes à atteindre le plus rapidement possible le sommet de la colline où se dresse le monastère. Des archers ennemis ont pris rapidement position pour abattre les fuyards ; certains gardes tombent, une flèche plantée dans le dos. Malgré les appels de détresse lancés par les soldats, la grande porte du monastère demeure close. Zadia comprend aussitôt que quelque chose d'anormal se passe.

Acculés au pied de l'enceinte de l'ancien bâtiment, les survivants de la garnison se préparent à affronter les centaines de soldats ennemis qui convergent vers le lieu stratégique. Frappant de toutes leurs forces à l'aide de masses d'armes, des vétérans tentent de forcer l'ouverture des battants en chêne. Zadia s'égosille et menace de mort les lâches qui se rendent coupables d'une telle trahison.

Soudain, alors que l'espoir semble perdu, l'horrible grincement des charnières rouillées couvre le tumulte de la bataille et les portes s'entrouvrent lentement. Un instant, les assaillants freinent leur offensive, suspectant quelque ruse. À la place d'une contre-attaque, une procession d'adeptes de l'Ordre, vêtus de robes de bure et munis de bâtons de pèlerin, se dirige en psalmodiant vers les envahisseurs.

— Arrêtez cette folie ! supplie la Commandante.

Malheureusement, son appel n'est pas entendu par les consommateurs de feuilles de Chaam qui offrent leur poitrine aux traits ennemis. Derrière les lignes adverses, une sonnerie stridente retentit : le signal déclencheur de l'assaut. Enivrés par leurs succès, les soldats, d'abord incrédules, se précipitent sur les inconscients dont les bras ouverts invitent à la fraternité. Zadia, qui refuse d'assister au massacre des frères sans réagir, ordonne d'attaquer. À sa grande surprise, les gardes se replient et l'entraînent à l'abri derrière les murailles du monastère. Avant que les portes ne se referment, les cris de douleur et les hurlements de terreur des victimes hanteront à jamais les nuits de la jeune femme.

— Qui vous a autorisés à enfreindre mes ordres ? vocifère Zadia, dans une colère noire. Je vous ferai tous passer en cour martiale. Vous avez délibérément sacrifié des innocents !

Tête baissée, la plupart de ses hommes n'osent répondre. Même ses plus fidèles lieutenants gardent le silence, tandis qu'à l'extérieur de l'enceinte du monastère, les plaintes des agonisants ont cessé. L'air résigné, aucun des combattants ne se hasarde à fournir des justifications.

— Ils ont eu raison de ne pas intervenir ! s'exclame une voix familière derrière la jeune femme. Ceux qui ont sacrifié leur vie pour nous permettre de survivre seront honorés comme des héros.

— Gaalmon…, murmure Zadia en se retournant le regard empli de colère et la poitrine qui se soulève en vagues désordonnées.

L'attitude du disciple d'Azaam contraste avec celle de ses élèves. Avec suffisance, il avance jusqu'à ce que son torse touche presque celui de la cheffe des gardes.

— Depuis le vote des autres disciples, tu m'appelleras « Grand Médicateur », car dorénavant, je préside à la destinée de l'Ordre de Chaam.

Horrifiée, Zadia voudrait s'enfuir et ne jamais revenir, mais avant qu'elle n'esquisse le moindre geste, Gaalmon ordonne, pour sa sécurité, qu'elle soit emprisonnée. Malgré les protestations du Capitaine Sorgos et les regards désapprobateurs d'une partie de sa Garde, plusieurs soldats se saisissent de la Commandante désemparée.

Déjà, des brandons enflammés jaillissent par-dessus les murs du monastère et les cris de guerre annoncent une nouvelle attaque des conquérants venus par la mer. Dans un sursaut de lucidité, Zadia se débarrasse de son escorte et s'élance vers les bâtiments à l'opposé de l'entrée. En dépit de la menace aux portes du monastère, Gaalmon exige que l'on rattrape la fugitive, mais aucun soldat ne l'écoute, car dans un craquement sinistre, la porte d'entrée massive cède sous la pression des assaillants. Sorgos ordonne à ses hommes de former un carré, ultime rempart avant le massacre final, tandis que Gaalmon fuit le lieu de la bataille, en empruntant le même itinéraire que celle qu'il voulait faire arrêter.

14.   Un noble cœur ?

Tian n'en croit pas ses yeux. L'homme qui se tient fièrement devant lui n'est autre que Sigbert de Clérant, le chevalier du guet de la cité de Lagos. Escorté par des types à la mine patibulaire, il dévisage sa proie avec une satisfaction évidente.

— Tu croyais pouvoir t'échapper, maudit voleur ? Tu ne te soustrairas pas au sort qui t'attend : la pendaison !

Zé-gib et Hamilcar reculent imperceptiblement pour chercher la meilleure position de défense.

— Vous deux, les complices, si vous faites encore un geste, j'ordonne à mes charmants compagnons de vous égorger !

Le ton péremptoire du nouveau venu n'incite pas le mage et le nomade à désobéir. La magie permettrait au sorcier d'éliminer plusieurs d'entre eux, mais le nombre d'assaillants risque d'être trop important. Pour l'instant, il préfère attendre un moment plus propice pour agir.

— Comment... comment avez-vous retrouvé ma trace ?

Malgré le vif désagrément causé par son apparition, Tian s'interroge sur les facultés exceptionnelles de limier du noble. La ville de Lagos se situe à des centaines de lieues à l'est de la capitale

Astrebal. Il ne l'a certainement pas débusqué par hasard.

Sigbert de Clérant prend son temps pour savourer son effet de surprise. Jamais un voleur n'aurait imaginé être traqué de l'autre côté de la mer des Sarcasses. Avant de répondre, il ordonne à ses hommes d'encercler les trois suspects par mesure de sécurité. Puis, il s'assoit nonchalamment sur un banc contre le mur, qui fait face au trio pris au piège :

— La poussière d'Alun que tu as eu l'audace de voler... Ta peau et tes vêtements en ont été durablement imprégnés. Même les bains éventuels n'ont pas réussi pas à te débarrasser de cette odeur... du moins, pour certains animaux qui raffolent de ce parfum.

Pour étayer ses explications, il frappe dans ses mains. Aussitôt, un serviteur resté dehors s'approche, un curieux oiseau de proie posé sur son bras. Le volatile au plumage cendré, doté d'un bec acéré, ne peut les voir, car il a les yeux crevés.

— Privé de la vue, son odorat se développe considérablement. Depuis la nuit des temps, la poussière d'Alun agit chez ce rapace comme un puissant aphrodisiaque. En quittant Lagos, nous n'avons eu qu'à suivre ta piste odorante. La poussière d'Alun est stockée uniquement derrière les murs du temple d'Amkat... et dans nul autre endroit !

Tian ne peut s'empêcher d'admirer l'obstination du chevalier du guet. Pour autant, il ne laissera pas son accusateur le ramener pour subir son châtiment dans la ville de Lagos. Si son pouvoir de dématérialisation se manifestait à volonté, il s'éclipserait de cet endroit pour toujours.

— Je ne suis coupable que d'ignorance et de pauvreté, plaide Tian. Plus jamais, je ne ferai preuve d'un tel mépris envers des cultures et des croyances.

Sigbert de Clérant demeure un instant pétrifié, surpris par sa franchise. Se pourrait-il que le condamné à mort ne mérite pas son châtiment ? Un bref moment, le noble belliqueux se prend à douter de la justesse de sa cause. Soudain, la fureur l'emporte et il voit clair dans le jeu du manipulateur :

— Tes déclarations émouvantes ne te sauveront pas de la potence ! Si je retourne à Lagos sans toi, la foule se chargera de rendre justice et me pendra à ta place... Allons, lève-toi et suis-moi sans résistance. Je te promets une mort rapide, sans souffrances inutiles.

Il ne changera pas d'avis ! s'indigne Tian, qui s'apprête à saisir sa chance pour s'échapper. Hamilcar le devance en levant les bras et en poussant un cri strident. Aussitôt, une nuée de chauves-souris envahit la pièce. Affolés, les mercenaires du chevalier se débattent en hurlant de terreur. Zé-gib en profite pour saisir son bâton de marche et cogner à tour de bras sur les agresseurs à sa portée. Un coup brutal dans le bas-ventre oblige Sigbert de Clérant à s'agenouiller. À la vue du chevalier du guet en fâcheuse posture, la panique se transforme en débandade chez les soudards, fuyant avec les chiroptères à leurs trousses.

— La magie ne vous sauvera pas toujours, sorcier, maugréé le noble à terre, grimaçant de douleur. Ce garçon a tenté de voler le bien le plus précieux de la cité de Lagos : il doit payer pour son offense !

Zé-gib et Hamilcar dévisagent Tian, dont le visage a blêmi. Au fond de lui, il sait qu'il peut être un homme de bien, mais les circonstances de la vie l'ont obligé à tricher pour survivre, à tenter de s'approprier les biens d'autrui.

— La pendaison pour quelques poignées d'une poudre prétendument sacrée ! Voilà le genre de sentence supposée juste que vous prononcez dans votre pays ? Vous n'abusez personne, Chevalier, et d'autant moins des personnes étrangères à vos coutumes.

Tian guette dans le regard de ses compagnons un signe d'approbation, un geste de soutien, mais hormis l'incrédulité, rien ne laisse à penser qu'ils approuvent ses propos.

— Je crois surtout, misérable parasite, renchérit Sigbert de Clérant, que tu ne respectes rien, excepté ce que te dictent tes appétits.

Sous l'affront, le teint cramoisi de Tian s'accompagne d'un coup de pied dans les côtes de son prisonnier. Afin de couper court à la discussion, il sort de l'abri pour s'assurer que les fuyards ne sont pas postés en embuscade.

— Sauf votre respect, ironise Hamilcar, je vous conseillerai de mettre en veilleuse vos revendications judiciaires... À moins, bien entendu, que vous ne souhaitiez finir dans la peau d'un cadavre !

Zé-gib ne gaspille pas sa salive en vaines paroles. Dans le désert, l'eau est trop précieuse. Avec des réflexes de pilleur, il fouille consciencieusement les assaillants mis hors d'état de nuire.

— Nous devons partir, suggère Hamilcar, avant que d'autres dangers ne se manifestent. Cette cachette n'est plus sûre, les cris et la présence anormale de chauves-souris en pleine journée ont certainement alerté le voisinage.

— Que faisons-nous du nobliau ? s'informe Zé-gib. Personnellement, je lui trancherais la gorge avec plaisir.

Accroupi sur le sol, Sigbert de Clérant lance un regard meurtrier aux deux hommes. S'il ne souffrait pas autant, il aurait défié ces pouilleux pour qu'ils lui rendent des comptes par les armes. Quelle humiliation de se retrouver à la merci d'adversaires aussi médiocres !

— Il vient avec nous ! s'exclame d'un ton sans appel Tian qui passe la tête dans l'encadrement de la porte. Il pourra servir de monnaie d'échange en cas de coup dur.

Bien que dubitatif, Hamilcar ne répond pas au jeune homme. Il se contente t'attacher les mains derrière le dos à leur nouvelle recrue. Où iront-ils pour échapper à la fureur du roi Yalstar ? La seule possibilité est la fuite loin du royaume de Drusse. Il faut trouver un capitaine de navire qui accepte de les embarquer à son bord.

— Suivez-moi ! s'impatiente le sorcier de Zamgar. Le trajet pour le port de la capitale est risqué, car les patrouilles royales sont à ta recherche... mais nous n'avons pas d'autres choix.

Tian et Zé-gib acceptent à contrecœur, conscients de l'urgence de la situation. Silencieusement, le fils du désert de Sin-Sinaïl s'approche de leur prisonnier :

— Je serai derrière toi. Au moindre geste suspect, je te saigne comme un fennec !

Sigbert de Clérant sursaute, mais hausse les épaules. Dehors, le soleil brille déjà haut dans le ciel et darde ses rayons insolents. La chaleur envahit rapidement les ruelles nauséabondes de la ville, même si le parfum des embruns, charrié par le vent, atténue les odeurs incommodantes. Le quatuor ne passe pas inaperçu, d'autant plus que le ballet des chauves-souris a inquiété les habitants du quartier. Des vieillards en fin de vie, des prostitués maquillées outrageusement, des galopins livrés à eux-mêmes, tous les regardent avec méfiance, persuadés que ce groupe d'étrangers n'appartient pas à leur monde.

Armés de pics et de gourdins, des traine-savates se sont rassemblés au croisement de venelles insalubres.

— Mes Seigneurs ! les interpellent un grand costaud à la barbe broussailleuse. J'espère que vous ne répugnerez pas à payer le montant pour votre passage, sinon, vous en subirez les conséquences !

Son ton ironique n'amuse personne. Zé-gib enfonce davantage la lame de son couteau dans les côtes de son prisonnier, pour le dissuader de s'échapper.

— Laissez-nous passer ! répond sèchement Hamilcar. Je suis le plus puissant des sorciers de Zamgar. D'un claquement de doigts, je peux tous vous transformer en rats.

Un mouvement de panique se propage parmi les gueux, affolés de subir un tel sort. Certains détalent sans demander leur reste, tandis que d'autres reculent, l'air livide.

— Sauf votre respect, Enchanteur, poursuit imperturbablement le meneur de la troupe hétéroclite, nous sommes une vingtaine et vous seulement quatre. Pensez-vous pouvoir nous métamorphoser tous avant d'être massacrés ?

Tian comprend que ces pauvres bougres n'ont plus rien à perdre, pas même leur misérable vie. Il pose sa main sur l'épaule du sorcier et lui murmure de ne pas agir sous l'effet de la colère. Il lève les bras en signe de paix, puis s'avance vers le chef :

139

— Nous ne cherchons pas l'affrontement. Nous ne sommes que des voyageurs pacifiques, prêts à embarquer sur un bateau en partance vers les Terres lointaines.

Des rires moqueurs font écho aux paroles conciliantes du jeune homme. Le colosse à la tête de ce groupe disparate fait un pas dans leur direction :

— Foi de Tongar, si tu es aussi beau parleur que courageux, tu ne feras pas de vieux os dans les parages !

Les railleries redoublent, sans que l'agressivité des miséreux ne diminue. Hamilcar se prépare à faire usage de la magie, lorsque Tongar fait mine de saisir Tian dans ses bras puissants. Celui-ci esquive en se dématérialisant, puis en réapparaissant à quelques pas du colosse. Tous les forbans hurlent à la sorcellerie, sauf leur chef, admiratif :

— Il y longtemps que je n'ai pas rencontré quelqu'un de ton espèce. Tu as craint que je ne t'exhibe comme un trophée ? N'aie pas peur : tu mérites d'avoir la vie sauve !

Malgré la méfiance de Tian et de ses compagnons, des palabres s'ensuivent parmi la troupe.

— Nous allons vous escorter jusqu'à l'embarcadère. Avec moi et les moins superstitieux de mes hommes, vous ne risquez rien.

Hamilcar, qui voir clair dans le revirement du malfrat, préférerait refuser, mais une telle proposition se représentera-t-elle ?

— Quel est le prix à payer pour vos services ?

Le regard empli de colère, Tongar fixe longuement le nomade qui ose douter de sa sincérité :

— Homme des sables, sache qu'un don est estimable, surtout lorsqu'il provient d'un noble cœur.

Comment une canaille des bas-quartiers pourrait-elle avoir la moindre parcelle d'honnêteté ? Sigbert de Clérant songe que ses ravisseurs sont fous de faire confiance à cette personne. À défaut, cela servira peut-être ses plans d'évasion.

15. Une patrouille sans histoire

Jaris exulte depuis sa nomination en tant que chef de patrouille. Depuis son enfance, il rêvait de faire partie des gardes du roi Yalstar. Né dans une famille pauvre – un père chaudronnier et une mère morte en couches –, il ne pouvait espérer un avenir meilleur que celui de soldat. Très jeune, il a manifesté le désir des armes, embrochant par plaisir des chats ou des rats avec un couteau chipé à la cuisine. Certains de ses compagnons de jeu en ont fait les frais, entaillés par une lame lors de rixes provoquées intentionnellement. Les voisins ont fini par menacer son père de lui faire passer le goût de la violence. Peu disposé à lui consacrer du temps, son géniteur a hésité entre l'abandonner dans la forêt ou le faire enrôler de force dans une école militaire. Par chance, un de ses clients, lui-même garde du roi, a proposé de l'éduquer au métier des armes. À partir de ce jour, Jaris n'a cessé de s'améliorer dans l'art de trucider ses semblables.

L'ordre de patrouiller dans le secteur proche du port qu'il a reçu du sergent de ville, en compagnie d'une dizaine de gardes, lui a déplu au premier abord. Les tavernes et les tripots pullulent dans ce quartier ; les femmes et les mignons qui vendent leurs charmes sont légion. Ses hommes risquent d'être difficiles à contrôler ; leur esprit et leur sens sont perturbés par de multiples sources de distraction. Toutefois, Jaris apprécie cette mission, car la présence de marchands et de capitaines de navire est le gage de rencontres prometteuses. La plupart ne refusent pas une faveur aux chefs des milices royales : des épices en provenance de la baie de Lagos, de la soie tissée des Îles Interdites, des pierres précieuses extraites des mines à la limite du désert de Sin-Sinaïl... Oui, cette visite de routine pourrait se révéler fructueuse et pleine de promesses.

Les consignes de son supérieur hiérarchique sont très claires : si le dénommé Tian, esclave en fuite, ou le magicien Hamilcar, Premier sorcier de Zamgar anciennement au service du roi Yalstar, croisent son chemin, il devra les appréhender. Jaris se souvient parfaitement du mage pour l'avoir rencontré plusieurs fois dans les ruelles de la ville. Peu lui importe à présent pourquoi son suzerain veut le retrouver ! Un ordre est un ordre. Néanmoins, il préférerait ne pas devoir affronter Hamilcar. Sa réputation n'est pas usurpée. L'effectif de sa patrouille ne suffirait pas pour affronter ce dangereux jeteur de sorts.

L'autre, le dénommé Tian, Jaris en a peu entendu parler, si ce n'est par les gardes à qui il a échappé. D'après leurs dires, le fugitif est affecté de la disgrâce d'un boiteux. Néanmoins, comme à chaque fois, cette patrouille se soldera par l'arrestation d'un ou deux ivrognes, de clients de prostituées un peu trop violents, de marins qui profitent de l'escale pour s'enivrer et chercher la bagarre : un tableau de chasse peu glorieux, qui ne satisfait pas ses ambitions.

Jaris soupire et donne l'ordre aux hommes de sa troupe de s'arrêter près d'une fontaine pour se rafraîchir. La place offre un peu d'ombre et les cris familiers des mouettes sont une promesse de revoir bientôt la mer des Sarcasses. Parfois, il regrette de n'avoir pas embarqué à bord d'un navire. Au moins, il sillonnerait la mer, avec l'espoir de découvrir des terres inexplorées et d'assiéger des cités inconnues. Jaris a entendu des officiers discuter d'une expédition à destination de l'archipel de Bellisar. Depuis toujours, les ménestrels chantent la beauté et les richesses de ses îles. En frottant ses mains mouillées sur son visage, il tente de chasser ses rêves d'aventures lointaines.

Au même moment, une troupe étrange fait irruption sur la place. En majorité, elle est composée d'individus que l'on préfère ne pas croiser en pleine nuit. Pourtant, ce qui attire l'œil de Jaris, c'est la silhouette d'un homme encapuchonné au port altier et du jeune homme qui le suit en claudiquant. Un troisième personnage à l'allure noble complète le trio.

— Halte ! ordonne sans réfléchir le garde du roi. Déclinez votre identité ! Vous, l'estropié, devant !

Obéissant à l'instinct militaire, la patrouille forme la ligne devant son chef, les lances braquées vers le groupe de suspects. Jaris affiche une confiance excessive, malgré un effectif inférieur à celui des malandrins. Néanmoins, il ne peut réprimer un frisson en réalisant que l'un des hommes en face de lui est précisément le sorcier Hamilcar.

— De quel droit osez-vous exiger quelque chose de la part du premier magicien de Yalstar ?

La réaction de celui que Jaris est chargé d'arrêter claque comme une gifle. En guise de réponse, les manants se regroupent pour former un demi-cercle, exhibant leurs lames et vociférant. Aucun d'entre eux n'éprouve la moindre crainte envers les représentants du roi.

— Sa Majesté Yalstar a décrété qu'on vous capture, ainsi qu'un estropié, tempère Jaris. Je ne fais qu'exécuter les ordres.

— Dis-moi, petit homme à la tête d'une petite troupe..., se moque Tongar, sans être invité à prendre part à la conversation. Quelles sont vos chances de survie en cas d'affrontement ?

Un frémissement parcourt les gardes postés derrière Jaris. La peur parmi eux est aussi contagieuse que la petite vérole. Face à des combattants qui n'ont rien à perdre, la défaite est certaine. Le chef de la patrouille évalue rapidement les solutions qui s'offrent à lui. Le seul moyen de venir à bout de cette troupe récalcitrante serait de faire appel à des renforts. La corne qui sert à donner l'alerte pend à son cou, mais Jaris sait qu'il sera mort avant d'en faire usage.

— Nous ne cherchons pas à vous défier, reprend Hamilcar, visiblement courroucé par l'intervention de Tongar. Néanmoins, si votre intention est de nous empêcher de poursuivre en direction du port, vous serez éliminés !

La détermination froide que ressent Jaris dans la voix et le regard du sorcier ne l'incite pas à l'imprudence. Pourtant, son statut de garde royal et de chef de patrouille l'oblige à faire appliquer la loi.

— Prêts au combat ! hurle-t-il en guise de réponse.

Aussitôt, les gueux se ruent à l'attaque avec une farouche détermination. Les premiers gaillards s'embrochent sur la pointe des lances dressées, mais rapidement, les suivants traversent les défenses et malgré d'autres victimes, mettent les soldats hors d'état de nuire. Bientôt, Jaris se retrouve seul face aux survivants.

— Rendez-vous, lui conseille Hamilcar. Sinon, vous deviendrez un héros de plus tué au combat parmi tant d'autres.

Jaris, effectuant des moulinets désespérés avec son épée, se rappelle la légende dans laquelle ce noble a sonné du cor pour alerter son suzerain de l'attaque de l'arrière-garde de son armée. Encerclé par un ennemi supérieur en nombre, il comprend ce qu'il doit faire... Plutôt que d'esquisser une parade ou bien de frapper d'estoc ou de taille, il jette son épée sur le sol et saisit la corne d'alarme pour souffler dedans avant d'être transpercé par ses ennemis. Au moment de porter son instrument à la bouche, celui-ci est réduit en poussière par une incantation magique d'Hamilcar, dont les mains s'agitent de façon terrifiante. Les compagnons d'infortune de Tian qui n'ont pas réagi, reculent, impressionnés par la redoutable démonstration du sorcier.

— La prochaine fois, c'est toi que je réduis en cendres, stupide soldat.

Jaris voudrait s'enfuir, mais des bras puissants le saisissent et le plaquent au sol. Il songe que la fin est proche, mais qu'au moins, il aura profité des plaisirs terrestres.

— Ne le tuez pas ! décrète Tian. Un otage pourra nous servir de monnaie d'échange, d'autant plus si c'est un chef de patrouille.

Tongar refuse d'obéir à un ordre qui les met en danger. Si le chefaillon s'échappe, tous les gardes du roi seront bientôt à leurs trousses :

— Vous n'êtes pas du coin, petit homme. Pour survivre, il ne faut laisser aucun témoin derrière nous, sinon, la route sera longue jusqu'au port. Lui trancher la gorge nous simplifierait la tâche.

Hamilcar s'apprête à rappeler que son rang en fait le décideur naturel, mais Tian rétorque sèchement :

— Le garde nous accompagne. Ligotez-le à Sigbert de Clérant, un chevalier du guet devrait bien s'entendre avec un soldat.

La pointe d'ironie terminant la phrase n'est pas du goût de l'intéressé. Il rumine sa vengeance, en attendant de fausser compagnie à ses ravisseurs. Cet imbécile de garde lui procurera peut-être une occasion ?

La troupe amputée d'une dizaine de combattants se remet en route, abandonnant les blessés et les morts gisant sur la place. L'eau de la fontaine s'est teintée de rouge. Hamilcar se doute que la découverte des corps par les habitants risque de produire un effet similaire à la fuite d'un des soldats de la patrouille. Le temps va jouer contre eux. Hélas, sa magie n'est pas assez puissante pour stopper sa course. Le chemin est encore long vers le port. Déjà, les passants lancent des regards soupçonneux au groupe qui progresse, des femmes effrontées les défient d'un regard provocateur, des hommes ventrus, attablés devant une assiette fumante, les jaugent d'un œil circonspect.

La ruelle pentue serpente lentement vers les quais, mais l'activité qui y règne joue en faveur des étrangers. Ici, le cœur de la capitale bat nuit et jour. Des marchandises circulent en permanence, en provenance de tous les rivages de la mer des Sarcasses. Les mouettes criardes manifestent leur joie de chiper les restes de poisson ou de viande sur les étals ou par terre, les chats errants sont aussi de la partie. Toute cette effervescence grise la cervelle de Tian qui, malgré ses nombreux voyages, n'a jamais connu une telle foule. Assurément, la prospérité du commerce de la capitale du royaume de Drusse est un bon indicateur de sa notoriété grandissante. Son souverain doit être craint et respecté. Pourtant, le personnage auquel il a été brièvement présenté lui a paru vil et cruel.

— À quoi penses-tu donc, jeune boiteux ? Tu parais à la fois émerveillé par l'agitation qui nous entoure, et en même temps, ton regard semble parfois s'éteindre. Tu possèdes aussi des dons de divination ?

Hamilcar l'interroge avec des accents de sincérité. Tian est sensible à la franchise. Il déteste le mensonge, bien que souvent dans sa courte existence, il en ait abusé pour parvenir à ses fins.

— Je n'ai aucun don, excepté cette incontrôlable capacité à me dématérialiser. Je ne sais pas d'où me vient une telle aptitude.

— Ta mère ou ton père étaient-ils des mages ou des sorciers ? renchérit Hamilcar. Certains parmi ta famille détenaient-ils des pouvoirs occultes ?

Tian hésite un moment avant de répondre. Ses souvenirs d'enfance sont douloureux et il n'en a parlé à personne.

— J'ai été élevé par ma grand-mère, No'ma. Après l'accident qui m'a rendu infirme, mes parents ont décidé de me confier à leur aïeule. J'étais devenu un poids pour eux dans le grand désert blanc où survivre est un combat de chaque jour.

— Alors comment une vieille femme encombrée d'un enfant en bas-âge a-t-elle réussi cet exploit ? rétorque le sorcier de Zamgar. Elle devait avoir des ressources hors du commun !

Tian n'a jamais considéré les choses sous cet angle. Ses géniteurs l'ayant abandonné, No'ma est devenue sa source de vie, celle qui lui prodiguait amour et compréhension. Pourquoi dévoiler à un étranger son affection pour celle qui lui a tout appris ?

— Elle avait des talents de guérisseuse, c'est vrai. Elle soignait les maux physiques, mais surtout les maladies de l'esprit. Lorsqu'une femme enceinte en proie aux doutes ou un guerrier à la veille d'une bataille venait la consulter, No'ma savait toujours trouver les mots justes. Sa perception de l'âme humaine lui permettait d'appréhender les sentiments de ses semblables.

Des voiles qui claquent au vent interrompent leur conversation. Sans trop d'encombre, la petite troupe a atteint son objectif. Finalement, cela a presque été une promenade de santé.

— Trouvons le bateau de vos rêves, lance Tongar. Les soutes pleines de donzelles bien en chair et de marchandises avariées... À moins que ce ne soit le contraire !

Au moment où ses compagnons d'infortune s'esclaffent, une panique se propage sur les quais qui grouillent de monde. Avant qu'ils ne puissent réagir, plusieurs cohortes de gardes armés jusqu'aux dents les encerclent. Un officier s'avance, l'air sombre, puis pointe sa lame dans leur direction :

— Vous avez intérêt à déposer les armes, manants ! Sinon, vos cadavres flotteront bientôt sur la mer des Sarcasses.

16. Impitoyables flots

Tous les marins du bateau de pêcheurs mouillé discrètement dans la crique méridionale la plus reculée accueillent leur hôte de marque avec respect. Zadia apprécie cet hommage, malgré son échec à défendre l'archipel de Bellisar. Ce départ précipité l'empêche de faire payer à Gaalmon son ignoble traîtrise. Celui que l'Ordre de Chaam a accueilli en son sein a pactisé avec l'ennemi. D'après les blasons sur les voiles des navires, le royaume de Drusse est à l'origine de cette invasion. Le roi, Yalstar, n'a jamais caché son animosité à l'égard du Grand Médicateur. Pourquoi, alors, le vieil homme lui a-t-il demandé d'aller se jeter dans la gueule du loup ?

Azaam et ses visions : toute une histoire ! Pourtant, ses prodigieux dons n'ont pas suffi à protéger les îles du danger. Tandis qu'un jeune matelot largue les amarres, une brise printanière fouette les longs cheveux bouclés de la jeune femme. Depuis sa fuite honteuse, elle n'a plus envie de les nouer en tresses, signe distinctif de son grade de commandante. À présent, elle n'est plus qu'une exilée, en partance pour une ville où un garçon affligé d'un handicap est censé sauver les adeptes de Chaam.

Zadia se prend la tête entre les mains. Elle voudrait pleurer, mais la proximité avec les hommes d'équipage ne l'autorise pas à dévoiler un moment de faiblesse. Elle pense à sa fière monture, Alderam, rendue à la liberté et qu'elle ne reverra sans doute jamais. Comme un dernier hommage, le fier étalon s'est dressé en hennissant avant de s'enfuir au galop. Un véritable crève-cœur !

Néanmoins, afin d'honorer son mentor décédé, elle s'efforce de demeurer forte et de ne pas perdre espoir. Les yeux humides, la fière guerrière ravale ses larmes et propose au capitaine son aide. L'inaction la ronge, propice à laisser les idées noires prendre le dessus. Par chance, aucune voile ennemie n'est visible à l'horizon crépusculaire. Ces maudits soldats à la solde d'un despote sanguinaire sont trop occupés par la mise à sac du monastère et par la spoliation des richesses qu'il renferme. Comment le visionnaire Azaam n'a-t-il pas anticipé cette attaque ?

La grand-voile enfle et le frêle esquif s'éloigne des côtes de l'archipel de Bellisar. Excepté durant ses premières années de vie, Zadia a toujours séjourné sur ces îles. Les souvenirs des terres glacées de sa naissance s'estompent avec le visage de sa mère. Les régions septentrionales où, paraît-il, survivre est un exploit, n'évoquent plus grand-chose à la jeune femme qu'elle est devenue. Bien sûr, la texture et la couleur sombre de ses cheveux, la pâleur de son épiderme qui se couvre de taches de rousseur sous l'effet du soleil tropical, trahissent ses origines. Un jour, peut-être, retournera-t-elle vers son peuple, ces hommes rudes et ces femmes des contrées enneigées.

— À bâbord ! À bâbord ! hurle la vigie, de l'excitation dans la voix.

Plusieurs marins se précipitent et Zadia les imite, intriguée. Malgré le jour déclinant, une forme caractéristique nage à quelques encablures de la coque du bateau.

— C'est un Gunork, non ? demande-t-elle.

— Un tout jeune, répond le capitaine. Il ferait une belle provision de viande pour notre traversée.

Zadia écarquille les yeux pour tenter d'estimer sa taille. Malgré sa silhouette juvénile, la bestiole semble plus grande que leur embarcation et doit peser beaucoup plus que celle-ci. Étrangement, sa présence à proximité ne l'effraie pas. Déjà, l'équipage s'affaire pour virer de bord en direction d'une proie possible. L'excitation qui règne traduit l'importance d'une telle prise.

— Capitaine ! s'écrie Zadia, mue par une soudaine intuition, ne cherchez pas à capturer ce Gunork. Je vous dédommagerai pour la perte financière si vous l'épargnez.

Surpris par une telle requête, les marins à l'écoute dévisagent leur hôte de marque. Pour les pêcheurs, tous les profits liés aux animaux capturés en mer sont partagés équitablement. Des murmures de désapprobation font écho aux paroles de la jeune femme. Par respect pour elle, aucun n'ose s'opposer à sa demande, jugée incongrue. Tandis que l'embarcation reprend son cap initial, Zadia contemple la surface où des ridules naissantes signalent la présence du prédateur marin. D'habitude, cette espèce vit au sein d'une troupe d'individus, les plus jeunes protégés par les femelles dominantes. Pourquoi ce Gunork se retrouve-t-il seul ? Sa mère a-t-elle été tuée par des pêcheurs ?

La nuit recouvre à présent l'étendue liquide. Mis à part un quart de lune pâlissant dont la faible luminosité ne suffit pas à éclairer l'horizon, l'obscurité noie toute chose. Zadia grelotte sous l'effet de la brise maritime. Elle succombe au désespoir, touchée par la terrible désillusion de l'invasion et surtout par la mort d'Azaam. L'avenir s'assombrit comme les flots fendus par l'étrave du bateau. La fatigue accumulée qui l'étreint l'oblige à s'allonger sur un tas de cordage. Un matelot prévenant recouvre la silhouette pelotonnée sur elle-même d'une couverture lorsqu'il passe à côté. Les vagues effleurent doucement la coque de bois pour ne pas réveiller la belle endormie.

Au matin, un soleil aux éclats virulents aveugle l'horizon. L'activité à bord a repris son cours normal et Zadia émerge difficilement de sa torpeur. Bien qu'insulaire, elle n'a jamais pris de plaisir à la navigation. Dans ses gènes sont gravés des paysages enneigés et des vents glaciaux. La plupart des tribus nomades parcourent les terres septentrionales en marchant. Ces guerriers chassent et parfois suivent pendant des semaines une harde de cervidés. Non sans difficulté, elle se lève, peu accoutumée au tangage et au roulis. La mer des Sarcasses se manifeste davantage et ses soubresauts provoquent plus d'agitation.

Zadia se sent nauséeuse – un comble ! – et tente de masquer son état aux marins. Certains font semblant de ne rien remarquer, d'autres plaisantent sans méchanceté. Tous ont eu le mal de mer au moins une fois. Le pied marin, cela s'apprend avec l'expérience. La fière combattante se traîne à la poupe et vomit piteusement par-dessus le bastingage. Le capitaine s'approche de la malheureuse et lui tend une chope remplie d'un liquide mousseux.

— Vous voilà un vrai marin, à présent. Buvez ! C'est radical pour chasser les maux de ventre.

Méfiante, Zadia renifle la boisson offerte par le pêcheur. L'odeur est désagréable, mais elle ne peut rester dans cet état toute la traversée. Elle boit d'une traite le soi-disant remède. Son goût est tellement abominable qu'elle se penche et crache la potion en maudissant son auteur.

— Maintenant, s'exclame le capitaine sur un ton badin, vous savez qu'il existe quelque chose de pire que le mal de mer !

Tous les marins se mettent à rire et à fredonner des chansons grivoises. Une ambiance festive règne à bord grâce à l'état maladif de leur passagère. Zadia apprécie moyennement cette réaction et s'apprête à le faire savoir.

— C'est une tradition ! anticipe un des pêcheurs. Lorsqu'un de nous régurgite, on préfère tourner ça en dérision pour rendre la chose plus supportable.

Le moment de gaieté s'avère de courte durée. Une tempête approche et des creux de plusieurs fois sa hauteur secouent le bateau. L'instinct de survie prend le dessus sur le mal de mer. Zadia agrippe fermement le mât et prie pour ne pas chavirer. Plutôt mourir que d'avouer ne pas savoir nager !

Chaque membre de l'équipage connaît exactement son rôle. La Commandante découvre son inutilité à bord d'un voilier. Habituée à diriger une troupe d'élite, perpétuellement à l'entraînement, elle ne sert pas à grand-chose sur ce frêle esquif. Battus par les flots, les visages des marins qu'elle parvient à apercevoir sont concentrés à l'extrême. L'angoisse de sombrer dans cette mer déchaînée s'empare de son esprit. Son passé défile et elle se remémore les jours heureux en présence du Grand Médicateur. Sa patience pour lui enseigner toutes sortes de connaissances, son enthousiasme lorsque son élève est fière de lui montrer ses progrès. Ressasser les images d'un bonheur perdu en un temps si rapide plonge Zadia dans la détresse.

Malgré les cris des hommes qui manœuvrent le bateau malmené par la mer en furie, une transe inconnue la plonge dans un état proche du sommeil.

Elle voit au-delà de l'étendue agitée, loin, vers des cieux plus cléments. Pourtant, le calme apparent qui règne dans les ruelles désertes de la cité semble improbable. De la ville fantôme, une impression malsaine se dégage. De la poussière, soulevée en gerbes blafardes, se répand en une pluie intrigante. Zadia a beau se persuader que c'est un songe, elle poursuit néanmoins son voyage onirique avec angoisse. Soudain, à la croisée de venelles désertes, une patrouille de soldats arbore les mêmes armes que celles qui figuraient sur les voiles des navires envahisseurs et se dirige vers elle, escortant des prisonniers. Parmi eux, Zadia reconnaît le jeune boiteux qu'elle doit retrouver.

Un craquement sinistre interrompt sa vision surprenante : le mât du bateau auquel elle se cramponne désespérément oscille dangereusement. Le capitaine l'éloigne du danger d'une bourrade, tandis que plusieurs marins tendent des cordages avec l'espoir d'empêcher la chute. Une bourrasque plus forte achève l'œuvre de la tempête. L'embarcation penche à tribord, entraînée par le poids de la voile détrempée. Les cris d'alerte des membres d'équipage ne peuvent rien contre l'inexorable chavirement. Zadia tente d'attraper le bastingage, mais elle n'évite pas d'être projetée à la mer. À bord, la panique est telle que personne ne remarque sa disparition.

Plongée dans des eaux tumultueuses, celle qui ne sait pas nager agite vainement les bras dans l'espoir d'attirer l'attention. Une vague plus haute que les autres s'abat sur elle et l'entraîne vers le fond. Des remous violents secouent dans tous les sens son corps livré aux éléments marins en furie. Incapable de remonter à la surface, Zadia sait qu'elle va mourir noyée. Déjà, l'air lui manque et l'immersion prolongée dans l'eau salée achèvera d'inonder ses voies respiratoires. Elle ne remontera jamais à la surface ; elle n'accomplira pas sa mission. Ses rêves où figurait l'inconnu claudiquant n'étaient que des mensonges, des illusions trompeuses. Elle en est maintenant persuadée : tout cela n'aura bientôt plus d'importance...

Soudain, une ombre gigantesque passe sous la silhouette malmenée au gré des courants capricieux. Apaisée, Zadia accepte de rejoindre le royaume des morts. La forme immense qui cercle autour d'elle annonce les créatures de l'au-delà. Rassurée, la guerrière attend de rejoindre ses ancêtres et toutes les personnes qui ont compté durant sa courte existence. La sensation de s'élever, de subir une ascension rapide, l'envahit. Son enveloppe corporelle subit des pressions excessives, accompagnées par le saignement de ses tympans. Avant de s'évanouir, Zadia aperçoit à l'horizon un éclat de lumière, expression tant désirée d'une présence divine.

17. Sauvée des eaux !

Pour la première fois depuis longtemps, le roi Yalstar hésite à propos de la décision à prendre. Dès le commencement de son règne, les occasions ont été nombreuses de condamner aux pires châtiments ses opposants, mais aussi tous ceux qui osent le défier. Parfois, pour le plaisir de voir un courtisan veule mourir lentement, il a lui-même appliqué la sentence. Son grand plaisir : prolonger l'agonie et, soudain, alors que le supplicié croit ne jamais en finir, l'achever de ses propres mains, de préférence avec un poignard ou bien en lui brisant la nuque.

— Votre Altesse, que dois-je faire de ces deux-là ?

Le regard de l'officier à la tête de la patrouille qui a capturé les fugitifs déplaît au monarque. Il y décèle une hésitation, une interrogation qui remet en cause son autorité. Agenouillés à ses pieds, les bras liés dans le dos, le traître de sorcier et l'esclave en fuite courbent l'échine. Leurs geôliers avaient pour consigne de les malmener, afin de leur apprendre le respect dû à leur suzerain. Le sang qui coule sur le front d'Hamilcar atteste que ses ordres ont été suivis ; cela atténue un peu la colère de Yalstar. Une foule perplexe est rassemblée dans la salle des fêtes, alors que ce lieu est réservé à la célébration de grands événements. Parmi ses vassaux, la peur, mais aussi le doute, trace son chemin. Les gardes armés ayant pris position aux quatre coins de l'immense pièce n'aident pas à rassurer l'assistance. Un silence religieux a succédé à la demande du chef de patrouille.

— Moi, Yalstar, descendant de Yamorf, précurseur du royaume de Drusse, je déclare que les prisonniers subiront le sort des esclaves-rameurs à bord de la galère royale. Les exécuter par décapitation ou pendaison serait une peine par trop clémente au regard de leurs crimes odieux. Tous deux finiront leurs existences enchaînées dans la cale d'un navire.

Excepté les râles singuliers des condamnés, aucune manifestation sonore ne couvre de son approbation l'annonce faite. Furieux, Yalstar dévisage l'officier qui se tient devant lui dans une attitude apeurée. Enfin, une lueur de compréhension apparaît dans ses yeux écarquillés :

— Longue vie et prospérité à notre roi, dont le jugement clément atteint la perfection !

D'une même voix, toutes les personnes présentes reprennent précipitamment l'acclamation en chœur. Des clameurs féminines ajoutent une note dithyrambique aux effusions de la foule. Sa Majesté apprécie une telle démonstration spontanée de ses courtisans. Il n'oubliera pas les visages de ceux qui ont tardé à l'exprimer. Certains auraient torts de croire qu'avoir épargné ces misérables constitue un aveu de faiblesse. Ils crèveront comme des chiens durant leur traversée.

— Sérénissime Altesse…

L'officier châtie aussitôt celui qui ose parler sans y avoir été invité. Hamilcar grimace en se tenant les côtes. Malgré la douleur, il lève la tête et fixe le roi affalé sur son trône.

— Laissez-le parler ! ordonne Yalstar, curieux d'entendre ce que le mage veut dire.

Tian se tourne légèrement, maudissant son incapacité à disparaître. Son pouvoir, d'habitude déterminant, ne s'est pas manifesté depuis leur capture sur le port où il a assisté, impuissant, au massacre de ses compagnons d'infortune. Seuls Tongar et le chevalier du guet ont été épargnés, au motif qu'ils feraient d'excellents galériens. Le sourire empreint de revanche de Jaris, passé du statut d'otage à vainqueur, le hante. En revanche, aucune nouvelle du vieil homme, Zé-gib. Le captif espère qu'il n'a pas été exécuté.

— Merci, Majesté. La guilde des sorciers de Zamgar n'appréciera pas votre sentence sans avoir été consultée au préalable.

Le roi grimace face à une telle insolence. Pour faire bonne mesure, l'officier frappe une seconde fois le prisonnier. Tian essaie de se défaire de ses liens pour échapper à la captivité. Des images de son enfance le hantent, quand ses parents se sentaient obligés de l'enfermer dans une grotte sombre et humide, avec pour seuls compagnons les araignées et les courants d'air. Paria, il l'est depuis la naissance à cause de sa différence. Telle une ombre, il traverse les civilisations en déclenchant sur son passage des réactions de répulsion et de défense.

— Emportez ces rebuts qui ont osé défier mon autorité. Enchaînez-les sur une des rangées de rameurs de la galère royale et que les efforts leur déchirent lentement les muscles jusqu'au déclin de leur organisme. Dès demain, nous voguerons vers l'archipel de Bellisar.

Hamilcar reste persuadé que ce dégénéré se réjouira d'assister à leur supplice. Quel dommage que sa magie soit inopérante, les mains liées dans le dos. Sans lui laisser plaider davantage leur cause, une poigne brutale les arrache à leur confrontation avec le despote. Conclusion sordide d'une cavale inutile ! Pourtant, son compagnon boiteux possède en lui des pouvoirs que le suzerain du royaume de Drusse ne soupçonne pas. Peut-être, après tout, lorsqu'ils cingleront dans le ventre d'un bateau, les facultés exceptionnelles de Tian renaîtront-elles ? La présence néfaste de Yalstar occulte tout merveilleux autour de lui. Son aura maléfique diffuse en permanence des ondes négatives.

Dès le soir, les deux condamnés rejoignent d'autres malheureux qui rament contre leur gré dans le ventre d'une galère, attachés à un des rangs de rameurs. Tian tente de s'opposer aux gardiens qui lui fixent les fers aux chevilles, mais les coups de fouet qui pleuvent ont raison de sa résistance. Il aperçoit le mage Hamilcar subir le même châtiment. Pourquoi ne peut-il jeter un sort aux argousins pour se libérer ? C'est à n'y plus rien comprendre ! Il semblerait que l'obscurité se referme sur lui, alors que le vent de la liberté soufflait. Que sont devenus Tongar le truand, Zé-Gib le nomade, et le sieur Sigbert de Clérant qui voulait sa peau ? Les braises éteintes raviveront-elles un feu d'espoir ? Dans ses rares moments de repos, lorsque ses yeux se ferment d'épuisement, un visage de femme lui apparaît.

Le roulement brutal du tambour marque le rythme, tandis que les vociférations de leurs geôliers obligent par leurs coups les rameurs à accélérer la cadence. Dans sa chair, Tian sent les battements de son cœur s'emballer, incapable de savoir combien de temps il pourra survivre à ce traitement inhumain. Depuis leur départ de la ville d'Astrebal, les jours succèdent aux nuits sans que cela ne fasse de différence. Une fois par jour, la maigre distribution de pitance et d'eau saumâtre interrompt le long supplice. Le cœur qui lâche, des prisonniers à bout de forces meurent brutalement. Aussitôt, les garde-chiourmes les détachent et jettent leurs corps à la mer, sans autre forme de cérémonie. Pour les rameurs en vie, le quotidien empire, car on exige d'eux de maintenir le même rythme soutenu.

Sur le gaillard avant qui domine les rangées de rameurs, les officiers du bâtiment hurlent leurs ordres. Parfois, Tian aperçoit la silhouette de celui qui les a condamnés à cette odieuse peine, un sourire narquois sur le visage. Il n'arrive plus à se dématérialiser, comme si cette faculté l'avait abandonné. Confronté à la barbarie, son esprit rassemble ses derniers fragments de lucidité pour tenter de survivre. Il prie pour que les autres forçats couverts de chaînes fassent de même. La nuit éternelle a envahi son horizon, malgré les flots tumultueux contre lesquels l'embarcation doit lutter. Tous ses muscles sont tétanisés, ses veines saillantes dessinent sur son torse nu des toiles d'araignées sanglantes. Bientôt, ses forces l'abandonneront et son destin sera scellé. Les rêves d'une autre vie qui l'attendait se dissoudront dans les vapeurs de transpiration de la chiourme. Poisseux, collés les uns aux autres, des restes d'humains attendent la mort.

— Un homme à la mer ! hurle la vigie.

Le capitaine de la galère, qui attend une promotion, fait mine de s'intéresser au cri d'alarme. Il brandit la longue-vue que lui tend l'homme de quart et parcourt la surface ondulante de vagues. Un corps inerte flotte sur l'eau, entouré d'une nuée oiseaux des mers qui entament déjà leur ballet mortel. En observant avec plus d'attention la silhouette à la merci des courants, l'officier de marine tressaille. Cette chevelure, ces formes suggestives : c'est une femme !

— Timonier, cap sur le naufragé. Affalez la voile et que les rameurs ralentissent la cadence !

Les mouettes criardes protestent à l'approche de l'embarcation, conscientes de renoncer à un repas offert. Dès que la galère s'immobilise, un canot est mis à la mer et des marins se saisissent de la naufragée évanouie.

— Fais gaffe, à tribord ! avertit l'un d'eux. Un Gunork !

L'animal semble nerveux. Il plonge sous l'eau, pour réapparaître à quelques encablures de la coquille de noix. À l'aide du trébuchet dont est équipée la galère, plusieurs volées de projectiles sont envoyées en direction du mammifère marin. Sous la menace, les matelots s'empressent de regagner le bord sécuritaire du navire. L'inconnue rescapée des flots est transportée avec précaution sur le pont. Tous les hommes d'équipage tentent de la voir.

— Elle est belle comme une sirène ! s'exclament plusieurs marins qui ne rêvent que de femmes.

Les garde-chiourmes aussi ont leur avis et échangent des propos salaces sur sa beauté. Tian les entend parler d'une offrande pour leur roi. En frémissant, le jeune homme comprend que si la jeune femme survit, elle servira de butin sexuel au lubrique Yalstar. Sans savoir pourquoi, il ressent au fond de lui une colère sourde, une rage inhabituelle enfouie dans son cœur. Des tremblements se propagent le long de ses membres et une chaleur intense l'envahit.

Les autres rameurs du même rang lui jettent des coups d'œil inquiets. « Ils pensent que je vais perdre connaissance ! » Cela entraînerait des sanctions pour tout le monde. Tous ont peur des terribles conséquences. « Quelle pitié ! songe Tian. Nous sommes devenus tellement misérables au point de ne plus nous soucier les uns des autres. »

Pendant ce temps, au niveau supérieur, le médecin personnel du tyran est au chevet de la naufragée. Après un examen rapide, il assure à Sa Majesté que la jeune femme, vigoureuse, recouvrera ses forces.

— Transportez-la dans ma chambre. Dès qu'elle se réveillera, prévenez-moi.

Le regard mauvais avec lequel Yalstar dévisage le corps de la belle inconnue n'augure rien de bon. Le guérisseur est conscient du sort réservé à sa patiente par son suzerain, mais il se contente d'acquiescer de la tête.

Au loin, les jets convulsifs expulsés par le jeune Gunork qui fouette l'eau avec sa nageoire caudale se mêlent aux cris plaintifs des oiseaux.

18. Un choix déraisonnable

La nuit apporte un peu de fraîcheur et de repos. Après une nouvelle traversée harassante, Tian prend de plus en plus conscience de la nécessité d'échapper à cet enfer. Des crampes et des douleurs persistent dans tous ses membres, mais sa jambe difforme le fait souffrir encore davantage. Exprime-t-elle les remords de sa conscience ? Le regret de l'avoir entraîné dans cette galère ? Un boiteux n'a rien à faire dans un tel endroit. Un boiteux mendie ou vit de petits larcins, au mieux. Le voleur qu'il était s'accommodait de son handicap, car le don venait toujours à son aide. L'existence n'était pas plus simple, mais il s'en contentait.

Pourtant, aujourd'hui, quelque chose a changé en lui. Cette femme, que les marins ont repêchée, cette étrangère, a réveillé son désir de lutter, son besoin de vivre. Tian ne sait pas pourquoi, mais il ressent une sorte de connexion avec la fille sauvée des eaux. Cette idée est complètement absurde, voire désespérée, mais ce sentiment rallume une lueur d'espoir. La possibilité de trouver un moyen de se libérer fait son chemin. L'énergie conservée, malgré la tâche épuisante de ramer, il la doit à cette étrangère, dont il ne sait rien et pour laquelle, pourtant, il devine une attirance.

Sur ordre du capitaine, les argousins ont laissé reposer toute la chiourme après avoir mis en panne la galère royale. À titre exceptionnel, le navire a jeté l'ancre. Des rumeurs insistantes circulent, prétendant que le roi aurait besoin de calme pour faire son affaire à la jolie naufragée. Tian est révolté par cette perspective. Néanmoins, profitant de ce repos inespéré et du sommeil des galériens, Tian se concentre et tente de visualiser un point parmi les rangées de rameurs. Jamais, il n'a osé essayer de se projeter en un autre lieu. Chaque fois que cela s'est produit par le passé, il ne contrôlait absolument pas la dématérialisation. Le processus lui échappait complètement ! Un des prisonniers marmonne en dormant, débitant des propos incohérents. Tian vérifie qu'aucun garde ne se dirige dans sa direction. À nouveau, il s'imagine ailleurs, capable d'échapper à ses entraves. Il se souvient de sa pendaison à la cité de Lagos, lorsque la corde serrait son cou et que, sans le vouloir, il s'est volatilisé aux yeux des habitants accourus au spectacle.

Un autre rameur tousse dans son sommeil, la gorge probablement en feu. Cette fois, sa volonté domptera son pouvoir, aidé involontairement par la naufragée. Tian ferme les yeux et respire lentement, comme pour contrôler le rythme de ses pulsations, domptant peu à peu chaque parcelle de son métabolisme. Par moments, il aperçoit brièvement le visage de celle grâce à qui la métamorphose s'accomplira. Le doute est chassé par la certitude de réussir. La chiourme s'efface au profit d'une autre réalité, plus en accord avec ses aspirations. Un son étrange et doux retentit, comme un appel lointain. L'éclopé dès sa jeunesse avance en claudiquant dans un tunnel obscur, convaincu de trouver une sortie rapidement. La foi qu'il développe en ses capacités pourrait sembler prétentieuse : il n'en est rien ! Seul ce lien grandissant avec la passagère nourrit ses ambitions. Bientôt, il sera libre. Il le sait. Il en est certain.

Une brise légère accompagne son trajet dans la galerie aux multiples ramifications. Le cœur de ce labyrinthe se dévoile en symbiose avec lui-même. Il est le labyrinthe. Il est le passage. Le voyage touche à sa fin. Sa destination finale dépendra du lien avec cette femme. Soudain, le paysage se décompose en volutes bleues, le ciel étoilé entame une rotation effrénée. Tian a envie de vomir, semblable au passager d'un navire affrontant une tempête. L'environnement se dilate, le temps et l'espace se séparent, leur perception s'étirant délibérément. Tian se persuade que l'ultime trajet sera celui qui le propulsera à bon port. Un éclair jaillit, zébrant témoin de son exploit. Une explosion retentit, mais seule sa réalité a explosé. Il tente de crier, mais aucun son ne se propage dans l'atmosphère. Aurait-il atteint le Royaume des Morts en lieu et place de son pari osé ?

Zadia ouvre les yeux péniblement. Le sel a craquelé ses paupières et ses lèvres charnues. Le lit instable où elle repose tangue. Elle se souvient de la mer furieuse, des vagues meurtrières... Un gigantesque animal l'a empêchée de se noyer. Les craquelures du bois, les cris des hommes d'équipage : un bateau l'a repêchée ! Elle n'est plus à la merci des flots, mais des marins. Elle essaie de s'asseoir, mais son corps affaibli refuse de lui obéir. Elle qui depuis son enfance s'astreint à des entraînements rigoureux, la voilà sans force et sans défense. La fatigue aura-t-elle le dernier mot ?

— Vous êtes d'une constitution exceptionnelle, chère enfant.

Zadia tourne la tête avec difficulté et découvre un vieillard au sourire bienveillant.

— Je suis Asfel, le médecin de bord et aussi celui de la famille royale. Vos facultés de récupération sont incroyables. Je vais vous laisser vous reposer. Je me dois d'avertir le roi de Drusse de votre réveil...

À ce nom, la naufragée frémit, horrifiée à l'idée d'avoir été sauvée par son pire ennemi, l'homme qui a commandité la fin de l'Ordre de Chaam et sans doute contribué à la mort du Grand Médicateur, son mentor. La seule vision de sa silhouette entrant dans cette chambre lui paraît intolérable.

— Par pitié, si vous êtes un homme de bien, ne dites pas à votre maître que je suis réveillée. Mentezlui ! Racontez-lui que je suis plongée dans un long sommeil.

Le vieux guérisseur, au titre pompeux de Médecin Royal, soupire malgré lui. Depuis toutes ces années, il assiste à l'hégémonie du roi Yalstar, à sa soif de pouvoir et de conquêtes, à sa cruauté. Il supporte difficilement les colères assassines de ce despote violent, capable sur un coup de tête de faire exécuter tous ses esclaves ou toutes ses danseuses. La folie meurtrière de son souverain le ronge et elle n'est pas compatible avec ses principes de soigneur.

— Si je vous aide, il tuera tous les membres de ma famille, dont ma femme et mon fils. Je m'en excuse par avance, mais je ne peux pas trahir ce potentat sanguinaire.

Avant que sa patiente ne plaide sa cause, le vieil homme prend congé, l'échine courbée par le poids de la lâcheté.

La colère l'emporte sur le désespoir, mais son état de santé ne lui permet pas d'espérer combattre ceux qui l'ont sortie de l'eau. Pour la première fois de son existence, Zadia comprend avec horreur qu'elle n'est pas en état de se défendre. Ses facultés guerrières, savamment entretenues toutes ces années passées sur l'archipel de Bellisar, lui ont probablement sauvée la vie, mais seront insuffisantes pour la préserver des désirs obscènes d'un homme.

En puisant dans ses maigres ressources, Zadia parvient à se mettre sur son séant. Assise, elle peut mieux analyser la situation. La pièce exiguë ne comporte qu'une issue de sortie : la porte. Si une personne entre avec de mauvaises intentions, elle n'aura aucune échappatoire. L'effort consenti pour se redresser l'a vidée de son énergie. Difficile d'espérer se lever et sortir de cette chambre. Piégée comme une novice ! Elle, la Commandante aguerrie, la combattante avertie. En soulevant le drap, elle découvre avec horreur sa nudité complète. On l'a déshabillée pour lui ôter ses habits détrempés, puis déposée en tenue d'Ève dans le lit d'un dégénéré. Zadia frissonne, car elle n'a jamais offert librement son corps à un homme ou à une femme. La crainte d'une première fois, sous la contrainte et dans les bras de celui qu'elle haït le plus au monde, décuple ses forces.

Mue par la rage, elle s'enroule dans l'étoffe soyeuse pour dissimuler ses formes féminines et pose un pied sur le parquet en bois. Le vertige la saisit, au point de risquer de tomber, tête la première. Elle se retient aux montants du lit et se mord les lèvres jusqu'au sang pour se donner du courage. Le contact avec la surface rugueuse de son second membre inférieur lui fait l'effet d'une décharge électrique qui traverse son corps. Persévérante depuis son enfance, Zadia ne renonce pas et avance d'un pas décidé en s'appuyant sur le rebord du lit. Sa lente progression s'achève lorsque la porte s'ouvre violemment : une silhouette replète se tient dans l'encadrement.

— Quelle heureuse surprise ! Ma sirène est déjà sur pied. Ce pessimiste de médecin qui tentait de me persuader du contraire !

Sans autre préambule, Yalstar repousse le battant avec impatience. Son regard vicieux s'attarde sur le corps de la jeune femme, enroulé dans le drap.

— Divine idée de se déguiser en momie ! Je n'ai pas encore copulé avec une morte.

Le sang de Zadia se glace en entendant les propos déplacés du despote. Jamais elle ne laissera ce porc la flétrir et voler sa virginité.

— N'approchez pas, maudit dépravé ! Un véritable souverain ne se comporte pas de cette manière.

Pour donner du poids à ses propos, elle se redresse et attrape par défi un ustensile pointu. Le roi de Drusse s'esclaffe en la voyant brandir une seringue métallique oubliée par son soigneur.

— Petite sotte, je n'ai pas encore besoin que vous procédiez à un lavement !

L'intéressée, ignorante de la médecine, raffermit sa poigne, prête à défendre chèrement sa peau. Le sourire de Yalstar se fige lorsqu'il comprend que son trophée sexuel n'est pas une proie ordinaire. Il sort lentement de son étui une dague affûtée, puis exécute quelques moulinets pour impressionner la jeune femme.

— Ainsi, le capitaine ne se trompait pas. Ces oripeaux, dont vous étiez affublée, sont bien la tenue en lambeaux d'un officier de l'Ordre de Chaam. Et qui plus est, la Commandante en chef, la légendaire Zadia Efira, la seule femme dans toute la mer des Sarcasses à occuper un poste normalement réservé aux hommes !

Démasquée et horrifiée par les propos de ce monstre, Zadia parvient à fixer son bourreau sans ciller. Quoi qu'il advienne, elle ne lui montrera pas sa peur. Elle mourra avec honneur, en demeurant fidèle aux préceptes d'Azaam. Yalstar ricane en faisant mine d'approcher. Aussitôt, Zadia retrouve ses réflexes de soldat et, malgré sa faiblesse, se met en garde en pointant son arme dérisoire.

— Ah ! Ah ! La victoire n'en sera que plus voluptueuse. Je me délecterai de ta chair enivrante. Quelle aubaine de posséder ton corps svelte et rebelle !

La future victime frémit en imaginant les intentions du pervers. Dans son esprit, si elle succombait à l'amour physique avec un être humain, ce devrait être un moment d'extase sublime et de partage. Rien dans la situation présente ne ressemble à ses fantasmes.

— Nous allons bien nous amuser ensemble, Zadia. Ce qu'il restera de toi après notre union satisfera encore mes hommes d'équipage.

La peur s'insinue dans son cœur, pourtant aguerri. Le visage de cet homme recèle tant de vices qu'elle comprend que rien ne s'opposera à l'assouvissement de ses désirs. Malgré l'issue horrible, une seule solution s'impose : tenter de s'empaler sur la lame de sa dague, pour que le déshonneur du viol lui soit épargné. Jamais Zadia n'aurait pensé vouloir se suicider à un moment de son existence, elle que le désir de vivre anime depuis toujours.

19.   Les souvenirs, ce lent poison...

Réussi ! Tian a réussi à se dématérialiser en usant de sa seule volonté et non par hasard. Il n'est plus lié par les chaînes et les colliers métalliques qui étranglaient ses chevilles, ni prisonnier de la rame qui pesait sur ses membres. La chiourme est toujours silencieuse, savourant le répit accordé par le despote. La rescapée est en danger. Il le sent. Leur connexion va au-delà d'une simple relation. Quelque chose d'immatériel les unit, force leurs destins à converger. Maintenant qu'il est libre, au milieu de tous ces malheureux forçats de la mer, Tian ne sait plus ce qu'il doit faire. La jeune femme est en danger de mort, mais tous ces galériens rêvent d'échapper à leur joug.

Dans le clair-obscur frissonnant, il aperçoit le chef des gardes endormi, le trousseau de clefs des fers pendu à sa ceinture. L'occasion est trop belle ! Il n'y aura pas d'autres possibilités. Tian ne voudrait pas devoir choisir entre leur liberté et celle de cette femme. Pourtant, il se glisse entre les rangées et approche silencieusement pour profiter de l'aubaine. Quelques galériens toussent ou s'agitent, mais la fatigue emporte leurs maux. Encore quelques pas et les clefs seront à sa portée. S'ils ne se réveillent pas, le sommeil des argousins risque bientôt d'être peuplé de cauchemars. Le détenteur du sésame pour tous les condamnés se tourne dans son sommeil. Le jeune infirme se fige, s'arrêtant de respirer. Un instant, qui semble durer une éternité, Tian patiente fébrilement. Enfin, il s'approche du butin convoité. Délicatement, il décroche le trousseau et s'éloigne pour libérer ses camarades de souffrance. Il commence par la rangée où le sorcier de Zamgar, comme lui, supporte son triste sort.

— Libérez les autres niveaux !

L'apparition d'un revenant n'aurait pas eu plus d'effet sur Hamilcar, qui réussit à hocher la tête en signe d'assentiment. Silencieusement, les galériens se passent les lourdes clés pour ôter leurs chaînes. Soudain, l'une d'elles échappe des mains d'un prisonnier et tombe avec fracas.

— Ces pourceaux s'échappent ! alerte un garde d'une voix affolée.

Aussitôt, le silence se transforme en furie et les corps s'affrontent dans la pénombre. En sous-nombre, les garde-chiourmes succombent les uns après les autres. Les trois niveaux de chiourmes ont gagné leur liberté. Dans l'affolement, Tian retrouve des compagnons qu'il croyait perdus : Tongar et Sigbert de Clérant, bien qu'il ne porte pourtant pas spécialement ce dernier dans son cœur, mais nécessité fait loi. Avec le renfort du mage, les quatre compères organisent la révolte, chacun s'autoproclamant chef d'une faction d'individus décidés à vendre chèrement leur peau. La priorité reste les armes ; les lances et les épées prises sur les gardes sont réparties le plus équitablement possible. Des morceaux de rames, des chaînes, des pics, serviront d'armes de substitution.

Sur le pont et la rambarde à la proue, les officiers de marine s'activent pour mobiliser tous les hommes, soldats et marins, afin de briser la rébellion. Aux cris de « À mort les esclavagistes ! », les hommes valides de la chiourme se lancent à l'assaut de la garde royale.

Zadia s'est précipitée sur son adversaire, sans se soucier de la dague qui pourrait la transpercer. Mais Yalstar ne veut pas en finir aussi rapidement. D'un mouvement rapide malgré son embonpoint, il évite la pointe de la seringue et frappe violemment au ventre la jeune femme. Diminuée physiquement depuis son naufrage, la survivante encaisse le coup, puis bascule en arrière. En tombant sur le plancher, elle lâche son arme insignifiante et heurte le sol de la tête. Le tyran en profite pour l'immobiliser en sautant sur elle. Le souffle coupé sous l'effet de son poids, au bord de l'évanouissement, Zadia découvre avec terreur les pulsions sadiques de son agresseur. Sans qu'elle puisse l'en empêcher, il lui arrache une partie du drap qui la recouvre. Impuissante, elle ne peut dissimuler sa poitrine au regard lubrique du monstre, dont les mains implacables immobilisent ses bras. D'un réflexe désespéré, elle essaie de lui envoyer un coup de genou dans les parties génitales. Une gifle retentissante vient annuler sa tentative. À moitié inconsciente, Zadia comprend que ce pervers savourera sa victoire en abusant d'elle. Les larmes qui inondent ses yeux ne serviront à rien, hormis à brouiller sa vision du violeur.

Au moment où celui-ci s'apprête à la prendre de force, la porte de la cabine explose et des galériens envahissent l'espace réservé. Avant que le monarque obèse ne réagisse, une armée de bras se saisissent du couple mal assorti. Traînée à l'extérieur sur le pont derrière son agresseur, Zadia hurle son innocence. Les prisonniers libérés rossent leurs prises, persuadés d'avoir interrompu des tourtereaux en train de s'accoupler. Un homme au visage ensanglanté et au dos lacéré par la lanière du fouet roue de coups le souverain déjà assommé. Un autre, de taille impressionnante, souille de son regard Zadia à moitié dénudée.

— Camarades galériens, un morceau de choix pour nous régaler !

Les exclamations grossières qui répondent à l'invitation tétanisent la jeune femme à leur merci. Une arène de visages bestiaux se forme autour d'elle, tandis que le cercle des instincts primaires se rétrécit.

— Arrêtez ! Faites place ! hurle une voix juvénile.

Précédé de Tongar et de deux autres colosses armés de bâtons pour se frayer un chemin, Tian claudique en direction du corps féminin étendu sur le pont, sans daigner jeter un regard sur celui, inerte, du monarque. Toute son attention se porte sur la naufragée, qui fixe le ciel les yeux écarquillés. Les hommes qui espéraient profiter de cette proie offerte sont repoussés sans ménagement. Hamilcar, qui suit la procession, découvre la jeune femme en état de choc. Avant que Tian n'intervienne, il s'agenouille à côté de la silhouette recroquevillée.

— Trouvez-moi des sels ou de quoi la ranimer !

Pendant que plusieurs rebelles partent à la recherche des ingrédients, une âme charitable dépose un carré de toile pour recouvrir la dignité perdue de la jeune femme. Tian s'apprête à lui exprimer sa gratitude, lorsqu'il reconnaît le vieux nomade, Zé-gib. Une autre bonne nouvelle, après ces jours sombres !

— Ramenons-la dans la cabine, propose Hamilcar.

Aussitôt, des mouvements incontrôlés s'emparent de la pauvrette, comme si tout son corps rejetait cette idée. Tian comprend immédiatement la terreur de celle qui a été à l'origine de sa tentative d'évasion.

— Qu'on la dépose dans la cambuse des argousins. Zé-gib, tu veilleras sur elle comme sur la prunelle de tes yeux.

Un brancard rudimentaire est confectionné et quatre gaillards, suivis par le vieillard volontaire, traversent la foule des révoltés dans un silence suffoquant, troublé seulement par le ressac des vagues sur la coque de la galère. Lorsque l'étrange équipage a disparu dans la chiourme, les vainqueurs laissent exploser leur joie, mais leur allégresse ne fait pas oublier à Tian qu'il suffirait du moindre relâchement pour que le chaos réapparaisse.

— Nous devons reprendre la mer. Dès que les généraux de Yalstar apprendront la nouvelle de la mutinerie, ils lanceront une flotte à notre poursuite.

Des instructions sont données pour que les gabiers épargnés par la vindicte hissent la grand-voile. Une partie des galériens parmi les plus vaillants retournent manier les rames afin d'accélérer la propulsion du navire.

— Que faisons-nous du cadavre du roi ? demande Tongar. Le plus simple serait de le donner à bouffer aux prédateurs des mers.

Au même moment, Yalstar gémit sur le sol, incapable de bouger. Tian ordonne de le ligoter au mât en attendant de statuer sur son sort. Comme la plupart des révoltés, il est épuisé après cette nuit de terreur. Un cap au nord-ouest est décidé et le timonier, encore en vie par miracle, prend la barre. La surface liquide s'étend à perte de vue et peu de galériens sont de vrais marins. Des quarts sont organisés et Sigbert propose d'assurer le premier avec quelques compagnons.

— Vous avez une mine épouvantable, plaisante Hamilcar. Je surveillerai les opérations pendant que vous vous reposerez.

Tian ne proteste pas, bien qu'un détail le dérange.

— Pourquoi n'avez-vous pas usé de votre magie ?

Le sorcier hésite avant de répondre, tant le jeune prodige semble las :

— Loin de la ville d'Astrebal et des membres de Zamgar, mes facultés décroissent. De plus, la majorité de mes sorts ne sont en fait que des illusions...

— Vous mentez mal, Hamilcar. Je crois que vous m'avez volontairement laissé l'initiative, afin de juger de l'étendue de mon pouvoir.

Sans attendre sa réponse, Tian se dirige d'un pas hésitant vers la cabine qu'occupait le tyran. Il a l'esprit vidé par l'effort consenti pour se dématérialiser. Par une concentration extrême, il a été capable de visualiser tout ce qui constitue son corps, les moindres parcelles de son organisme. Il ne connaît pas les termes savants pour désigner son anatomie, mais ressent l'énergie qui maintient l'ensemble cohérent. Déstructurer et restructurer les portions les plus infimes de son corps a abouti à sa disparition, puis sa réapparition à un autre endroit. L'espace semblait aboli quand il a maîtrisé cette dangereuse faculté.

Ce miracle se produit par sa volonté seule, car une force nouvelle investit son être tout entier. La jeune femme qu'il a sauvée est la clé de ce bouleversement. Tian ne sait pas pourquoi, mais il espère qu'une conversation avec la naufragée, quand elle sera en état de lui parler, apportera des réponses à ses interrogations. Pour la première fois de sa vie, il a le sentiment de servir à quelque chose et de savoir quelle est sa place dans ce monde instable.

Incapable de tenir debout, Tian s'allonge pour faire une courte sieste : tellement de choses nécessitent son attention, tellement de vies dépendent de ses décisions. Le tangage agit positivement et le berce. Les images floues d'un berceau en bois accompagnent sa descente vers le lit du sommeil. Des rires d'enfant, des sourires maternels, émaillent ce voyage en terrain familier. Les souvenirs, comme des nuées d'étourneaux, remontent à la surface de sa conscience. Un plan d'eau gelé, un paysage couvert d'une neige épaisse, des adultes aux yeux rougis. Son estomac se noue tandis qu'il revoit ces images oubliées au fond de sa mémoire. Un enfant abandonné pleure dans l'immensité glaciale, entouré d'arbres recouverts de gel. Au milieu d'une meute de loups, une vieille femme s'approche. Tian reconnaît celle qu'il appelait grand-mère et qui a voué sa vie à s'occuper de lui. Avant de plonger dans le sommeil réparateur, il sent des larmes couler sur ses joues creusées par la malnutrition. Le passé chasse l'avenir, prédateur incontrôlable. Pour poursuivre son chemin, il lui faudra dépasser ses traumatismes. Ses paupières se ferment sur les reflets dorés d'une chevelure et de longs doigts soyeux qui savent prodiguer des caresses. Sa mère veillera sur son repos, même si elle n'a plus donné signe de vie depuis toutes ces années...

20.   Touché, coulé !

Zadia respire mal. Après cette épreuve, elle préférerait être morte. Jamais elle n'a subi pareille humiliation. Son honneur est davantage meurtri que son corps, couvert d'hématomes. Pour essayer d'oublier, elle observe le vieillard à la peau tannée par le soleil et les yeux couleur de sable du désert. Plusieurs fois, des émissaires des peuplades du Sin-Sinaïl ont rendu visite au Grand Médicateur pour quérir ses conseils. Azaam appréciait les tribus nomades, car, disait-il, elles préservent jalousement leur indépendance, au prix de mille tourments.

Le nomade prend soin d'elle comme un père. Sans lui demander son avis, il a récupéré ses vêtements souillés pour les laver, puis il a nettoyé ses plaies apparentes et a séché ses larmes. À l'aide d'un chiffon humide, il s'est appliqué à soulager les élancements de son visage marqué par les coups. Après avoir enfilé une tunique immaculée, Zadia repose sur la couche fraîchement préparée pour elle.

— Comment...   Comment t'appelles-tu, brave homme ?

Parler s'avère encore un supplice, car remuer ses lèvres tuméfiées la fait souffrir. Elle surprend une lueur malicieuse au fond des yeux de l'intéressé :

— On m'appelle Zé-gib, ce qui veut dire en langage du désert « La plainte du faucon ». J'étais le plus grand des chasseurs dans ma jeunesse. Aucune proie ne m'échappait.

Intimidée par ce noble vieillard, Zadia détourne pudiquement le regard et tente de savoir où elle se trouve. La rudesse des lieux la fait pencher pour l'entrepont ou les quartiers des argousins. Elle tend l'oreille et les bruits caractéristiques des rames viennent conforter ses suppositions. En faisant l'effort de se concentrer, elle revoit le visage du jeune infirme qui a empêché ces hommes enivrés par leur succès d'abuser d'elle. Serait-ce le garçon de la prophétie annoncé par Azaam ? Elle ressent une présence troublante, une promesse apaisante. Seule une infime partie des êtres qui l'entourent se dévoile. Zadia se persuade que s'il a aidé les galériens à se libérer de leurs chaînes, alors il sera promis à un grand destin. Elle ne s'attendait pas à un boiteux au corps débile, mais sa force peut s'affirmer d'une tout autre manière.

— Je vous ai préparé un bouillon de volaille…

Interrompue dans ses pensées par Zé-gib, elle espère que tout cela n'est qu'un cauchemar et qu'elle se réveillera parmi les senteurs odorantes de l'archipel de Bellisar.

— Un étui est tombé d'une poche de votre vêtement. Je pense qu'il doit avoir de l'importance à vos yeux.

Sans le savoir, l'honnête homme lui tend le dernier présent d'Azaam. Depuis sa fuite du refuge de l'Ordre de Chaam, elle l'avait complètement oublié.

— Merci pour votre sollicitude. À présent, je dois me reposer.

Le serviteur s'incline respectueusement et sort de la pièce. Une fois le vieillard parti, Zadia s'empresse d'ouvrir le précieux cadeau. À l'intérieur, encore intact grâce à la matière étanche, elle trouve un morceau de parchemin et une fiole de couleur jaune au goulot scellé. Délicatement, elle déplie le papier recouvert de l'écriture hésitante du Grand Médicateur.

« Ma Chère Zadia,

Lorsque tu liras ce message, je ne serai à tes côtés que par la pensée. Tu vas au-devant de nombreux défis, mais si tu réussis à rejoindre le garçon dont je t'ai parlé, je suis convaincu que tu trouveras un nouveau sens à ta vie. Toi et lui partagez le même destin tragique. Abandonnés dès votre plus jeune âge, vous faites partie d'une race d'humains destinés à accomplir de grands exploits : les Ombres. Vos pouvoirs vous confèrent des capacités hors norme, indispensables pour affronter les pires dangers. Tu découvriras tes propres facultés en temps voulu. J'ai joint à ce mot un peu de poudre d'herbe de Chaam. Ses propriétés exceptionnelles vous aideront à exploiter vos dons.

Je t'ai chérie, Zadia et je te chérirai pour l'éternité. Puisses-tu vivre librement en ce monde, et pardonner aux hommes impies pour leurs crimes et leur colère. »

Les tempes humides et la gorge sèche, la survivante ferme les yeux en repensant à sa rencontre avec celui pour lequel Azaam montre tant d'estime. La fatigue s'empare d'elle et l'oblige à s'assoupir, la fiole nichée au creux de sa main, celle posée contre son cœur.

Ligoté au mât comme un morceau de viande ! Lui, le monarque absolu du royaume de Drusse. Quelle ironie ! Ses nombreuses blessures ont été cautérisées avec du sel. La douleur lui offre l'insomnie. L'avantage d'être obèse, c'est de mieux encaisser : la couche de graisse amortit l'impact des coups. Tous ces porcs abrutis par l'alcool volé dans la cambuse ont sombré dans un sommeil de plomb. La nuit sans lune a recouvert la mer de cendres et masque l'horizon à la perception d'une vigie. Ces maudits esclaves n'ont pas pris la peine de le fouiller. Une lame rétractable, dissimulée sous son poignet droit, attend le bon moment pour couper ses liens. Dans l'euphorie de la victoire, ses ravisseurs l'ont attaché avec de la corde de chanvre : il en faudrait davantage pour l'empêcher de se libérer. À la poupe, une chaloupe amarrée l'attend pour fuir et rejoindre l'un de ses navires qui croise en mer des Sarcasses. Sa vengeance sera à la hauteur de l'humiliation subie. Ceux qui survivront à l'abordage seront dépecés vivants par ses soins, afin que tous ses ennemis apprennent ce qu'il en coûte de s'en prendre à son auguste personne.

Pour le moment, il se débarrasse de ses liens et guette la moindre réaction du timonier pour rejoindre sans encombre la poupe du navire. Celui-ci somnole à la barre, visiblement en train de cuver. Chaque pas pour marcher lui arracherait un cri, s'il ne s'obligeait à les étouffer pour éviter de donner l'alerte. Certains révoltés gisent sur le pont, dans un état prostré. Ces pourceaux ne méritent pas de vivre ! Yalstar parvient à l'aplomb de l'étambot, où par chance, la chaloupe amarrée à sa demande attend toujours. Grâce à l'échelle de coupée, il descend et saute péniblement dans la frêle embarcation. Après avoir dressé le mât, il hisse la voile et profite d'une légère brise pour s'éloigner de la galère. Le poing levé, il fait le serment de revenir couler son navire.

Ses muscles douloureux se manifestent à chaque bord tiré. Par chance, il a reçu plus jeune une formation maritime. Ses ancêtres étaient des commerçants, des marchands et des navigateurs. Il ne regrette pas d'avoir suivi une autre voie. Sa vocation de conquérant s'est manifestée très tôt. Jamais il ne se serait imaginé dans la peau d'un fugitif, lui que tous les peuples des rivages de la mer des Sarcasses redoutent. Malheureusement, ses plaies se sont rouvertes après les nombreux efforts pour échapper aux mutins. Son sang ruisselle le long de la coque de la chaloupe. Le rouge se confond avec le noir de la nuit. Yalstar reste confiant, car dès le début de l'insurrection, l'alerte a été donnée par un des gabiers, chargé de libérer des oiseaux porteurs de messages. Les vaisseaux de guerre que ces volatiles atteindront mettront aussitôt le cap pour prendre en chasse la galère royale. Il reste à espérer qu'un de ces navires croisera sa route et le récupérera au passage.

Les provisions et la réserve d'eau ne lui permettront pas de survivre longtemps. Sa condition misérable le plonge dans une telle fureur, qu'il s'accroche à l'idée d'être présent lorsque ses soldats se lanceront à l'abordage de la galère. Si cela ne tenait qu'à lui, ils les massacreraient tous avec délectation. La fille, surtout. Ses cheveux d'ébène et la pâleur cadavérique de son teint lui font regretter de ne pas l'avoir étranglée.

À quelques encablures, un remous caractéristique l'arrache à ses pensées vengeresses. L'obscurité, renforcée par une lune absente, ne permet pas de distinguer quoi que ce fût. Il se rassure en se rappelant les histoires de pêcheurs s'inventant des monstres marins. Les hommes sont faibles, leurs peurs créent des légendes sur les mers et sur les terres. Pourtant, cette fois, un souffle puissant projette un jet de vapeur plus haut que le mât de la chaloupe.

— Qui va là ? s'écrie Yalstar d'une voix hésitante.

Aussitôt, le tyran se moque de sa bêtise : personne ne répondra à sa question, car il est seul sur l'immensité liquide. Livré à lui-même comme il ne l'a plus été depuis des années ! Une nouvelle manifestation lui indique que la chose se rapproche. Soudain, il comprend que ses saignements ont attiré les prédateurs des mers. Des matelots bourlingueurs lui ont raconté que certains mammifères marins peuvent repérer une proie blessée à des centaines de lieues à la ronde. Affaibli par ses blessures, Yalstar sait qu'il ne pèsera pas lourd face à un de ces carnivores.

Justement, il aperçoit la nageoire caudale de l'animal qui tourne autour de la chaloupe. Un Gunork ! Jeune, d'après sa taille. Sans doute affamé s'il est séparé du troupeau et de sa mère. Il ne sait pas encore chasser, mais l'instinct de survie le poussera à attaquer toute proie potentielle. L'invincible dictateur frissonne : être à la merci d'une bestiole maritime, au milieu de nulle part. Quelle situation grotesque ! Pourtant, lorsque le Gunork fonce en mugissant vers son embarcation, étrangement, la dernière image qui se matérialise devant les yeux de Yalstar est celle du visage de la jeune femme qu'il a essayé de violer.

21. Révélation

L'or matinal scintille depuis longtemps dans le ciel, lorsque la gueule de bois des mutins cède la place à la stupéfaction. Le roi prisonnier, attaché au mât, a disparu. Tian peine à croire la nouvelle que vient de lui apprendre Hamilcar.

— Sans cet otage, les navires du royaume de Drusse vont se ruer à notre poursuite et rien ne les arrêtera. Détenir Yalstar nous assurait leur neutralité...

Encore à moitié endormi, le jeune infirme jette un regard circulaire sur le pont de la galère en espérant apercevoir Zadia. À sa place, des visions peu rassurantes : des silhouettes hébétées, plus préoccupées d'aller vomir par-dessus bord en se cramponnant au bastingage. Heureusement, Tongar et Sigbert de Clérant s'activent en beuglant pour forcer les moins titubants à relever l'équipe nocturne de la chiourme exténuée.

— Notre seul espoir, c'est d'atteindre une île. Nous pourrons au moins essayer de soutenir un siège.

Tian sait en prononçant ces mots qu'il n'a pas convaincu le mage. Pourtant, celui-ci acquiesce et se dirige vers le timonier à l'air coupable pour lui indiquer le cap. Leur mutinerie tourne à la catastrophe. Désorganisés, sans grande expérience de la navigation, les anciens rameurs seront des proies faciles pour une armée aguerrie.

Après avoir pris une collation accompagnée d'un potage chaud, le capitaine par défaut descend au quartier des argousins. Sur son passage, les galériens s'inclinent respectueusement malgré son handicap. Pour la première fois de sa vie, Tian attire des regards reconnaissants et personne ne se moque de sa claudication. La plupart des hommes qu'il croise sont des éclopés de la vie qui lui doivent leur liberté. Au fond de leurs yeux, il n'a aucune peine à deviner qu'ils se feraient tuer pour lui. Certains ne sont plus tous jeunes, d'autres n'ont pas encore atteint l'âge adulte, mais tous reportent leurs espoirs sur un freluquet au corps débile.

— Tian, c'est bien ainsi que tu t'appelles ? Je me nomme Zadia Efira. Zé-gib m'a tout raconté. Il veille sur moi avec beaucoup de bienveillance.

Assise sur une couche rudimentaire, la convalescente ressent curieusement de la gêne en présence de son sauveur. Elle sait qu'il est l'homme de ses rêves et celui des prophéties d'Azaam. Pourtant, maintenant que les voilà réunis, elle a peur des conséquences.

— Je ne sais rien de vous en revanche. Mais une chose dont je suis sûr, c'est que vous m'êtes précieuse !

Prenant conscience de sa déclaration, Tian ne peut s'empêcher de rougir et de baisser pudiquement les yeux. Embarrassée, Zadia l'invite à prendre place à son chevet. Elle qui, d'habitude, donne des ordres aux soldats, la voilà à présent plus démunie qu'une gamine amoureuse. Malgré tout, Tian savoure son embarras. Peu de femmes ont eu une telle réaction en face à lui.

— Voulez-vous une tasse de cacao sucré ? propose Zé-gib pour détendre l'atmosphère. Cette galère en transporte de grandes quantités. À croire que le monarque qui s'est échappé en raffolait.

Les deux jeunes gens sourient simultanément et le rire franc de Zadia lézarde les murailles qui se dressaient entre eux.

— Cette plante pousse aussi sur l'archipel de Bellisar, se souvient Zadia. J'ai toujours adoré cette boisson. Le Grand Médicateur l'appréciait beaucoup.

Comme elle prononce ce nom, le regard de la jeune femme se perd dans le vague. Tian devine sa tristesse d'avoir perdu un être cher. Spontanément, il prend sa main libre dans la sienne.

— Qui est ce « Grand Médicateur ? » interroge Tian. Je ne me trompe pas en imaginant qu'il compte beaucoup pour vous ?

Retrouvant ses réflexes de cheffe, Zadia redresse le buste et répond à son interlocuteur avec aplomb :

— Il m'a tout enseigné et il savait que nous nous rencontrerions.

Malgré son sérieux, elle ne retire pas sa main de celle de Tian. Son contact lui procure une sensation d'invincibilité, une assurance dans le noir, un besoin irrépressible qu'il la prenne dans ses bras !

— Vous êtes très pâle. Peut-être devrais-je revenir à un autre moment ?

Tian lâche sa main et se lève maladroitement. L'entretien ne devait pas se terminer de cette manière. Il fait mine de s'en aller, lorsqu'un cri d'alerte retentit sur le pont, suivi par une cloche d'alarme.

— Je... Je dois vous quitter. Le devoir m'appelle.

À son air inquiet, Zadia sait qu'un danger imminent approche. Elle voudrait le suivre lorsqu'il prend congé, mais elle se persuade que dans son état, ce n'est pas raisonnable. Les sourcils froncés de Zégib lui confirment qu'elle a fait le bon choix.

Sur le pont, l'inquiétude est palpable. Tous les hommes valides pointent du doigt une direction sur la mer. Malgré le soleil qui l'éblouit, Tian aperçoit les silhouettes de navires de guerre. Une escadre du royaume de Drusse est déjà lancée à leurs trousses ! Ce fourbe de Yalstar a réussi son pari : son évasion lui a permis de rallier les vaisseaux de sa flotte.

— Une douzaine de dromons lourdement armés, analyse Tongar. Très rapides. Ils ne mettront pas plus d'une journée ou deux à nous rattraper.

L'ancien brigand tend la longue-vue au jeune homme en grimaçant. Tian prend pleinement conscience de leur vulnérabilité. Un équipage formé d'anciens galériens ne pourra rivaliser avec une véritable armada. Leurs espoirs de liberté se heurtent à la triste réalité : un ramassis de propre-à-rien ne se transformera pas en bons soldats !

— Branle-bas de combat ! hurle-t-il malgré ses doutes. Que les plus vaillants rejoignent la chiourme pour ramer ! Nous allons tenter de gagner l'archipel de Bellisar avant que ces maudits bateaux ne soient dans notre sillage.

Une agitation proche de la panique répond aux ordres donnés. Heureusement, certains rebelles gardent la tête froide et se chargent de relayer les consignes.

— Cela ne sert à rien, déclare Sigbert de Clérant à ses côtés. Nous lutterons à un contre dix. La plupart de nos hommes ne tiennent pas debout. Ils ne seront pas en état de se battre !

Peu amène, Tian fixe celui qui jadis l'avait condamné à mort. Il ne doit pas contaminer les autres par son défaitisme :

— Si je vous entends encore une fois prononcer ce genre de paroles, je vous fais mettre aux fers !

En ricanant, Tongar tape dans le dos du nobliau au visage écarlate. Si l'imminence d'un combat n'approchait point, l'offensé l'aurait sans aucun doute provoqué en duel. De toute façon, une fin rapide vengera son honneur. Les lèvres serrées, Sigbert acquiesce d'un hochement de tête.

— Mettez toutes voiles dehors ! ordonne un gabier.

Le reste de la journée se passe à tenter de maintenir la distance avec les poursuivants. Malgré des renforts parmi les rameurs, la voile carrée tendue au risque de rompre, l'escadre tant redoutée se rapproche inexorablement. Tian n'a pas pris un moment de repos de la journée. Le crépuscule amorce un incendie dans le ciel, mais la beauté du soleil couchant échappe totalement aux fuyards. Combien de temps avant d'atteindre l'archipel ? Malheureusement, une nouvelle visite à Zadia lui a appris que les troupes du roi Yalstar se sont rendues maîtres des lieux. Le refuge espéré va se transformer en piège. La galère se trouvera prise entre deux fronts ennemis.

— C'était pourtant notre seul espoir ! a murmuré Zadia.

Leurs mains se sont à nouveau réunies et le vieux Zé-Gib les a laissés savourer ce moment de répit. Tian ressent une forte attirance pour cette femme, alors que tout les sépare. Autant elle paraît brillante et courageuse, autant lui ne sait jamais quelle décision prendre. Sa nomination hasardeuse en qualité de capitaine des révoltés n'augure aucunement de ses capacités. Les yeux couleur noisette de Zadia ont vaincu ses réserves et accéléré les battements de son cœur. Spontanément, celle-ci a prononcé des paroles énigmatiques :

— *Nos différences ne seront qu'apparence. Nous convergerons vers des causes communes dès lors que nos vies seront menacées.*

Lorsqu'il lui a demandé des explications, un sourire radieux s'est affiché sur son visage aux traits lumineux.

— Elle provient d'une des prophéties d'Azaam, le Grand Médicateur.

À présent, observant à la poupe de l'embarcation les manœuvres de la flotte en approche, Tian espère que le manteau de la nuit sera une protection suffisante. Leur temps de liberté est compté. Rien ne pourra empêcher leur avance de fondre comme neige au soleil ! Son défaitisme rejoint celui de Sigbert, mais il n'en laisse rien paraître à l'équipage. Son parcours sur Terre n'aura été qu'une longue succession de défis à la mort, comme une ombre qui traverserait la vie des êtres humains sans qu'ils n'y prêtent attention. Le découragement dans lequel ses pensées le plongent ne l'aide pas à trouver un plan pour fausser compagnie à la meute de dromons.

Les derniers rayons du soleil disparaissent à l'horizon, ménageant un répit aux rameurs exténués. Tian se décide à retourner à la barre, quand la silhouette hésitante de Zadia, soutenue par un Zé-Gib désolé, se découpe dans le jour déclinant. Cette apparition devrait ravir le jeune homme solitaire, mais aussitôt, il s'inquiète de l'état de santé de la jeune femme.

— Je sais ce que vous allez me dire ! J'ai beaucoup réfléchi à notre situation désespérée. Je ne vois qu'une seule issue : nous devons consommer ensemble de l'herbe de Chaam.

Même si Tian a vaguement entendu parler de cette substance aux propriétés discutables, il ne voit pas en quoi cela pourrait les sauver. Face à l'incrédulité affichée par son vis-à-vis, Zadia caresse avec sa main la joue du sceptique puis, sans autre préambule, dépose un baiser sur les lèvres offertes. Une explosion s'en suit dans la tête de Tian ; ses pensées s'élancent comme un troupeau de Gunorks, des éclairs se succèdent devant ses yeux ébahis. Jamais Tian n'aurait cru que le sentiment amoureux produise de telles sensations.

— Je... Je vous aime, murmure-t-il dans un souffle honteux.

Zadia ne répond pas tout de suite. Elle serre Tian contre sa poitrine à l'intérieur de laquelle son palpitant risque d'exploser. Puis, délicatement, elle s'écarte du jeune homme, encore sous le coup d'une forte émotion.

— J'ai enduit mes lèvres de poudre de Chaam pour que tu comprennes l'étendue de son pouvoir. Notre amour est réel ; il accroît notre force. Ensemble, nous dépasserons les préjugés, ensemble, nous vaincrons les craintes qui nous affaiblissent.

22.   Les âmes réunies

Le message reçu par l'Amiral Kumbal le laisse perplexe. Un oiseau dressé par la Marine royale lui a été apporté à l'aube par une estafette. Blotti contre le corps chaud et dénudé de Flamina, il a d'abord envoyé au Diable l'importun qui a osé troubler son sommeil idyllique. Partager la même couche que cette femme demeure le seul moment agréable de la journée. Depuis sa conquête de l'archipel de Bellisar, les atrocités et les pillages auxquels se sont livrés ses soldats l'écœurent. Malgré des punitions exemplaires aux voleurs, la bibliothèque unique en son genre du monastère de l'Ordre de Chaam a subi des pertes irrémédiables. Une partie a brûlé suite à la destruction d'antiques chandeliers en argent d'une valeur inestimable. Les flammes se sont répandues parmi les collections de manuscrits. L'amiral a dû mobiliser ses troupes pour maîtriser le feu avant qu'il ne réduise en cendres ce temple du savoir.

Flamina s'est retournée du côté opposé lorsque son conjoint s'est levé par devoir. Sa qualité de Commandant en chef de la flotte de Gunorks qui occupe les îles comporte certaines obligations. Maintenant qu'il relit à voix haute à ses officiers l'ordre d'appareiller pour intercepter la galère royale, il réalise que son souverain doit être prisonnier des mutins. Gaalmon, l'ancien comploteur, à qui il a généreusement octroyé le titre d'Administrateur d'un Ordre de Chaam moribond, arbore un sourire de circonstance. L'amiral sait pertinemment que ce traître se réjouirait de voir les forces d'invasion se diviser. Cet arriviste attend le moment pour s'emparer du pouvoir depuis la mort du Grand Médicateur, à laquelle il n'est certainement pas étranger. N'a-t-il pas fait exécuter Jaam, le soigneur personnel d'Azaam, sous prétexte que celui-ci aurait administré un poison lent à son maître ? Avec la mort du vieil homme, disparaît un témoin gênant de la cause de la maladie de l'inspirateur de l'Ordre de Chaam.

— Quels sont vos ordres, Amiral ? s'inquiète son aide de camp.

Il est bien le seul à oser poser la question à voix haute. Tous les autres se contentent de regards suggestifs, craignant de contrarier l'autorité provisoire sur l'île. La tentation de tout envoyer balader, de couler une douce existence entre les bras de sa chère et tendre Flamina, est grande. Si un officier de l'armée du tyran Yalstar désobéit à un ordre, il finit aussitôt décapité. L'Amiral Kumbal se masse le cou, peu désireux d'expérimenter une telle punition. Il ne préfère pas imaginer ce qu'il adviendrait de sa chère promise s'il mourait.

Il se lève, un peu raide, le visage de son aimée flottant au-dessus de la grande table. Tous ces combattants attendent sa décision.

— Que l'on prépare la moitié de la flotte pour le combat. Les Gunorks s'impatientent et deviennent de plus en plus difficiles à contrôler sans leur drogue. Lâchez ces fauves sur leur proie !

Des acclamations retentissent dans la salle de réunion, signe que la majorité de son état-major approuve sa décision. Pourtant, un groupe rassemblé autour de Gaalmon fait preuve d'un enthousiasme plus modéré. Kumbal n'est pas dupe. Il sait que ces derniers pensent déjà à la suite des événements. Que pourraient donc risquer une douzaine de mammifères marins agressifs contre un seul navire ? Tandis que les vivats résonnent, un goût de cendre envahit sa bouche et des images de corps ensanglantés défilent devant ses yeux. Malgré ces sombres présages, l'amiral s'éclipse pour aller retrouver celle qui lui rend la vie plus tolérable. En traversant les longs couloirs déserts, il se persuade que toute cette agitation n'est que le fruit de son imagination, que la peau vanillée de Flamina suffira à son bonheur.

— Que se passe-t-il ? Pourquoi avoir quitté le lit en pleine nuit ?

Les yeux ensommeillés de la jeune femme jettent des regards inquiets à son protecteur. Sans prononcer un mot, celui-ci s'allonge à ses côtés et enfouit sa tête dans la poitrine de son aimée. De sombres pensées le traversent : l'avenir ne s'annonce pas sous les meilleurs auspices. Délicatement,

Flamina lui caresse le dessus du crâne parsemé de rares cheveux. Ce compagnon, tellement éloigné de ses rêves de jeune fille, l'aime pourtant. Elle ressent une tension dans son cœur, une lutte entre ses devoirs de soldat pour un tyran et son amour pour elle. Spontanément, elle sert le vétéran dans ses bras, comme une mère avec son enfant.

— Chère âme, murmure Kumbal d'une voix étranglée, l'existence sous le joug d'un despote et de ses sbires ne présage aucune issue heureuse. Tôt ou tard, notre idylle gênera le pouvoir ; ma fonction militaire ne s'accordera plus avec le besoin impérieux de votre présence...

Flamina, la gorge serrée, comprend le dilemme auquel l'amiral fait face : en acceptant le présent de Yasltar, qui n'imaginait pas ce militaire veuf pouvoir tomber amoureux, l'officier risque d'encourir la jalousie et la colère du dictateur.

— Mon ami, je vous suivrai quel que soit le chemin que vous emprunterez...

Les bâtiments de la flotte Drussienne manœuvrent en formation demi-circulaire pour attaquer la galère royale. Tian soupire, en se demandant comment il pourrait retarder l'inéluctable. L'absorption d'une faible quantité d'herbe de Chaam lui a ouvert les yeux sur les capacités exceptionnelles de cette substance. Néanmoins, son effet n'a duré que peu de temps. Zadia s'obstine et s'est assise en tailleur sur le pont, le flacon dans ses mains. Elle attend de s'unir à un estropié en absorbant la moitié de la poudre. L'autre moitié est réservée à Tian.

— Capitaine, une armada de Gunorks nous barre la route vers l'archipel de Bellisar. Nous sommes pris en tenaille !

La voix de Tongar exprime toute la misère du monde. L'équipage entier attend des miracles de sa part, alors qu'il n'est qu'un minable voleur.

— Viens t'assoir en face de moi ! exige Zadia.

Aucun des hommes présents dans la galère n'ose contester sa requête, alors que le danger est imminent.

— Vas-y, supplie Hamilcar. Vous êtes notre ultime chance.

Le ciel semble s'alourdir et les vagues heurter plus violemment la coque du navire. Les nuages s'accumulent, annonciateurs d'une tempête. Tian ne croit pas aux présages. Seul les échecs et la malchance ont jalonné son parcours chaotique. Aujourd'hui, le destin lui tend la main et a pris l'apparence de Zadia.

— Fais abstraction du monde autour de toi !

Face à face, les amants novices ferment les yeux. Une partie des révoltés, ceux qui ne sont pas dans la chiourme, les observent.

— Je suis comme eux : un éclopé de la vie, un raté.

Tian se force à avaler la poudre d'herbe de Chaam que lui offre la jeune femme. Les bras tendus, paumes contre paumes, leur attitude insolite interroge l'assistance. Des questions fusent, provoquées par l'incrédulité des anciens esclaves. Peu à peu, Tian n'entend plus les gens autour de lui. Seuls les battements de cœur de Zadia saturent son audition. Leurs membres fusionnent comme deux bougies allumées, collées l'une contre l'autre. Un embrasement, une éruption volcanique, prend son corps en otage. La sensation d'abord insupportable devient rapidement vitale.

Un cri de femme résonne dans le ciel voilé, où des nuées d'oiseaux sauvages s'égaient en tous sens. L'herbe de Chaam irrigue de sa puissance ses cellules les plus intimes. Une force grandit le long de ses muscles, puisée aux confins de sa conscience. Soudain, sa vision s'élargit par-delà les flots. Il survole une armada conquérante, lourdement armée. Ses craintes se sont transformées en colère, attisée par sa haine de l'échec. Il se matérialise et se dématérialise à une vitesse folle, créant des vagues plus hautes que des montagnes, renversant tous les obstacles sur son passage. Comme des fétus de paille, les dromons sont balayés de la surface de la mer, les Gunorks encerclés par une barrière liquide infranchissable. Tian ne ressent pas de honte d'avoir sacrifié des dizaines d'hommes d'équipage.

La présence de Zadia apaise ses doutes. Une émanation douce l'entoure d'un halo de confiance. Un instant, il s'est interrogé sur cette capacité à décider de la vie et de la mort des autres humains. L'herbe de Chaam accroît sa perception de toute chose, le fait pénétrer dans une dimension jusqu'alors inconnue. Seul l'amour le protège de la tentation d'omnipotence, seul l'amour transcende ses valeurs et sa vision du monde.

Comme des ombres qui traversent le temps et l'espace, la matière et l'esprit, ils s'approprient les pouvoirs divins, capables de survivre aux remous temporels, aux accidents de motricité, aux tempêtes des cerveaux, aux fables de la vie humaine.

Tian ne sait pas combien a duré son escapade hors du monde normal, de la surface rationnelle de l'humanité. Lorsqu'il ouvre enfin les yeux, l'équipage se prosterne autour d'eux, psalmodiant des chants antiques. Même Hamilcar, le plus brillant des sorciers de Zamgar, s'agenouille religieusement, tête baissée. Tongar hésite à jeter des coups d'œil dans leur direction, de peur d'enfreindre une loi.

Une immense fatigue écrase le jeune handicapé. Pourtant, Tian trouve la force de se remettre debout. Toujours assise, Zadia le contemple, une expression de béatitude flottant sur son visage. Elle accepte la main tendue de ce compagnon qu'elle sait avoir choisi pour l'accompagner le restant de sa vie terrestre et spirituelle. Lentement, elle se lève, happée par l'amour et la volonté de son alter ego. L'odyssée des Ombres en transit dans ce monde parallèle s'est achevée, jusqu'à leur prochaine excursion. Souriant radieusement, Zadia dépose un baiser ardent sur les lèvres de son double masculin.

— *Nos différences ne sont qu'apparence. Nous avons convergé vers des causes communes dès lors que vos vies ont été menacées.*

Oui, la prophétie d'Azaam, son maître, s'est accomplie. Tian prend dans ses bras la créature qu'il espérait rencontrer depuis son enfance, celle dont l'origine est commune à la sienne, en provenance des Terres Gelées septentrionales. Leurs parents ont erré, perdus dans une terrible tempête hivernale, persuadés que le salut viendrait en abandonnant leurs progénitures. Sans le savoir, ils ont accompli un acte fédérateur qui a engendré des êtres exceptionnels. Malgré leur geste ignoble, Tian leur pardonne et il est certain que sa nouvelle compagne aussi. Leur chemin commun sera long et semé d'embûches. Rebâtir l'Ordre de Chaam, cette communauté détruite par les sbires de Yalstar et qui ne demande qu'à renaître.

Oui, une existence humaine entière ne suffira pas, même si l'herbe de Chaam décuple les potentialités. Tian caresse le ventre de Zadia, certain qu'elle enfantera bientôt celui ou celle qui poursuivra l'odyssée des Ombres après leur passage terrestre.

Dans le ciel sans nuage, des oiseaux criards manifestent bruyamment leur soutien, effectuant des piqués pour honorer le couple d'humains qui sublime les clivages et détient le pouvoir d'harmoniser les rapports entre espèces.

Un rayon de soleil auréole la galère d'une lueur diaphane, tandis qu'à l'horizon, le jour respire un peu mieux.

23. Faux semblants

Gaalmon fulmine. Cet imbécile d'Amiral Kumbal n'a pas été capable, malgré une moitié de flotte de Gunorks, de venir à bout d'une galère aux mains de mutins. D'après les messages interceptés par ses espions, un gigantesque mur liquide s'est dressé pour barrer la route aux mammifères. Si l'on en croit ses confrères spécialistes en catastrophes maritimes, seul un puissant raz-de-marée aurait la capacité de produire une vague d'une telle ampleur. Aucune tempête n'ayant été ressentie, un séisme ou peut-être une éruption volcanique pourrait être la cause de cette manifestation exceptionnelle.

Une réunion de crise avec ses partisans a conclu que saper l'autorité de l'officier du roi Kumbal devient obligatoire. Gaalmon retrouve un peu d'assurance, en se remémorant combien ses moines sont influençables et manipulables. À force de rester confinés dans l'archipel de Bellisar, les anciens comparses du défunt Médicateur ont perdu le sens de la réalité. La nature même des hommes leur échappe. Ils sont incapables d'imaginer la rouerie et la duplicité à grande échelle. Heureusement, le nouvel administrateur de l'Ordre de Chaam se chargera bientôt de leur ouvrir les yeux... au risque de leur brûler !

Pour le moment, il est impératif de savoir comment ces maudits galériens ont pris le dessus sur l'armada drusienne et leur propre renfort. Organiser la défense de l'île pour palier à une attaque relève des prérogatives de l'amiral. Considérant son échec militaire récent, nombres de ses soldats seront enclins à douter de ses capacités de chef. Tout le monde sait que Kumbal préfère la compagnie de cette femme, Flamina, plutôt que celle des militaires. « Cette intrigante exerce une emprise sur le cœur du veuf à l'aide de ses charmes. Il suffira de s'assurer de sa complicité pour manipuler son amant ! » Gaalmon jubile en songeant que la chair est faible chez la plupart de ses congénères. Pour sa part, il satisfait ses rares besoins avec des éphèbes ; ces novices n'oseront jamais avouer leur relation coupable. Les dieux lui ont donné le pouvoir de séduire les foules, de murmurer à l'oreille des plus naïfs, d'attirer dans ses rets les esprits fragiles.

Son destin est tout tracé : il règnera sur les membres de l'Ordre de Chaam. L'affaiblissement de l'autorité du tyran Yalstar servira ses plans, semant le trouble et la confusion parmi ses vassaux. Tant qu'il n'exerce pas le pouvoir d'une poigne de fer, un espoir demeure de maintenir à son profit l'indépendance de l'archipel de Bellisar. L'obstacle principal, personnifié par un officier amoureux, ne devrait pas poser de problème.

— Mon ami, il faut vous ressaisir !

Affectant une moue dubitative, Flamina se tient debout devant son amant qui tarde à se vêtir. L'annonce de la défaite de ses soldats et de la destruction de la flotte envoyée à la rencontre de la galère a stupéfait Kumbal. Comment un seul bâtiment, de surcroît aux mains des galériens, s'est-il débarrassé de tant d'ennemis ? Les rapports sont pourtant clairs à ce sujet : un déferlement maritime, un rouleau immense qui a balayé les navires du royaume.

— Taisez-vous, femme ! Je sais parfaitement ce que je dois faire.

Flamina dévisage l'officier en train d'enfiler sa tenue, un air méfiant au fond des yeux. Elle s'abstient de répondre à cet homme que le destin a placé dans son lit. Ses prouesses sexuelles ne suffisent pas à la rassurer quant à son avenir. La nouvelle du roi aux mains de prisonniers l'a transportée de joie, même si elle a fait attention de ne pas le montrer. Ce porc, qui a abusé de sa personne, comme d'une vulgaire pouliche ; ce souverain vil qui gouverne par la terreur : elle prie pour qu'il périsse dans d'affreuses souffrances.

— Il n'est pas besoin de me parler comme à un de vos subalternes ! Je suis votre femme, maintenant. J'espère que vous ne l'oublierez jamais.

L'Amiral Kumbal se raidit, conscient d'avoir été trop cassant avec la beauté qui partage sa couche. Le souvenir de sa nuit passionnée dans ses bras contraste avec le réveil brutal et le retour à la réalité de la guerre. Une bataille de perdu ne signifie pas la fin des hostilités. Sans se justifier davantage auprès de l'amour de sa vie, il sort de la chambre, la boule au ventre. Son aide de camp, les traits tirés, le rejoint en courant dans le couloir. Lui aussi semble catastrophé par les nouvelles de leur attaque avortée. Kumbal lui ordonne de réunir un conseil extraordinaire avant le lever du jour. L'administrateur de l'Ordre, Gaalmon, est convoqué aussi. Ce serpent devra prouver son allégeance en ces temps difficiles. À défaut, il trouvera le prétexte pour l'éliminer. La loi martiale rentrera en vigueur et ainsi, les pleins pouvoirs lui reviendront.

Le danger approche. Les derniers messages indiquent que la galère a mis le cap sur l'archipel. Ses soldats sont déjà en alerte et les défenses de l'île ont été renforcées. Néanmoins, le pouvoir manifesté par cet assaillant dépasse ses compétences militaires. Si la magie est à l'œuvre, l'aide des sorciers de Zamgar serait la bienvenue. Malheureusement, ces maudits mages sont terrés dans la capitale du royaume de Drusse. Kumbal accélère l'allure, inquiet de tout retard dans sa stratégie. La majesté de la salle des Félicités Intenses suffira-t-elle à imposer son autorité ? Il n'est pas dupe des manigances et des ragots à propos de son manque de clairvoyance. Les opportunistes profitent toujours du chaos pour tenter de s'emparer du pouvoir. Flamina a raison : il doit se ressaisir et frapper fort. Au moindre aveu de faiblesse, il risque de le payer très cher. Le roi Yalstar a exigé qu'il s'empare de ces îles emblématiques : il a obéi aux ordres. Pourtant, celui-ci est captif d'un ennemi improbable. Doit-il poursuivre son œuvre ou chercher à nouer des alliances ? Les renforts espérés tardent à arriver, ce qui le place dans une situation délicate.

— L'Amiral Kumbal, commandant des forces de sa Majesté !

Lorsqu'il pénètre dans la salle du conseil, tous ses officiers se lèvent spontanément, tandis que les partisans de Gaalmon s'exécutent avec lenteur. Ce dernier se contente d'une courbette pour montrer son allégeance au vainqueur. L'aide de camp qui précède son supérieur fronce les sourcils face à autant de désinvolture. Une fois tout le monde assis, Kumbal s'avance face à son pupitre, dominant l'assistance :

— La galère royale est passée sous le contrôle de rebelles qui voguent en direction de l'archipel après avoir défait les forces envoyées à sa rencontre...

Des murmures de désapprobation retentissent, particulièrement chez les membres de l'Ordre de Chaam. L'aide de camp frappe avec le pommeau de son épée sur l'accoudoir de son siège pour exiger le silence.

— Pour l'instant, personne ne sait si le roi, prisonnier des galériens, est encore en vie...

Cette fois-ci, des exclamations indignées fusent des rangs des militaires, incapables d'imaginer leur suzerain en si piètre posture. Le tyran Yalstar dégage une cruauté telle que son statut paraissait intouchable. Le savoir à la merci de condamnés remplit de honte les soldats gradés. Leur propre prestige s'en trouve affecté. Gaalmon sourit en constatant le désarroi parmi ces soi-disant conquérants.

— Taisez-vous ! hurle l'Amiral Kumbal. Notre devoir de soldat est d'obéir aux ordres de Sa Majesté. Nous tiendrons nos positions et affronterons ensemble le péril, de quelque nature qu'il soit.

Un silence gênant s'installe. Les officiers, tête baissée, hésitent à affronter le regard de leur supérieur. Celui-ci dévisage les disciples pour bien leur signifier qui commande.

— Si je vous entends bien, Amiral, vous ne savez pas comment votre flotte a été défaite, ni ce qu'il est advenu de votre roi ? Comment se fier à un commandement qui n'a aucune certitude ?

Kumbal n'en croit pas ses oreilles. Cet impudent de Gaalmon s'est levé et le défie à la vue de tous. Comme un seul homme, ses officiers se sont dressés, insultant l'outrecuidant qui ose mettre en doute la parole de leur chef. Bras tendus et vociférant, ils menacent les dissidents qui leur font face.

— Silence ! De quel droit contestez-vous mes ordres ? Je vous rappelle que c'est par ma volonté que vous occupez votre fonction actuelle.

L'atmosphère s'alourdit soudain comme avant un orage. Les deux camps se toisent sans bouger, impatients d'assister au dénouement de l'affrontement entre les deux rivaux. L'air vibre, agité par une sourde colère. Gaalmon se contente de hausser les épaules, feignant l'indifférence de celui qui plane au-dessus de la mêlée.

— Je n'ai aucunement l'intention d'enfreindre vos directives... À condition, toutefois, qu'elles soient objectives !

Le ton condescendant du représentant des autochtones accroît la fureur que Kumbal sent monter en lui. Ce misérable se pose en donneur de leçon, à la vue de tous ses principaux généraux. Quelle humiliation ! Serrant les poings au risque de faire craquer ses os, il décide de lui accorder une dernière chance avant de le jeter au cachot :

— Sur quels critères vous permettez-vous de douter de mon objectivité ?

Un imperceptible remous se propage parmi ses subordonnés, pareil à une vague de protestation. Ses hommes ne comprennent pas sa mansuétude envers ce traître à sa patrie, surtout guidé par ses intérêts.

— Amiral, s'exclame Gaalmon, nous savons tous ici que c'est votre compagne, Flamina, qui influence vos choix stratégiques.

Décontenancé par l'aplomb avec lequel l'administrateur implique sa compagne, Kumbal ne réagit pas immédiatement. Il devine de la gêne parmi ses officiers qui jettent des coups d'œil à la dérobée dans sa direction. Bien lui prend de ne pas s'emporter contre cet agitateur ! Ses soldats doutent de sa clairvoyance ; la présence d'une femme à ses côtés est forcément synonyme de faiblesse d'esprit. Voilà où veut en venir Gaalmon : utiliser ses sentiments pour Flamina dans le but de le discréditer auprès de ses propres troupes. Il sait aussi qu'il ne peut tolérer une révolte des membres de l'Ordre de Chaam.

— Administrateur, vous et vos confères avez sans aucun doute des taches plus urgentes que colporter des ragots. Je vous suggère de nous laisser traiter les autres points à l'ordre du jour.

Gaalmon comprend qu'il n'obtiendra rien de plus pour le moment en poussant l'amiral dans ses retranchements. Sous les regards houleux des officiers, lui et ses adeptes quittent la salle devenue trop étroite. Kumbal agrippe fermement le pupitre pour éviter de bondir sur ce rat. Il devra s'en débarrasser rapidement, ainsi qu'on procède avec un parasite, avant qu'il ne l'attaque dans le dos. Une telle race d'homme n'a que le complot et la traîtrise dans ses gènes.

24. Destin brisé

Après leur union spirituelle et charnelle, Zadia et Tian ont sombré dans un sommeil réparateur. L'énergie colossale déployée pour influer sur les éléments a puisé dans leurs réserves. Jamais, de mémoire d'hommes vivant sur les bords de la mer des Sarcasses, une telle démonstration de magie ne s'était produite. Tous les passagers de la galère sont tombés à genoux, conscients d'avoir assisté à un événement exceptionnel. Avant de s'évanouir, Zadia a indiqué le cap à suivre à ses compagnons médusés : l'archipel de Bellisar. Pourquoi se jeter dans la gueule du loup ? Mais les deux jeunes gens évanouis ne pouvaient répondre à leur angoisse.

— C'est folie d'obéir à une personne qui n'a plus tous ses esprits !

Sigbert de Clérant fait semblant de ne pas avoir entendu Tongar répéter plusieurs fois la même affirmation. Les embruns matinaux griffent ses joues écarlates, lui conférant le visage d'un vieux loup de mer. Pourtant, le Chevalier du guet est loin d'avoir le pied marin. Entraîné malgré lui dans cette aventure alors qu'il ne cherchait que justice, le voilà en train de voguer sur une galère, en direction d'îles paradisiaques infestées de soldats.

— Le choix des Élus ne doit pas être discuté !

Hamilcar les rejoint l'air décidé. Le mage a compris avant tout le monde que le pouvoir qui dormait en Tian n'attendait que d'éclore. Cette jeune guerrière intrépide a servi de catalyseur. Ces deux êtres ont des points communs, confirmés par sa discussion avec Zé-gib. Tous deux sont nés dans les Terres septentrionales, ces confins glacés où la survie des humains se réduit à une lutte quotidienne.

— N'empêche, rétorque Sigbert, la décision de poursuivre notre route vers l'archipel de Bellisar est suicidaire. Nous savons tous que les troupes du roi Yalstar en ont pris possession !

Les trois compagnons de hasard s'observent silencieusement. Il ne fait aucun doute que les ennuis ne font que commencer.

— Le royaume de Drusse enverra une autre flotte après cet échec cuisant. Aucun dirigeant ne tolèrerait d'avoir été défait par une seule galère, dont l'équipage est composé d'un ramassis de condamnés !

Zé-gib s'avance lentement ; la fatigue commence à peser sur ses épaules. Toute la journée et une partie nuit, il a veillé sur le couple fusionnel. Pourtant, malgré les dangers qui les guettent, une confiance inébranlable en ses nouveaux maîtres s'est emparée de tout son être.

— Faisons leur confiance. Je mettrai ma main à couper qu'ils nous sauveront une fois encore.

Face à la certitude ancrée dans ce vieillard, le trio attaché à Tian se relâche. Probablement qu'ils courent à leur perte, mais au moins, ils auront vécu de belles aventures ! Tongar se frappe la poitrine en signe d'approbation, tandis que Sigbert et Hamilcar se prenne familièrement dans les bras. Zé-gib sourit, heureux de constater que les adolescents les ont changés. Une note d'espoir s'élève parmi les réprouvés. Le jour viendra bientôt où les mal-aimés de la Terre trouveront refuge auprès de leur communauté. Gonflé d'optimiste, le nomade du désert de Sin-Sinaïl caresse l'idée d'un pays où tous les hommes vivraient libres et égaux. Si un couple devait régner sur un tel royaume, alors Tian et Zadia en seraient l'incarnation parfaite.

Le froid et la blancheur agressent le jeune homme. Le silence, entrecoupé seulement du crissement de la neige sous ses pas, est oppressant. Quelques rares perdrix au plumage blanc détalent sans faire de bruit à son approche. Tian se frotte ses mains gelées malgré les mitaines en fourrure de renne. Sa respiration saccadée produit une importante buée : la progression à travers l'épais manteau neigeux est difficile. Perdu sur une étendue immaculée, le marcheur nocturne n'a pas le droit de s'arrêter. Dormir à l'extérieur une nuit d'hiver signerait son arrêt de mort. L'enfant le sait, bien qu'il ne souffre d'aucune altération physique. « Tu es en plein forme, d'une santé de fer » dirait sa chère grand-mère. La vieille sorcière s'y connaît en matière d'infirmité. Tous les malades du village viennent la consulter, espérant de sa part des miracles. À défaut, elle dispense un peu de réconfort aux éclopés de la vie. No'ma, ses patients l'appellent No'ma, qui signifie « Soigneuse » en langue des Terres du nord. Tian ne cache pas sa fierté de vivre sous son toit.

Pour prouver sa vaillance, il s'est enfui au milieu de la nuit, à la poursuite d'un gros gibier. Les villageois pensent qu'un orphelin n'a pas le droit de vivre, qu'il représente une bouche de plus à nourrir pour la communauté. La viande est rare, surtout en cette saison hivernale. Tian n'a pas encore atteint l'âge de la majorité qui autorise à chasser le gibier. Pourtant, en cette nuit de pleine lune, sa vie basculera s'il parvient à ramener une grosse prise. Il veut impressionner tous ceux qui se moquent de lui, mais craignent sa différence. Plusieurs fois déjà, lorsqu'une bande de gamins qui le pourchassaient a fini par le coincer, il s'est volatilisé. Certaines mauvaises langues prétendent que ses parents l'ont abandonné parce qu'un démon lui a jeté un sort. À certains moments, celui-ci tente de le rappeler à ses côtés. Voilà pourquoi il disparaîtrait.

Tian se moque de ces fadaises, car il ne maîtrise pas cette étrange faculté. Son désir le plus cher est d'être reconnu comme un grand parmi les chasseurs, afin d'obtenir la reconnaissance des autochtones.

Pour cela, il doit leur montrer ce dont il est capable. Il a repéré des traces profondes d'un renne solitaire, qui doit peser un bon poids. Armé seulement d'une lance, il va le tuer et ramener sa dépouille au village comme preuve de son courage. Des bourrasques font s'envoler la neige et tomber des pluies de gelée rafraîchissante. Seul un hibou hulule sur son passage, unique témoin de sa traque. Les marques dans la neige sont plus resserrées, comme si l'animal ralentissait. Tian serre fermement le manche de son arme blanche. Un frisson le parcourt à l'approche de l'affrontement qui s'annonce. Ce rite initiatique le projettera dans l'âge adulte, il marquera son existence à jamais. No'ma aussi ne le regardera plus de la même façon. Son unique regret : que ses parents ne soient pas là pour assister à son triomphe !

Soudain, un souffle rauque résonne dans la clairière voisine. L'adolescent sursaute. Il devine sa proie à distance d'une dizaine de pas. C'est un mâle solitaire qui a dû quitter la harde, trop vieux pour suivre le rythme rapide du troupeau. Il frotte ses bois majestueux contre un arbre, attributs devenus inutiles désormais, car il ne combattra plus d'autres mâles en rut pour obtenir les faveurs des femelles. Tian l'observe, impressionné : l'ongulé sauvage est plus grand que lui. Son pelage est gris et il doit peser plus de quatre fois son propre poids. Le défier relève de l'impossible et pourtant, le gamin avance en brandissant sa lance. Lorsqu'il fait son apparition dans la clairière éclairée par un halo lumineux prodigué par une lune rousse, le renne grogne et frappe du sabot sur la souche d'un arbre. L'imposant mammifère lève la tête pour montrer qu'il ne craint pas la présence humaine. Il jauge son adversaire au cœur de la nuit glaciale. Le cervidé n'a pas l'intention de s'enfuir et de s'offrir en victime à son prédateur. Sans attendre, il charge l'inconscient qui ose venir l'affronter.

Tian sait qu'il n'aura qu'une seule chance de percer le cuir épais du cervidé. Il doit attendre le dernier moment pour projeter le long manche terminé d'une pointe métallique. En cachette, il a aiguisé le fer pour s'assurer de son tranchant. Le poitrail de l'animal offre une cible idéale, mais difficile à atteindre. Les chasseurs expérimentés de son village, dont il a entendu les exploits, visent plus souvent le flan de la bête. Le vieux mâle fonce en accélérant l'allure, les naseaux fumants de rage. « C'est pour se donner plus de courage » pense Tian. Son bras ne tremblera pas ; il joue sa vie à pile ou face. Bientôt le renne sera sur lui. Sans réfléchir, il reproduit mécaniquement les gestes répétés lors de ses entraînements solitaires. La lance file vers sa cible, tel un trait de lumière. Malheureusement, elle ne fait que frôler le flanc du renne furieux, zébrant d'une trace rouge son pelage. Tian voudrait s'enfuir, mais le cervidé le percute au galop, ses bois courbés le soulèvent et le projettent violemment contre un arbre.

Le craquement sinistre des os de sa jambe résonne encore dans sa tête, lorsqu'il prend conscience qu'une voix familière s'adresse à lui.

— Réveille-toi, mon aimé. Tu as fait un mauvais rêve. Ta chemise est détrempée de sueur ; tu t'agitais dans ton sommeil en prononçant des paroles incompréhensibles.

Tian réalise que Zadia, assise à son chevet, lui caresse doucement le visage. Sa main tiède et parfumée agit comme un baume qui apaise sa souffrance. Toute son existence a basculé le jour de cette chasse au cervidé. Après le choc subi, il est resté handicapé, boiteux pour le restant de sa vie.

— Reviens-moi, mon héros ! Le passé doit demeurer enterré dans ta mémoire. L'avenir, seul, forgera les sommets de ton destin.

Se forçant à sourire, Tian prend la main de celle qui désormais partage ses maux. Il se met sur son séant, puis, timidement, embrasse la femme qui a changé sa vision du monde.

— J'ai la certitude que nos pas fouleront bientôt les terres gelées où nous avons vu le jour.

Zadia fixe un bref instant ce garçon étrange. Ses yeux gris-vert cachent des secrets qu'elle découvrira un jour. Pour l'instant, leur navire vogue vers les îles où son mentor, Azaam, est décédé. Elle a une revanche à prendre sur les envahisseurs et le traître Gaalmon.

— Terre en vue à tribord ! hurle la vigie.

25. Jeux de guerre

Le chef de la garnison du fort est le premier à apercevoir la galère à l'horizon. Après que les soldats du royaume de Drusse aient conquis l'île où vivaient les membres de l'Ordre de Chaam, cette fortification détruite a été rebâtie. Ce poste avancé s'est avéré stratégique pour observer la mer. Un messager est aussitôt envoyé pour avertir l'amiral.

— De combien de temps disposons-nous, soldat ?

Essoufflée, l'estafette tente de reprendre une respiration normale. Le jeune homme est un novice. Pour sa première affection, il ne pensait pas participer à une d'invasion.

— Amiral, si le navire conserve cette allure, il devrait atteindre les côtes avant que le soleil ne soit au zénith.

Kumbal fronce les sourcils. Malgré son anticipation, ses forces ne sont pas opérationnelles. La menace leur paraissait loin à tous et ils se sont laissé tenter par les délices de l'archipel. Les femmes à la peau cuivrée par le soleil y sont très belles et la discipline de fer que ses officiers ont imposée n'a pas suffi à maintenir l'ordre et la cohésion nécessaire. Kumbal enrage à l'idée de Gaalmon se gaussant de son commandement. Pourtant, il ne sert à rien de regretter. L'ennemi approche et sera bientôt à leur portée.

— Vous allez retourner à votre poste... mais avant, je veux que vous informiez le capitaine de la flotte de se préparer à prendre la mer !

Du balcon au premier étage du bâtiment principal où il réside, la vue est masquée par une palmeraie. Impossible d'apercevoir la galère et donc d'apprécier la distance à laquelle elle se trouve. De toute manière, pourquoi craindre autant un unique navire ? Face à un adversaire classique, les dizaines de Gunork dont il dispose ne feraient qu'une bouchée de cette embarcation. Mais ces galériens semblent invincibles ! Éliminer avec une telle rapidité autant de bateaux, cela tient du miracle ou de la magie. La douleur qui lui tord les boyaux atteste que son inquiétude n'est pas feinte. Depuis le début de sa longue carrière militaire, la peur de la défaite n'a jamais été aussi tangible.

— Mon ami, calmez-vous. Sans raisonnement, point de salut.

Flamina s'avance avec détermination alors que tous ses généraux ont rejoint leurs unités. Elle a revêtu une robe transparente de soie rose et ses cheveux, éparpillés sur ses épaules menues, forment une vague mouvante. Malgré l'heure grave, son amant est charmé par sa beauté.

— Votre place n'est pas en ce lieu. La vision de votre gracieuse silhouette m'interdit toute concentration. J'ai besoin de sérénité ; à vos côtés, mon cœur s'emballe et mon esprit s'égare.

La jeune femme remercie d'un regard l'homme dans la force de l'âge qui vient de la complimenter. Elle comprend aussitôt que la situation requiert son analyse. Depuis son enfance, les discussions à table en présence de nobles de la cour ont souvent concerné les complots et les projets de conquête. Avec le tyran Yalstar à la tête du royaume de Drusse, ce n'était pas une mince affaire que d'anticiper le prochain coup. Son père et sa mère l'ont d'ailleurs payé de leur vie. Sans le vouloir, Flamina a acquis des compétences en matière de survie et de stratégie.

— Au contraire, Amiral, je connais mieux que vous les raisonnements de certains mâles. Laissez-moi vous aider à prendre la bonne décision.

Face à l'assurance dont fait preuve la très chère, Kumbal ne peut s'empêcher de la prendre dans ses bras et de l'embrasser fougueusement. Au moins, s'il doit périr, ce sera en agréable compagnie.

— Allons, noble cœur, ne montrez pas vos sentiments aux yeux de tous. L'amour que vous me portez est un aveu de faiblesse pour vos opposants. Rentrons et vous m'expliquerez en quoi l'adversaire qui approche est une si terrible menace.

Enlacés comme des jouvenceaux, le couple retourne à l'intérieur, à l'abri des regards, tandis que le cor d'alarme résonne dans l'île.

Tian contemple la surface de l'eau moutonneuse. Au milieu de cette nappe liquide, le chapelet d'îles repéré par la vigie semble flotter sur un nuage bleuté. Zadia disait vrai : rien n'égal la beauté de l'archipel de Bellisar. Des nuées d'oiseaux en quête de nourriture quittent leurs nids pour survoler la galère.

— Je ne vois aucune trace de présence militaire.

Tongar scrute minutieusement à l'aide d'une longue-vue le rivage de l'île, sur laquelle se dresse un fortin. D'après Zadia, une partie des forces d'invasion devrait l'occuper. Le drapeau ne flotte pas sur la plus haute des tours et les Gunorks redoutés ne barrent pas l'entrée de la passe. L'examen du centre de l'étendue de terre émergée ne recèle pas de présence humaine.

— Ce n'est pas normal, s'inquiète Sigbert. Si vos informations sont fiables, une garnison entière devrait occuper l'île.

Zadia ne répond pas au ton agressif du noble. Elle sait ce qu'elle a vu en s'enfuyant. Son cœur se serre en pensant que tous les membres de l'Ordre pourraient avoir été éliminés. Le reste de l'équipage aux aguets attend leur décision. Tian paraît indécis, peu enclin à débarquer.

— Je ressens un piège, un traquenard dans lequel on veut nous attirer. Je préférerais que nous évitions cet amas de terre.

— Tian parle juste ! renchérit Hamilcar, silencieux jusqu'alors. Même si nous jetons l'ancre sans encombre, que nous ne rencontrons aucune résistance, d'autres navires de guerre viendront bientôt, battant pavillon du royaume de Drusse. Il leur suffira de nous encercler et nous serons emprisonnés comme dans une nasse !

Un brouhaha répond à la mise en garde du mage. Bien que Tian ait gagné l'estime de l'équipage, la parole d'Hamilcar est respectée. N'est-il pas le seul à avoir fréquenté la cour du despote ? Plus familier des stratégies des généraux, sa vision des choses est basée sur une expérience réelle.

Zadia fulmine. À la première contrariété, ces lâches sont prêts à renoncer. Son attachement viscéral pour cet îlot l'emporte sur la raison. Elle ne peut pas passer son chemin sans savoir ce que sont devenus les insulaires. Avant qu'elle ne réagisse, Tian coupe court à toutes spéculations.

— Amis, je comprends vos réticences. Nous allons mouiller à distance respectable du rivage. Mettez une chaloupe à mer : un groupe dont je ferai partie ira s'assurer qu'il n'y a pas de danger.

— Je t'accompagne ! déclare Zadia d'un ton sans appel.

Tongar et Hamilcar se portent aussi volontaires, mais Tian préfère qu'ils demeurent à bord. En cas d'attaque surprise, leur sang-froid pourrait faire la différence. Demeuré silencieux, Zé-gib n'envisage pas un instant de laisser son jeune maître et sa compagne partir sans lui. Deux matelots gaillards acceptent de se joindre à l'expédition. La tension est palpable parmi les galériens lorsque le canot et ses cinq passagers s'éloignent du navire. Au loin, un grondement retentit, comme pour mettre en garde les imprudents. Zadia ne craint pas ce genre de manifestation : depuis longtemps, tous les habitants de l'archipel savent qu'un volcan sommeille. Jadis, ses éruptions et les projections riches en engrais naturels qui s'en sont suivi, ont fertilisé le sol des îles d'où provient l'herbe de Chaam, tout en favorisant la croissance et la diversité des plantes.

Après avoir jeté l'ancre, Zadia foule le sol de l'île avec émotion. Depuis toutes ces années, elle a très peu quitté le giron de l'Ordre de Chaam. Comme une grande famille, une partie de ses membres l'avait adoptée et le Grand Médicateur jouait aussi le rôle de père. De son enfance lointaine, elle se rappelle quelques bribes de souvenirs. Des visages souriants autour d'elle, de l'amour partagé avec tendresse, des rires et des chants mélodieux : pourquoi ces images d'un passé révolu ne cadrent-ils pas avec ses doutes ? Même si le renfort de Tian atténue un peu ses angoisses, l'avenir s'annonce incertain. Dotée d'une force de caractère hors du commun, Zadia cache pourtant sous un physique guerrier des failles antérieures. L'amour d'une mère lui a toujours fait défaut et celui d'un père n'a pu être totalement satisfait par Azaam.

— Regardez ! s'exclame Tian. Des traces de pas nombreux. Des mouvements d'humains, sans doute ceux d'une troupe armée, ont laissé leurs empreintes.

Comme pour répondre à ses interrogations, un tremblement de terre secoue l'île.

— Ce n'est qu'un coup de semonce, murmure Zégib. Les forces du tréfond de la Terre s'éveillent et elles sont en colère. Il ne faut pas s'attarder !

Chacun échange des regards inquiets, en espérant que peut-être les soldats du royaume de Drusse ont abandonné l'archipel de Bellisar pour une bonne raison. Une éruption volcanique entraînerait des conséquences désastreuses. Seul le secours du grand large pourrait leur éviter le pire.

— Grimpons cette colline. À son sommet se trouve le bâtiment principal de l'Ordre. De là, nous aurons une meilleure vision de l'île.

Personne n'ose contredire la jeune femme, bien que tous soient partagés entre fuir et poursuivre l'exploration. L'ascension s'effectue sans rencontrer âme qui vive. Après avoir traversé une immense palmeraie, le siège de la congrégation apparaît. Horrifiée, Zadia découvre les restes de la bibliothèque calcinée. Les envahisseurs n'ont même pas eu de respect pour tout le savoir accumulé au fil des siècles.

— Il n'y a personne ici. Les forces d'occupation paraissent avoir déserté l'île. C'est incompréhensible.

Tian se gratte anxieusement la tête, cherchant à découvrir dans son cerveau les ressorts d'un piège. Pourquoi un contingent armé, qui débarque pour prendre d'assaut un territoire s'enfuirait-il aussitôt ?

Les grondements du volcan n'expliquent pas tout. De plus, il est persuadé que si des vigies scrutaient la mer, elles ont forcément repéré la galère. Rien ne cadre avec la stratégie d'une armée conquérante !

— Maître, je pense que nous devons retourner à bord. Les signaux telluriques sont inquiétants et l'absence des troupes drussiennes n'augure rien de bon.

Zadia entend la supplique du vieillard, mais ils ne peuvent pas partir sans comprendre. Quelque chose leur échappe dans la situation actuelle.

— Peut-être faut-il poursuivre l'exploration ? Des insulaires sont sans doute cachés dans les grottes ou sur une autre des îles. Si nous les trouvons, ils seront en mesure de faire la lumière sur ce mystère.

Au même moment, des hurlements stridents retentissent au large. Ces cris féroces ne peuvent provenir que d'une seule entité en mer : un troupeau de Gunorks qui déclenche une attaque ! D'un même élan, les cinq compagnons dévalent la pente pour retourner sur le rivage. Des vagues fougueuses lèchent la plage de sable argenté, mais ce décor paradisiaque n'occulte pas la manœuvre ennemie : une escadre de mammifères marins encercle leur navire. Déjà, le drapeau blanc est hissé sur le mat, en signe de capitulation, témoignant que l'équipage s'est rendu. Tian prend la main de Zadia et la serre en guise d'exutoire : ils ont été joués comme des novices au jeu de la guerre !

26.   Colère volcanique

L'Amiral Kumbal ne cache pas sa satisfaction suite à l'effet de surprise produit. L'idée de diviser les forces ennemies, même inférieures en nombre, était géniale. L'hypothèse que les meneurs de cette révolte débarqueraient en premier sur l'île s'est révélée fondée. En l'absence ses principaux chefs, l'équipage de la galère, composé en majorité de condamnés, n'a pas trouvé les ressources nécessaires pour s'opposer à une escadre de Gunorks. Dès le début de l'encerclement, la majorité des gueux a renoncé à toute opposition. Les soldats faits prisonniers ont profité de l'attaque fulgurante de la flotte du royaume de Drusse pour se désolidariser des mutins. Ainsi, sans coup férir, ni abordage coûteux en vies humaines, la rébellion a cessé d'exister. Au passage, il s'est bien gardé de remercier celle qui a conçu ce plan subtil en présence de ses généraux.

Une partie de ses hommes est montée à bord de la galère, afin de sécuriser la capture. Néanmoins, qu'elle n'a pas été sa surprise, lorsqu'il a découvert un visage familier parmi les prisonniers à genoux sur le pont, les mains liées derrière le dos :

— Comment un membre imminent des sorciers de Zamgar peut-il se retrouver complice d'une telle vilenie ?

Hamilcar redresse la tête lentement, incapable d'avouer que la lâche réaction de ses équipiers, à l'exception de Tongar, l'a pris de court. Sans la présence de Tian et Zadia, âmes de la résistance, toutes ces brebis galeuses se sont débandées face à une attaque audacieuse. Profondément déçu, il n'a pas jugé bon d'user de ses pouvoirs de magicien. Dans le meilleur des cas, il aurait infligé quelques dégâts mineurs aux assaillants, avant que ceux-ci ne déclenchent des tirs de représailles. Tous les révoltés auraient péri !

— Mon cher Kumbal, c'est une longue histoire. Si vous le souhaitez, je me ferai un plaisir de vous la raconter devant un bon verre de vin.

Le ton sarcastique a échappé à Tongar, qui tente de se jeter sur le présumé parjure. Un coup violent, asséné dans les côtes par un des soldats, calme ses ardeurs.

— Apparemment, certains de vos compagnons d'infortune ne sont pas d'accord avec votre vision des choses. Je n'oublie pas cependant que vous demeurez un dangereux personnage, prêt à trahir son royaume.

— Royaume ? J'espère que vous ne trouvez pas honorable de servir un tyran tel que Yalstar ...

Face à son irrespect, un autre des soldats s'avance pour corriger le mage. D'un geste, Kumbal l'arrête. Sans donner raison à Hamilcar, il partage en partie son analyse :

— Vous semblez ignorer que le roi est mort à la suite à votre mutinerie. Mais le royaume de Drusse demeure et un autre souverain aura bientôt le soutien de ses féaux et de leurs troupes. Vous confondez incarnation du pouvoir et exercice du règne.

Hamilcar ne peut s'empêcher de se réjouir de la nouvelle. Ainsi, la parenthèse despotique s'est refermée ? Monarque parodique, Yalstar n'a servi que ses propres intérêts et une mégalomanie sans limite. Pourtant, comment vont réagir les courtisans qui se sont ralliés à ce pitre sanguinaire ? Une période d'instabilité et de troubles s'annonce à travers le royaume de Drusse, dont Kumbal n'a pas encore conscience.

— Enchaînez-les tous pour qu'ils goûtent à nouveau au plaisir de la chiourme ! Ramer leur ouvrira l'esprit sur leurs erreurs passées.

Le regard impitoyable que jette l'amiral sur Hamilcar n'augure pas d'une quelconque mansuétude à l'encontre de celui qu'il considère comme un renégat. Un de ses officiers s'empresse d'exécuter ses ordres. Tandis que le pont supérieur se vide peu à peu de ses prisonniers, Kumbal avance à la proue pour fixer son attention sur le rivage. Il se félicite de la tournure prise par les événements, conformément aux prévisions de sa chère Flamina. Redoutable stratège qui cache bien son jeu ! En effet, suite à l'attaque menée, aucun raz-de-marée, aucune tempête ou autres catastrophes inexplicables ne s'est manifesté. Il en conclue donc – une fois encore conformément aux prévisions de son aimée – que parmi les passagers qui ont pris place dans la chaloupe, l'un d'eux ou l'une d'elle est sans doute à l'origine des bouleversements qui ont anéanti sa précédente attaque. Plutôt que de craindre cet ennemi hors norme, il sourit en songeant que cela pourrait servir ses desseins. N'a-t-il pas l'intention de se débarrasser d'un allié encombrant ? Le débarquement des passagers du canot sur l'île, ne répond-il pas à ses attentes ? Cette idée-là, Kumbal ne la doit à personne. Elle vient du plus profond de sa haine d'un intriguant corrompu.

— Nous devons retourner à bord ! Quitter le navire a été la plus stupide des décisions ! Notre absence a compromis la victoire de l'équipage.

La colère et la douleur enflamment la voix de Tian. La fois précédente, l'union de leurs talents exceptionnels, exacerbée par les effets de l'herbe de Chaam, a disloqué une flotte bien plus puissante.

— Tian, aurions-nous réussi à réitérer pareil exploit ?

Des larmes de rage coulent sur ses joues pâles ; Zadia pose sa main sur l'épaule de celui que son cœur a choisi. « La Fortune est une maîtresse hasardeuse » répétait le Grand Médicateur. Cet aphorisme la troublait, car les relations amoureuses ne cadraient pas avec l'idée qu'elle se faisait d'Azaam. Celui-ci avait fait vœu de chasteté et la séduction n'entrait pas dans ses priorités.

— Il faut au contraire s'enfuir dans la direction opposée, répond Zé-gib d'une voix caverneuse. Notre chance de salut viendra du nord !

Stupéfait, le couple observe le vieillard au regard vitreux. L'imminence du danger l'a plongé dans une sorte de transe. Comme pour répondre à sa prophétie, une nouvelle secousse traverse les terres insulaires. « Le volcan s'impatiente » devine Tian sans savoir comment le satisfaire. Les deux autres galériens lancent des regards inquiets, confirmant leur envie de s'enfuir.

— Installons-nous dans le fort. Au moins, si une troupe tente de nous attaquer, notre position sera plus défendable qu'à découvert sur cette plage.

Conscients de leur vulnérabilité, ils approuvent sans enthousiasme l'idée de Zadia et la suivent pour rejoindre l'abri provisoire. Durant le trajet, chacun à tour de rôle scrute l'horizon pour surveiller d'éventuelles manœuvres de débarquement parmi la flotte ennemie. Finalement, ils atteignent sans encombre le poste avancé. La jeune femme est surprise de découvrir un édifice presque intact, alors que dans son souvenir, après sa fuite provoquée par l'assaut des envahisseurs, les flammes le dévoraient.

— Ce n'est pas normal, murmure-t-elle. L'endroit ne paraît pas abandonné.

Pour confirmer ses dires, les remparts se couvrent d'archers menaçants. Une voix familière à Zadia exige leur reddition sans condition. Affolés, les deux gaillards qui se sont joints à l'expédition détalent sans tenir compte de l'avertissement. Aussitôt, une pluie de flèches s'abat sur les fuyards qui s'écroulent, leur sang maculant le sable blanc.

— Ceci est ma dernière mise en garde : déposez vos armes et vous ne mourrez pas !

Le ton hautain, la voix sarcastique : Zadia a hélas reconnu le personnage détestable qui lance cet ordre. Elle prend la main de Tian et d'un signe de tête, le convainc de ne pas tenter un geste désespéré. Dès que les trois compagnons s'exécutent à contrecœur, la grande porte s'ouvre et Gaalmon s'avance triomphalement, escorté par plusieurs soldats.

— Ma chère Zadia, quel plaisir de vous revoir enfin ! Serait-il possible que votre fuite soit entachée de remords ?

L'intéressée ne répond pas, mais la pression accrue sur la main de Tian accumule la colère et la frustration, comme un appel à la vengeance qui se déverserait dans tous ses tissus sanguins. Chaque parcelle de son corps se charge d'énergie vitale, synonyme de secousse tellurique. Comment ce traître à sa confrérie ose-t-il se pavaner devant elle et l'accuser de désertion ? L'ambition sans limite chez certains individus prime devant la loyauté.

— Vous osez m'accuser, alors que vous-même avez œuvré à l'affaiblissement de l'Ordre de Chaam, jusqu'à sa dissolution ?

Toujours sous la protection de ses gardes, Gaalmon s'approche de la jeune guerrière et lui chuchote à l'oreille :

— Votre mentor n'était plus que l'ombre de lui-même. Sa chute était inéluctable. Il a suffi d'un coup de pouce du destin.

Révulsée par des propos qui sonnent comme un aveu, Zadia sent qu'elle perd le contrôle. Ses muscles dilatés par le désir de vengeance, les battements accélérés de son cœur, sa poitrine gonflée par l'air vicié de la honte : tout concourt à ce qu'elle explose. Tian ressent ce courant de violence qui circule entre leurs organismes jumelés, ce désir d'en découdre et de laisser la haine dicter sa loi.

En face d'eux, Gaalmon dévisage le couple que la tension embrase. Instinctivement, il recule, effrayé. De nouveau, la Terre se met à trembler. Il perd l'équilibre, incapable d'identifier la cause de la réaction enclenchée. Les grondements s'intensifient, tandis que les entrailles du monde elles-mêmes semblent s'offusquer de sa trahison. À vue d'œil, son assurance se fissure, comme la croûte terrestre sous ses pieds. Libérant leur colère, Zadia et Tian déclenchent l'éruption volcanique qui couvait depuis longtemps. Sous l'archipel, les mouvements sismiques s'intensifient, attisés par l'appel à la révolte des deux adolescents. Des coulées de lave remontent à la surface, pour exercer une pression intense sur ces portions de terres isolées. Des brèches se créent, par lesquelles des fumeroles sont expulsées brusquement.

— Il faut récupérer la chaloupe et s'éloigner au plus vite de cet enfer.

Seuls parmi tous à conserver le sens des réalités, Zé-gib entraîne à sa suite les responsables de cette catastrophe naturelle. Le contingent armé aux ordres de Gaalmon n'attend pas que le prêtre tétanisé leur dicte la conduite à suivre. La peur les a saisis et rien ne pourra les empêcher de fuir. L'instinct primaire de survie prend le dessus sur le devoir militaire. L'appréhension du trio fraîchement débarqué passe au second plan. Avant de subir les foudres des éléments vitaux, certains soldats ont le temps d'apercevoir le fortin se disloquer sous l'effet des chocs telluriques. Des geysers puissants surgissent autour d'eux, asphyxiants et brûlants les fuyards en pleine débandade. L'ancien cloître de l'Ordre de Chaam s'écroule comme un château de cartes et une coulée de lave rougeoyante se déverse vers la palmeraie, enflammant aussitôt la végétation. Nulle entité vivante ne subsistera à l'abri sur les îles de l'archipel de Bellisar.

La panique est proportionnelle à la vitesse de l'onde de choc sous-marine qui se propage autour des terres encore émergées. Au loin, les Gunorks affolés se libèrent de leurs liens malgré l'effet de la potion et nagent à toute vitesse vers le large. Impuissant, l'amiral Kumbal assiste à la débandade de sa flotte, serrant dans ses bras Flamina qui l'a rejoint à bord. Unis à la proue de la galère, ils assistent impuissants à la création d'une lame de fond qui se transforme en rouleaux gigantesques. Un raz-de-marée surpuissant fonce vers l'embarcation sans qu'aucun obstacle matériel ou humain ne possède la capacité de l'arrêter. Enlacé, le couple affrontera la menace de mort.

27.   Une rencontre imprévue

La chaloupe file à vive allure en direction du nord, afin de s'éloigner de l'archipel de Bellisar englouti par l'éruption volcanique. À la barre, Zé-gib sait que la vitesse excessive de cette coquille de noix n'est pas normale. Le vent dans la voile ne suffirait pas à les propulser aussi rapidement. Dessous l'embarcation, quelque chose est à l'œuvre pour produire cette formidable poussée. Le nomade du désert, peu familier du monde marin, a renoncé à comprendre. La providence leur a sauvé la vie, mettant une distance suffisante avec la terrible catastrophe qui a détruit l'île et engendré une onde meurtrière dans un rayon de plusieurs milles. Lorsqu'ils sont montés à bord du canot, leurs chances d'en réchapper étaient faibles. Dès qu'il a eu la présence d'esprit de hisser la voile, tandis que les deux jeunes gens saisissaient les rames, un choc sous la coque, suivi d'une sensation de vitesse, les a éloignés de cet enfer.

Après que l'allure se soit stabilisée, Tian et Zadia sont demeurés prostrés à la proue. Zé-gib devine qu'ils culpabilisent, persuadés d'avoir joué un rôle dans le réveil du volcan endormi. Avant de quitter définitivement les abords de l'archipel, le vieillard a aperçu des bateaux de pêcheurs qui cherchaient à fuir les explosions. Il espère que ces pauvres gens auront la vie sauve, victimes d'un conflit qu'ils n'ont pas provoqué. Le gâchis est immense ! Les plantations qui servaient à récolter l'herbe de Chaam, si recherchée sur les côtes de la mer des Sarcasses, ont toutes été détruites. La précieuse substance fera défaut aux populations maritimes : une perte irremplaçable.

Pour le moment, assurer leur survie reste la priorité. Zé-gib ne sait pas où la force motrice les conduit, mais pendant la nuit, il a bien observé le ciel constellé et leur trajectoire suit l'étoile qui indique le nord, surnommée Polaris par le peuple du désert. Cette destination se conforme à leur vœu, comme si l'entité qui les pilote faisait preuve d'intelligente. Pourtant, un problème plus urgent occupe les pensées du vieil homme. Les jarres contenant des vivres et une réserve d'eau dans la chaloupe ne satisferont pas longtemps les besoins de trois passagers. Jamais ils n'atteindront les Terres glacées avec si peu de provisions. La pêche peut fournir un complément alimentaire, à condition d'avoir de la réussite. En revanche, s'il ne pleut pas, l'eau manquera rapidement.

— Depuis combien de temps naviguons-nous ?

Tian, les mains sur la tête, jette un regard désabusé vers l'horizon lointain.

— Maître, deux fois, le soleil s'est couché et s'est levé. Bientôt, nous quitterons les eaux poissonneuses du sud pour pénétrer dans celles plus froides des territoires nordiques.

Zadia, qui s'extrait enfin d'une longue torpeur, redresse le buste et dévisage leur compagnon.

— Tu as veillé sur nous comme un père. Sans ta lucidité, nous serions probablement déjà morts.

Le timide sourire qu'elle esquisse vaut aux yeux de Zé-gib tous les remerciements du monde. Ces deux-là reviennent à la vie. Leur aide ne sera pas de trop pour poursuivre le périple.

— Qu'avons-nous fait ? gémit Tian. Ce pouvoir, dont nous étions si fiers, engendre la destruction et la mort. Est-ce vraiment cela que nous voulions ?

Zadia se love contre son amant éprouvé, rescapé malgré lui du désastre.

— Peut-être le volcan sous-marin serait-il entré en éruption, même sans notre présence ? Les éléments naturels ne sont pas tendre avec les humains.

Tian ne cherche même pas les arguments pour convaincre sa partenaire. Le traumatisme est encore trop présent dans sa mémoire pour qu'il puisse raisonner. Ses sensations prennent le dessus et un sentiment d'injustice s'impose en lui. La seule nouvelle positive est de voguer vers les territoires de sa naissance. Dans son for intérieur, il est persuadé que les réponses à certaines de ses questions se trouvent parmi les étendues glacées.

— Par quelle magie naviguons-nous aussi rapidement ?

Zadia se demande... Prestement, elle se glisse près du bord et plonge sa main dans l'eau.

— Par le diable, que fais-tu ?

Tian tente de lui saisir le bras, mais l'embarcation freine brusquement, au risque de chavirer. Sans aucun souffle qui l'anime, la voile s'affale mollement.

— Comment...

Mais la phrase reste en suspens, car une masse énorme fend les flots, un corps massif, muni d'une nageoire caudale puissante. Tian n'en croit pas ses yeux : un imposant mammifère marin frôle la coque de la chaloupe en nageant autour.

— C'est le jeune Gunork qui m'a sauvé la vie lorsque je me noyais ! s'extasie Zadia. Il s'est lié d'amitié avec moi quand j'ai dû abandonner l'île aux mains des envahisseurs.

L'animal ne manifeste pas d'agressivité envers les passagers. Au contraire, il donne plutôt l'impression de batifoler. Soudain, il plonge dans les profondeurs marines et ne reparaît pas.

— J'espère que vous ne l'avez pas effrayé, bougonne Zé-Gib. Sans son aide, nous nous traînerons. Pensive, Zadia contemple la surface huilée de la mer.

— Je pense qu'il est parti chasser pour se nourrir. Il ne peut pas continuellement nous tracter sans s'accorder des pauses pour manger.

Tian hausse les épaules. Bientôt, la jeune femme parlera de ce prédateur impitoyable comme d'un animal de compagnie !

— Profitons-en pour faire de même, déclare Zé-gib.

Soucieux d'économiser la nourriture, le nomade partage néanmoins trois parts égales de poisson séché. Affamés, les deux adolescents engloutissent la chair salée, au risque de s'étrangler. Assoiffés plus que rassasiés, chacun boit à son tour un peu d'eau légèrement saumâtre puisée dans une des jarres. Le faible clapotis des vagues accentue l'impression de solitude. Le miroir liquide de la mer s'étend à l'infini, sans présager d'un quelconque rivage.

Tian éprouve le vertige à l'idée de ne jamais regagner la terre ferme. Pour la première fois de sa vie, l'angoisse des marins qui quittent leur port d'attache, en partance pour des périples périlleux, le gagne. Zadia perçoit son malaise et pose sa tête sur ses genoux. Le contact physique avec la jeune femme ravive le besoin d'un foyer, de chaleur humaine. À son âge, beaucoup de garçons ont déjà pris femme et sont pères de famille. Hélas, son handicap a découragé les éventuelles candidates au mariage, avant sa rencontre inespérée avec Zadia. Certes, Tian est plutôt beau gosse, mais le monde dans lequel il vit associe un boiteux à une malédiction. Inflexible, la vindicte populaire condamne au bannissement ceux atteints de claudication.

— Une voile à l'horizon, s'exclame Zé-gib. Un navire approche.

Aussitôt, les deux amoureux se redressent pour mieux scruter la direction indiquée par leur ami. Au loin, la silhouette effilée d'une embarcation prend forme.

— C'est peut-être notre chance de quitter cette coquille de noix.

Zadia croit au destin. Le Gunork s'est éloigné, car il avait senti la présence d'un bateau.

— Pourvu que ce ne soit pas un navire de guerre de la flotte du royaume de Drusse !

Tian, méfiant, fronce les sourcils avec la crainte d'apercevoir des signes menaçants dans le lointain. Sans chercher à dissimuler ses intentions, l'embarcation a mis le cap vers les rescapés. En plein jour, perdu au milieu d'une mer calme, leur chance de passer inaperçu était minime.

— Armez-vous ! Nous allons peut-être devoir défendre chèrement nos vies.

Zadia a souvent attendu le Grand Médicateur raconter des histoires de pirates, qui perpètrent des attaques rapides pour détrousser les pêcheurs de leur marchandise, ou pour rançonner de riches armateurs. Elle sait que trois passagers émoussés ne feront pas le poids face à des forbans aguerris. À la croisée des eaux remontant du sud et descendant vers le nord, les nombreuses routes commerciales excitent la convoitise des pires canailles. Des marins expérimentés qui n'ont pas froid aux yeux n'hésitent pas à dépouiller les honnêtes marchands.

Avec appréhension, le trio sur la défensive observe l'avancée, incapable de définir si la rencontre avec son équipage sera amicale. Tian serre la poignée d'une dague effilée, bien conscient que le maniement par ses soins d'une arme blanche n'impressionnera personne. Zé-gib reste immobile, cramponnée à la barre comme à un gourdin, priant en silence pour que la fortune leur sourie.

Peu à peu, la silhouette s'affine et dévoile un bateau de pêche imposant : d'après l'odeur, un morutier. Des marins goguenards se massent à la proue pour apercevoir les inconscients qui défient imprudemment la mer. Des chants moqueurs parviennent aux oreilles de Tian, qui apprécie peu leurs facéties. La fatigue et l'attente ont eu raison de sa patience. S'il pouvait choisir, sa préférence irait pour une poursuite du voyage avec l'aide du Gunork, afin de ne dépendre de personne. Zadia reste sur ses gardes, d'autant plus que certains regards appuyés sur ses formes féminines l'incitent à ne pas relâcher sa vigilance. Parfois, les campagnes de pêche éloignent de plusieurs lunaisons ces hommes de leur foyer. Loin de leurs femmes, ils n'attendent que l'occasion de pouvoir satisfaire leur instinct de reproducteur. Lorsque l'échelle de coupée est lancée aux rescapés, une silhouette imposante les surplombe. L'allure de ce marin ne laisse aucun doute : le Capitaine du navire les accueille. Une barbe longue et tressée, des yeux sombres qui les transpercent, un gilet confectionné avec de riches étoffes et ceint à la taille, un splendide foulard de soie.

— Ah ! Ah ! Quelle belle prise ! Des marins d'eau douce égarés sur la mer.

Les repêchés apprécient moyennement l'accueil. Néanmoins, au vu des mines patibulaires des membres de l'équipage, Tian se dit qu'avec ce personnage, une marge de négociation existera peut-être.

— Nous sommes prêts à payer le droit de séjourner en tant que passagers sur votre bateau. Nous nous rendons sur le continent glacé au nord. Je présume que vous êtes des pêcheurs de morue, à moins que vous ne chassiez les phoques pour leur fourrure ?

Certains d'entre eux, vêtus de peaux d'animaux marins, éclatent d'un rire sonore. Tels deux fentes insondables, les yeux du Capitaine les observent avant de réagir :

— Vous ne manquez pas d'humour, en tout cas. Voilà qui peut être divertissant. Tout le monde m'appelle Capitaine Fenbrum ici. Si vous me désobéissez, vous découvrirez rapidement l'origine de ce surnom. Pour le moment, vous êtes mes hôtes. Mon second va vous montrer une cabine. Ensuite, vous viendrez partager ma table... et ce n'est pas une invitation !

Les manifestations enthousiastes de l'équipage ne rassurent pas les trois amis. Une brise sournoise s'infiltre au travers des vêtements de Zadia qui maudit leur malchance. Elle est persuadée que ce sont des pirates. Ils écument les mers du Sud, se replient dans les terres australes lorsque des flottes armées par les royaumes se lancent à leur poursuite. Pour l'instant, rien d'autre n'est possible que d'accepter l'hospitalité ambiguë de ces forbans. Ils devront se tenir prêt à saisir toute occasion de leur fausser compagnie.

28. L'agonie des souffrances

Le chaos dans l'eau salée autour de lui... Des hurlements de terreur, des corps qui flottent à la surface couverte de débris, des blessés qui s'accrochent désespérément à des morceaux de bois, derniers vestiges de l'orgueilleuse galère de Sa Défunte Majesté. Les Gunorks affolés ont plongé dans les abysses avant que leurs équipages n'aient le temps de se préparer à l'immersion profonde. Kumbal tente de nager vers une portion de mât, mais déjà plusieurs survivants se disputent le droit de s'y agripper. L'Amiral d'une flotte en lambeaux cherche Flamina, dont la main lui a échappé après l'impact de la vague. Son cœur se serre en priant pour qu'elle soit saine et sauve, hissée par un rescapé sur un radeau de fortune.

Leur situation est dramatique : les Gunorks ne sont pas la seule espèce carnivore qui sillonne la mer des Sarcasses. Pour les Requiems, charognards des hauts-fonds, des hommes à la mer dans un tel état leur offriront un festin. Leurs dents, aiguisées comme des lames de rasoir, se délecteront de consommer de la chair faisandée. Les quelques oiseaux rescapés du cataclysme survolent le lieu du naufrage, bien décidés à prélever leur part du butin. Des cadavres en décomposition offrent leurs entrailles aux prédateurs des airs.

Kumbal refuse d'abandonner ! La vie n'aurait plus aucune saveur sans la présence de Flamina à ses côtés. S'il parvient à survivre, il sera tenu pour responsable du désastre en tant que commandant en chef de l'escadre royale. Sans l'amour de sa bien-aimée, rien ne le retiendra sur Terre. Pour se donner du courage, il hurle le nom de celle qui embellit son existence. D'abord, seuls les cris des rapaces lui répondent. Puis soudain, il aperçoit un radeau de fortune manœuvré par des naufragés. Un grand gaillard le hèle et lui fait signe de nager dans leur direction. Malgré la fatigue, l'officier se force à répondre à l'appel inespéré.

— Je suis l'Amiral Kumbal. Avez-vous aperçu mon épouse, Dame Flamina ?

Bien que leur mariage ne soit pas encore officialisé, il ne fait nul doute dans l'esprit du militaire que la jeune personne est sa compagne. Le cadeau méprisant de son souverain s'est avéré inestimable.

— Nous ne l'avons pas identifié parmi les corps, s'égosille le marin qui a reconnu son supérieur. Nous nous mettrons à sa recherche après vous avoir repêché.

Hissé en partie au sec sur l'assemblage sommaire de poutre, Kumbal dévisage la dizaine de membres d'équipage qui l'occupent. La plupart sont blessés, l'air apeuré, incapables d'une quelconque initiative. Voilà pourquoi il fallait les rejoindre ! Le costaud qui l'a sorti de l'eau esquisse maladroitement un salut militaire :

— Gabier Piam pour vous servir, Amiral. J'étais au sommet du mât lorsque cette vague gigantesque a déferlé. Faut croire que cela m'a sauvé la vie... Quels sont vos ordres ?

Kumbal est bien en peine de savoir la meilleure décision à prendre. Aux alentours, la désolation règne, troublée uniquement par les râles des agonisants et le tintamarre des oiseaux qui s'en donnent à cœur joie sur les dépouilles offertes. Une chose reste claire dans l'esprit de l'Amiral : il n'est pas question de s'éloigner du lieu de la catastrophe tant que Flamina n'aura pas été retrouvée.

— Matelot, mobilisez les moins estropiés et partons à la recherche d'autres survivants.

Dans son esprit, une seule image l'obsède, mais il n'ose pas trop dévoiler son attachement à une femme devant ces moribonds suspendus à ses décisions. La situation s'est dégradée, lorsque le trio a débarqué sur l'île. La stratégie suggérée par Flamina semble s'être retournée contre son escadre, pulvérisant la flotte trop confiante en sa victoire. D'après les témoignages arrachés sous la torture à des prisonniers de la galère, le couple formé par un boiteux et la Commandante de l'Ordre de Chaam a produit une force destructrice sans équivalent. Se pourrait-il que ces deux-là aient provoqué l'éruption du volcan souterrain ?

Les recherches se poursuivent à travers un décor apocalyptique. Peu de survivants, beaucoup d'agonisants. Les gémissements et les plaintes finissent par vriller les nerfs des plus courageux.

— Amiral, plus le temps passe, et plus l'espoir de retrouver des survivants s'amenuise. Nous devons penser à notre propre survie.

Kumbal aurait volontiers jeté à la mer cet impudent de Piam qui ose prétendre que sauver sa dulcinée ne reste pas une priorité. L'horizon morne se joue de son amour. La réalité brutale et inexorable reprend ses droits : envisager la mort de Flamina ! Comment poursuivre le chemin sans sa gracile silhouette ? Comment envisager des projets d'avenir sans sa chère âme sœur ?

— À l'aide ! Par pitié...

La voix qui provient de bâbord est celle d'un homme épuisé. Aussitôt, les marins mettent le cap vers celle-ci. Kumbal fronce les sourcils, espérant apercevoir l'origine des sons. Son cœur manque de défaillir lorsqu'il distingue un buste féminin soutenu par le naufragé, lequel agite péniblement la main pour attirer les secours.

— Flamina, j'ai récupéré Flamina, s'écrit-il de peur que l'embarcation poursuive sa route.

L'Amiral saute à l'eau avant que le frêle esquif ne se porte à leur hauteur et nage dans leur direction aussi rapidement que possible.

— Elle est vivante, mais grièvement blessée !

Malgré sa pâleur et le sang coagulé sur son visage, l'officier reconnaît le mage Hamilcar. Sans se soucier de ce traître épargné par la mort, il prend délicatement dans ses bras son épouse. Puis, aidé par Piam, il la dépose avec précaution au sec. Dans un effort rageur, son sauveur s'invite sur le radeau. Kumbal découvre rapidement la plaie au ventre, ainsi que les multiples contusions sur la peau diaphane de Flamina. Il colle son oreille contre la poitrine de la jeune femme, et le faible battement qu'il distingue, à défaut de le rassurer, confirme les dires du sorcier.

— Il faut nettoyer la blessure avant qu'elle ne s'infecte, murmure Hamilcar. Faire un pansement propre, sinon le sang va pourrir et contaminer tout son organisme.

Le regard fou, Kumbal arrache un morceau d'étoffe de sa propre chemise et se saisit d'une amphore récupérée à la dérive.

— Elle contient de l'eau-de-vie. Vous avez étudié les secrets des guérisseurs : sauvez-là, par pitié, et je serai votre débiteur pour le restant de ma vie !

La guilde des sorciers de Zamgar possède des maîtres dans l'art des décoctions, des soins et des plantes. Hélas, loin du royaume de Drusse, perdu sur des flots impitoyables, Hamilcar peut difficilement compter sur ses dons. L'état d'épuisement dans lequel il se trouve compliquera les soins à prodiguer à la pauvre femme. Néanmoins, il imprègne le tissu d'alcool, puis l'applique doucement sur la peau maculée de sang souillé. Inconsciente, Flamina gémit et remue faiblement. Les larmes aux yeux, Kumbal donnerait sa vie pour qu'elle survive. Afin de se joindre symboliquement aux efforts des deux hommes pour sauver la naufragée mal-en-point, les marins forment un cercle de prière. Psalmodiant d'antiques paroles, un chant s'élève vers le ciel, emporté par les nuages qui défilent au-dessus de leurs têtes. Hamilcar essaie de puiser dans ses maigres ressources pour extirper le mal qui envahit le corps jadis robuste de la jeune femme. Kumbal lui caresse la main au point de pétrir cette chair adorée, incapable d'imaginer le pire. Soudain, Flamina s'agite dans un dernier soubresaut, puis sa poitrine retombe et ses yeux se figent. Les prieurs se taisent, baissant la tête, l'air résigné.

— Nonnnnn ! hurle son amant, éclatant en sanglots.

Jamais aucun de ces militaires n'avait vu un officier pleurer avec autant d'abandon, au point de fissurer sa carapace pudique et d'oublier son rang. Émus et dépités, les hommes se retirent pour laisser Kumbal seul avec sa souffrance. Le mage n'a pas réussi à sauver cette vie. Ses pouvoirs dérisoires ne servent qu'à donner la mort. Honteux, Hamilcar laisse la défunte et son mari bénéficier d'un moment d'intimité.

— Il faut s'éloigner de ce maudit archipel, chuchote Piam. Nous ne savons pas si d'autres répliques volcaniques ne surviendront. Nous sommes trop vulnérables dans l'état actuel.

Qu'elle paraît loin, la cour de Yalstar, les plaisirs faciles et l'abondance. Perdus au milieu d'une mer inhospitalière, la réalité de l'existence saute au visage d'Hamilcar. L'or des palais, le marbre et les colonnades d'albâtre n'étaient qu'un décor factice, une pâle copie de la vie qui bouillonnait à l'extérieur, dans les rues et les commerces. Le mage a fini par oublier cette vérité, et renier ses origines modestes. À la dérive sur les flots hostiles, il comprend ses erreurs et regrette de ne pas avoir davantage écouté l'hymne de la nature, épousé le rythme des saisons et non pas cédé aux tentations de la facilité.

— C'est leur faute ! accuse Kumbal, les mâchoires serrées. Ce couple maléfique a tué mon vrai amour. Je n'aurai de cesse de les traquer pour venger la mort de Flamina.

— Amiral, Tian et Zadia ne sont pas responsables du déclenchement d'un tel cataclysme.

Malgré la persuasion dans l'intonation de sa voix, l'officier supérieur le dévisage avec mépris. Un instant, le sorcier de Zamgar craint pour sa vie. Une telle haine se reflète dans les yeux désespérés du compagnon de la victime, qu'il songe à sauter à l'eau.

— Tu m'accompagneras dans ma quête sans retour en guise de paiement de ta dette de sang. Si tu refuses, je te tranche la gorge sur-le-champ.

Le silence interloqué des marins confirme à Hamilcar que son existence ne tient qu'à un fil. Il voudrait répondre que jamais il ne sera le complice de la vengeance d'un homme que le chagrin obnubile, que Tian a quelque chose d'exceptionnel à préserver, que Zadia est son parfait complément... Au lieu de cela, il opine de la tête et détourne le regard pour masquer sa honte. Au même moment, le radeau est happé dans une nappe grisâtre. Tout l'équipage tente de modifier le cap pour s'éloigner du brouillard, mais l'opaque brume les enveloppe de son aura inquiétante. Les sons étouffés amplifient l'inquiétude des naufragés. Les nombreuses histoires de bateaux perdus à jamais dans la purée de pois ont bercé leur enfance. À la tristesse d'avoir assisté aux derniers soupirs de Flamina, succède l'angoisse de leur propre sort et des légendes tenaces liées à la brume.

— Jamais nous ne ressortirons vivants de cette nappe surnaturelle. Nous allons être digérés par la sorcellerie du grand large !

Tous les marins guettent le moindre bruit suspect, autres que les battements désordonnés de leurs cœurs. Kumbal se moque des superstitions de la mer. Toute son énergie est focalisée sur la survie pour prétendre à la vengeance. Tout à coup, une ombre irréelle surgit de l'amas de fines gouttelettes, fendant les flots silencieusement : un dromon, lourdement armé, arbore les couleurs du royaume de Drusse !

29. Provocation inutile

— C'est un honneur pour moi de vous avoir à ma table !

Le Capitaine Fenbrum ne masque pas sa satisfaction. Sa cabine est spacieuse et confortable, décorée d'objets tous plus insolites les uns que les autres : des dents de Gunorks, des oiseaux multicolores empaillés, des gravures en bois exotiques... Zadia s'assoit à la droite de leur hôte sur un siège confortable, fascinée par cette ambiance mystérieuse. Ses compagnons prennent place prudemment, jetant des regards à la dérobée. Zé-Gib se place à distance respectable du pirate, peu enclin à le côtoyer de trop près. Tian sent une énergie familière dans la pièce, comme si elle renfermait des secrets connus de lui seul.

— Allons ! Ne soyez pas effrayés. Si j'avais voulu vous faire du mal, je n'aurais pas entendu aussi longtemps.

Un rire sonore ponctue sa phrase, à laquelle un perroquet répond par des sifflements admiratifs.

— Je ne vous ai pas présenté Piker, mon ami le plus fidèle. C'est un ara des îles du sud, une espèce rare et coûteuse.

— On vous l'a offert ou bien vous l'avez volé ?

Le cuisinier qui pénètre dans la cabine se fige, tandis que l'offusqué dévisage Tian avec un mélange de sympathie et de pitié.

— La franchise est une vertu dangereuse, surtout lorsqu'elle est utilisée à mauvais escient, mon jeune invité. On dira que je n'ai rien entendu. Maître Coq, servez-nous donc de cette succulente soupe de tortue.

Le trio affamé se concentre sur son repas. Voilà bien des jours qu'un aussi bon dîner ne lui a été servi. Pendant un long moment, seules les cuillerées à soupe avalées avec entrain par les convives troublent le silence. Les agapes se poursuivent avec du homard grillé accommodé de sauces piquantes, le tout accompagné de délicieux fruits, dont Tian ne connaît pas la plupart. Pour finir, le Capitaine leur fait servir un breuvage chaud à la robe sombre, dans lequel il verse généreusement une lampée de rhum.

— Voilà bien longtemps que je n'ai pas dégusté un si bon repas ! s'exclame Zadia.

La frugalité étant de mise parmi les adeptes de l'Ordre de Chaam, l'ex-Commandante a rarement bénéficié de mets aussi raffinés. En songeant à sa vie passée, ses yeux se brouillent.

— Les souvenirs sont les ferments de la tristesse, énonce doctement Fenbrum en fixant la jeune femme. Vous ne vous êtes pas encore présentés très chers. De quelle région de la mer de Sarcasses venez-vous ?

Les regards furtifs qu'échangent les trois naufragés n'échappe pas au chef des pirates.

— Mon amie et moi-même sommes originaires de la cité de Lagos. Zé-Gib, quant à lui, est un nomade arraché au désert de Sin-Sinaïl.

Tandis que le cuisinier débarrasse la table, leur hôte les observe avec sagacité, sans cacher son amusement. Lorsque plus aucun serviteur n'officie dans la cabine, le Capitaine se lève et leur tourne ostensiblement le dos. L'horizon mouvant offre un coucher de soleil digne d'un feu d'artifices de couleurs et les vagues lèchent langoureusement la coque du navire. Les invités, le ventre plein, s'assoupiraient volontiers après avoir tant fait bombance.

— S'il vous plaît, ne me prenez pas pour un imbécile ! Qui n'a pas entendu parler des exploits de Zadia Efira, cheffe de la Garde personnelle du Grand Médicateur Azaam. Les nouvelles circulent vite sur les flots. Votre fuite de l'archipel de Bellisar n'est pas passée inaperçue. Des pêcheurs m'ont assuré que trois individus, dont un vieillard basané et une femme à la peau claire ont quitté l'île principale au moment du déclenchement de l'éruption volcanique. D'autres n'ont pas manqué de vanter la victoire improbable contre une escadre de navires de guerre en provenance de la ville d'Astrebal. Alors, je vous le demande : comment avez-vous réalisé toutes ces prouesses ?

Lorsqu'il se retourne brusquement, des pirates cachés dans des compartiments secrets surgissent et encerclent le trio pris au dépourvu. D'un même réflexe, Tian et Zadia se prennent la main, décidés à faire usage du pouvoir déjà invoqué. La guerrière a conservé quelques feuilles de la plante de Chaam. Si besoin, ils l'ingéreront et déclencheront une tempête. Zé-Gib, la main fermement agrippée au manche de son poignard, reste sur ses gardes. Bien que le rapport de force soit en leur défaveur, une opportunité d'agir se présentera peut-être.

— Allez-y ! les défie Fenbrum, libérez ce qui se cache au fond de vous ! Montrez-moi votre vraie nature.

Avant que les deux amants ne laissent libre cours à la puissance qui sommeille en eux, le Capitaine irradie pareillement à un éclat de soleil, puis, sans effort apparent, s'élève au-dessus de l'assemblée. Tous ses hommes d'équipage se prosternent en psalmodiant, les bras levés et les yeux fermés. Tian n'en revient pas ! Ce forban détient une part de magie en lui, similaire à ses capacités. Même Zadia reste bouche bée, persuadée que son compagnon était le seul à réaliser des actions extraordinaires.

— Ah ! Ah ! Ah ! tonne le pirate, vous vous croyiez donc les seuls au monde ? Sachez que nous sommes les Ombres, des êtres supérieurs, élus des dieux.

Zé-Gib recule, effrayé autant qu'impressionné. Il croyait servir le seul maître capable de prouesses fantastiques. Voilà qu'un autre, pirate de surcroit, semble posséder des qualités exceptionnelles.

— Comment... Comment cela est-ce possible ? hurle-t-il à Fenbrum. Avez-vous été touché par la Grâce ?

Le Capitaine redescend lentement sur le plancher, tandis que la lueur qui l'environne s'estompe. Épuisé par sa démonstration, il se laisse choir sur son fauteuil, des gouttes de sueur perlant sur son front. D'un signe de la main, il renvoie ses hommes, à présent certain que le trio ne cherchera pas à lui fausser compagnie. Zadia et Tian, toujours liés, se rapprochent de la table, conscients d'avoir assisté à un miracle dont il pensait être les seuls dépositaires. Le vieux nomade s'installe en bout de table, toujours méfiant.

— Ce que je sais, commence Fenbrum, ne représente pas grand-chose. Des humains sont dotés de facultés hors normes. La plupart sont originaires des Terres Glacées. Moi-même, je viens d'un petit village de pêcheurs sur la côte sud-ouest du continent gelé.

— Zadia et moi sommes aussi nés dans le blanc pays. J'ai été élevé par une vieille femme que tout le monde appelait No'ma. Mes parents m'ont abandonné, à cause de mon infirmité.

— No'ma ? Tu veux parler de No'ma la devineresse ? La réputation de cette sorcière a franchi les frontières. Partout, dans les contrées septentrionales, son nom est connu. Elle a acquis un savoir ancestral, des connaissances enviées et respectées par toutes les tribus du Grand Nord.

Tian n'en croit pas ses oreilles ! La matriarche qui lui a tenu lieu de grand-mère serait une célébrité, au point qu'un pirate né à des lieux de son domicile en aurait entendu parler.

— Ce... Ce pourrait-il qu'elle soit encore en vie ?

Un espoir ténu de découvrir la raison de sa différence, de comprendre enfin pourquoi depuis toujours, il se sent autre, s'empare de lui. Jamais pendant toutes ses années de galère, Tian n'a osé espérer vaincre la malédiction de son existence, qui depuis son enfance l'a mis au ban de la société.

— Ainsi donc, tu es parti sans te soucier du devenir de tes proches ? Drôle de manière de remercier celle qui s'est occupée de toi. Tu as préféré l'aventure qui s'est transformée en errance...

Zadia le retient par le bras avant qu'il ne regrette son geste. Avant d'affronter son ennemi, il faut comprendre ce qu'il manigance.

— Quelle coïncidence ! s'extasie-t-elle. Nous cherchions précisément un moyen sûr de revenir au pays.

Son sourire moqueur déstabilise le forban, qui se masse le cou nerveusement. Depuis que ses marins sont sortis, curieusement, son assurance n'est plus la même, comme s'il regrettait d'avoir laissé passer sa chance.

— Il n'existe aucun bateau plus indiqué que le mien. Toutefois, un service se paie toujours à mon bord. Si je n'appliquais pas les règles édictées par mes soins, mon équipage se révolterait.

Tian ne sait pas quel prix réclamera Fenbrum, mais ses propos ont aiguillé sa curiosité. Comprendre pourquoi il possède cette étrange faculté, ne plus ressasser sans cesse des pensées morbides, voilà une perspective à la fois attirante et effrayante.

— Vous estimez à combien votre aide ? l'interrompt Zé-Gib. Nous ne sommes pas riches de pièces de monnaie. L'Élu et sa vaillante compagne n'ont pour joyau que l'ardeur de leur cœur. Vous n'étiez pas présent lorsque ces deux-là ont éparpillé comme des brindilles la flotte ennemie, soulevant la mer en vagues furieuses. Votre pouvoir ne peut égaler une telle splendeur. Vous leur devez allégeance en échange de rien !

Estomaqué par l'aplomb du nomade, le Capitaine se redresse brusquement et pointe du doigt le couple :

— Comment oses-tu, vieillard sénile, me dicter la loi sur mon navire ? Je suis seul maître à bord et mes colères sont destructrices, mes décisions irrévocables. Je pourrais te faire pendre uniquement pour mon plaisir...

— Ça suffit ! s'emporte Tian que Zadia n'arrive plus à contenir. Vous parlez par énigme, vous nous faîtes miroiter une sorte de secte, où des soi-disant

« Ombres » seraient différentes des autres mortels. Que je sache, mis à part vous et moi-même uni à Zadia, personne n'a entendu parler d'êtres « exceptionnels ».

La fureur l'envahit, car il se sent trahi par des promesses cupides, de viles manigances. Son handicap a au moins le mérite de lui remettre les pieds sur terre, le plus souvent à patauger dans la fange. Sans le vouloir, il a déjà franchi le seuil de tolérance au-delà duquel son don se manifeste à ses dépens. Plus rien ne le calmera, pas même le regard implorant de l'amour de sa vie. La colère déclenche en lui une explosion primaire, une déflagration similaire à ce volcan qui les a chassés de l'archipel. Fenbrum comprend son erreur, quand la silhouette du jeune homme disparaît puis réapparaît en de multiples endroits. À chaque réincarnation, une nouvelle avarie endommage la coque du bateau. Zadia hurle à Tian de stopper l'hémorragie, mais rien ne peut plus freiner le désir de vengeance, né de sa frustration, rien ne le motivera à cesser tant qu'il n'aura pas terminé.

À bord du navire, les cris de détresse des pirates, incapables de résorber les nombreuses voies d'eau, se mêlent aux appels rageurs de leur Capitaine. L'œuvre de sa vie, son plus bel ouvrage, s'enfonce lentement dans la mer de Sarcasses. Inexorablement, l'embarcation chavire et jette dans les flots troubles plus d'une trentaine de fiers marins. Maudissant ce boiteux qui poursuit son œuvre de destruction, Fenbrum sait qu'il restera le dernier à bord. Un vrai Capitaine n'abandonne jamais son navire et sombrera avec. La folie luira encore dans le regard de Tian que celui qui l'a provoquée regrettera longtemps sa stupidité.

30. Le règne animal

Impuissants, les pirates médusés regardent leur navire sombrer. À bord des chaloupes, l'ambiance est morose, voire agressive.

— Faut les tuer, ces naufrageurs ! On les a recueillis et voilà comment ils nous remercient.

Tian, Zadia et Zé-Gib ont réintégré leur embarcation, comme si rien ne s'était passé. Le Capitaine s'est joint à eux, plus pour empêcher son équipage de les lyncher, que par amitié. Les autres barques sont pleines à craquer, au risque de chavirer. Toute la cargaison a été engloutie par les eaux couleur turquoise, provoquant des flambées de colère chez ces hommes frustres.

Le responsable du désastre reste prostré à l'avant du bateau, la tête enfouie dans la poitrine de Zadia. À la barre, Zé-Gib, imperturbable, tente de mettre le cap vers le nord. La flottille disparate suit l'impulsion donnée par le vieillard, au rythme des lamentations et des coups de gueule.

— Je m'attendais à tout, mais là… C'est au-delà de mon imagination !

Incapable de dissimuler son admiration malgré le désastre, Fenbrum sort un curieux appareil de sa poche et fixe le ciel. Face au regard interrogateur de Zadia, le pirate se contente de continuer à faire le point. Ainsi, il s'assurera que le cap suivi est bien le bon. Son instrument, il l'a volé à un navigateur des mers du Sud, lors de l'attaque d'un convoi de navires chargés d'or et d'épices. Un souvenir dont il est particulièrement fier. À présent, ses rêves de domination de la mer des Sarcasses s'évanouissent à cause d'un gamin à la démarche bancale. Peut-être faut-il voir le signe du destin dans ce camouflet à ses ambitions ?

— Il vaut mieux rester à distance du reste de l'équipage. La plupart de mes hommes rêvent de te tuer. N'oubliez pas que son pouvoir incroyable a réduit en cendres leur gagne-pain.

Zadia se détache doucement de Tian, dont le regard lointain semble ne pas voir les autres passagers. Elle l'enveloppe dans une couverture, espérant que l'humidité est à l'origine de ses tremblements. Ses facultés dépassent son entendement et l'effraient. Pourtant, elle sait qu'elle demeurera à ses côtés, car il a besoin de sa présence.

— Tian ne maîtrise pas encore ses fulgurances mystérieuses. Ses élans dévastateurs échappent à son contrôle. Personne ne lui a appris comment manipuler une telle puissance.

Ponctuant ses propos, des sons de cor résonnent sur la grande bleue.

— L'alarme ! La chaloupe en queue sonne l'alarme.

Les regards anxieux du trio se tournent vers le sud. À l'horizon, des voiles caractéristiques font leur apparition.

— Des navires de guerre ! s'écrit Zé-Gib. Des dromons plus exactement. Nous sommes poursuivis par l'armée du royaume de Drusse.

Face à la menace grandissante, les insultes des marins envers Tian se multiplient. Sans équivoque, ceux-ci le rendent responsable de leur malheur. Comment de frêles embarcations pourront-elles rivaliser avec des vaisseaux lourdement armés ? Jamais ils ne réussiront à distancer leurs ennemis.

— Calmez-vous ! ordonne leur capitaine d'une voix de stentor. Souquez ferme et hissez les voiles ! Si nous parvenons à atteindre les fjords brumeux, peut-être leur échapperons-nous.

Aussitôt, mus par l'énergie du désespoir, tous les pirates s'activent à bord de leur coquille de noix. Leur instinct de survie prend le dessus sur leur ressentiment. Même si une infime chance subsiste d'échapper à leurs poursuivants, ces fiers baroudeurs des mers tenteront de la saisir. Depuis toutes ces années où leur vie ne tient qu'à un fil, ils ont développé un esprit combatif et une résistance hors du commun, une hargne qui les pousse à se dépasser aux moments importants. L'allure de la flottille accélère rapidement, au point de dépasser le bateau de Zadia et de ses compagnons. Les efforts conjugués de celle-ci et de Fenbrum pour ramer ne peuvent rivaliser avec des gaillards paniqués.

— Tian ! Il faut nous aider !

La voix féminine pourtant chérie ne provoque pas de réaction de la part du jeune homme. Zé-Gib observe avec appréhension les voiles des dromons s'agrandirent lentement, mais sûrement.

— Notre vitesse actuelle ne nous permettra pas de maintenir une distance suffisante avec ces navires. Il faut jeter du lest ou accentuer notre effort.

Le regard réprobateur que Fenbrum lance à Tian en dit plus sur ses intentions qu'un long discours. Zadia comprend le danger. Le pirate est tenté de s'en prendre à celui qu'il rend responsable de ce gâchis. Néanmoins, son admiration pour un confrère devrait momentanément réfréner son envie. Sans plus réfléchir, la jeune femme gifle violemment son amant, les larmes aux yeux.

— Reviens avec nous, Tian ! On a besoin de toi.

Sous l'effet des coups portés, le garçon sort de sa léthargie, dévisageant Zadia avec un mélange de colère et d'étonnement. Découvrant soudain le spectacle de l'escadre à leurs trousses, il attrape la main qui l'a frappé.

— Appelle-le ! Son aide nous sera inestimable.

— De quoi parle-t-il ? s'exclame le pirate en fixant le vieil homme.

Avant que le barreur ne réponde, Zadia pousse des « À l'aide ! » désespérés. Tandis que Fenbrum s'interroge sur la santé mentale de la guerrière, un choc retentit sous la coque. Aussitôt, l'embarcation prend de la vitesse sans que le redoublement d'efforts des passagers ne soit en cause. Le jeune Gunork a répondu immédiatement à l'appel de sa maîtresse.

— Qu'est-ce que… ?

— Ne craigniez rien, le rassure Tian. Ce n'est que le plus dangereux prédateur marin qui s'est attaché à Zadia. Ne me demandez pas pourquoi.

Peu à peu, la chaloupe distancée refait son retard et prend à nouveau la tête de la flottille. Les yeux écarquillés des autres membres de l'équipage témoignent de leur stupeur. Zadia et Tian profitent de leur passage à proximité pour lancer des filins.

— Attachez solidement ces cordages ! hurle Fenbrum qui vient de comprendre la manœuvre.

La force de l'animal sous-marin est telle qu'il parvient à tracter toutes les embarcations, aidé par les rameurs et les voiles. La distance avec les dromons se stabilise.

— Il ne pourra pas soutenir un tel effort longtemps, proteste Zadia. Il risque de s'épuiser et de mourir.

Tian prend délicatement le visage de sa bien-aimée entre ses mains, puis dépose un baiser sur ses lèvres :

— Son sacrifice nous sauvera peut-être la vie.

Avant qu'elle ne puisse les contenir, des larmes s'échappent de ses paupières. Qu'une espèce animale soit tuée à cause d'elle, la bouleverse à un point qu'elle n'aurait imaginé. Ce bébé Gunork, elle l'aime comme son enfant, un être sensible fait de chair et de sang, une créature avec laquelle elle a noué une relation maternelle. Pourtant, au travers de ses yeux brouillés, elle voit le sourire triste de Tian et les regards approbateurs des deux autres passagers. Zadia sent le cœur du mammifère, enflé par l'effort, qui se débat pour la sauver. Elle mesure l'amour que le cétacé, aux sentiments pourtant tellement différents de ceux des humains, lui porte. Elle ravale sa tristesse et contemple l'horizon empourpré par les premières teintes nocturnes. Bientôt, la nuit masquera les fuyards de sa protection et leur octroiera un répit salutaire.

Un dernier cri déchirant retentit au sein de l'obscurité qui enveloppe les chaloupes. À leurs bords, les marins exténués se sont arrêtés de ramer, attentifs aux manifestations du Gunork. Ces rudes combattants n'auraient jamais prêté attention aux émois d'un mammifère agonisant qu'ils chassent habituellement. Cette fois-ci, la pauvre bête a produit un tel effort pour les éloigner de leurs poursuivants, qu'elle le paie de sa vie. L'âme frustre des pirates n'a jamais attendu la moindre aide d'une bestiole marine. La surprise d'un tel don les émeut, malgré leur carapace.

— Rejoins en paix le fond de la mer, déclare Zadia, d'une voix enrouée par les pleurs. Ton sacrifice n'aura pas été vain. Nous ferons en sorte de mériter le présent de ta vie.

Plusieurs « Qui en soit ainsi ! » font écho aux paroles réconfortantes de la jeune femme. Dans la nuit glaciale, près des Terres Boréales, l'hommage de la rescapée aura touché les cœurs les plus endurcis. Tian serre dans ses bras cette femme capable de sublimer le règne animal. Lui-même n'a jamais éprouvé une telle compassion pour un cétacé. Chaque jour passé avec Zadia lui apporte de nouveaux points de vue. Est-ce l'amour ou bien sa présence irradie-t-elle la beauté ? Pendant que Fenbrum vérifie la voile tendue par le vent, Zé-Gib somnole à la barre. La voûte céleste dévoile une myriade d'étoiles, explosion de couleur et formes mystérieuses. Tian se demande si le sacrifice du Gunork fera naître dans le ciel un nouvel astre. Cette pensée le rassure, comblant un vide et donnant un sens aux disparitions. La fraîcheur de la nuit polaire commence à se faire sentir.

— On approche des côtes de nos ancêtres, murmure le pirate. L'air est plus dense par chez nous. Chaque décision, chaque action doivent être réfléchies, car leurs conséquences peuvent être lourdes de sens dans une contrée aussi hostile.

— Je... J'ai peu de souvenirs de mes années d'enfance ou alors, ils sont enfouis profondément dans ma mémoire. Pourtant, je ressens encore dans tout mon être le baiser de la glace, la froideur des grands espaces blancs...

Fenbrum pose fraternellement une main sur l'épaule du jeune homme. Son regard se veut bienveillant :

— Malgré ton éloignement, tu restes un enfant des Terres Septentrionales. Ton appartenance aux Ombres te ramène forcément en ces lieux. Bientôt, tu découvriras qui tu es vraiment.

À ces mots, Tian frisonne, mais le froid n'en est pas la cause. Depuis toutes ces années d'interrogation, se rapprocher de réponses l'effraie.

— Prenez un peu de repos, conseille Fenbrum. Nous devrions atteindre notre destination au point du jour. Aucun des trois fugitifs ne se fait prier pour dormir, le vieux nomade ayant déjà cédé aux avances de Morphée. Zadia enlace Tian et les tourtereaux essaient de trouver une position la moins inconfortable pour s'assoupir. Plus loin vers le nord-est, les premières lueurs du jour cherchent un passage parmi les brumes matinales, s'égarent au milieu des fjords immenses.

31. Réminiscence

Lorsque les rayons matinaux du soleil dardent leur chaud réconfort, la flottille pénètre dans une trouble grisaille. Zadia est la première à découvrir ce paysage irréel, où les chaloupes semblent flotter sur une couche de nuages.

— Nous avons réussi ! exulte Fenbrum. Les vaisseaux à notre poursuite ne nous rattraperont jamais !

— Sur mer, peut-être, répond Zadia songeuse. Mais si des troupes débarquent, nous serons submergés par le nombre. Il nous faut accoster au plus vite.

Zé-Gib hoche la tête en signe d'approbation. Il plane dans ce fjord une aura inquiétante, comme si toute la misère du monde s'était donné rendez-vous.

— Dans combien de temps toucherons-nous terre ? renchérit Tian.

Son inquiétude, partagée avec ses compagnons, trouve davantage son origine dans sa crainte d'aborder le pays qui l'a vu naître. Il n'est pas revenu dans ces lieux inhospitaliers depuis si longtemps…

— Ne vous inquiétez pas. Je suis en terrain conquis. Mes hommes ont pour la plupart des amis ou de la famille dans ces villages aux confins du monde. Gardez le cap, vieil homme, et nous gagnerons rapidement un abri sécurisé.

À mesure que leur embarcation progresse en direction du rivage gelé, l'eau cristalline se découvre. Dans son miroir parfait, des montagnes aux crêtes échevelées se reflètent, des cimes balayées par des vents glacés. Le cœur de Tian gonfle dans sa poitrine : des souvenirs de son enfance refont surface, enfouis au plus profond de sa mémoire. Il se rappelle les courses de luges endiablées avec d'autres enfants. Il entend des rires féminins lorsqu'il trébuche en voulant poursuivre un lièvre floconneux. Est-ce son imagination qui lui souffle à l'oreille des moments heureux ? Comment cela se pourrait-il, alors que ses parents l'ont abandonné aux mains d'une vieille femme, un peu sorcière ?

— À quoi tu penses, mon aimé ? Ta vie passée resurgit-elle comme un diable de sa boîte ?

Zadia se love contre celui qu'elle a choisi, en dépit de son handicap. Elle sait qu'il possède des capacités que nul être humain ne pourrait imaginer. Tian la serre avec passion, rassuré d'avoir trouvé sa moitié, son âme sœur. En ce moment, il voudrait pouvoir se transporter dans un endroit où ils vivraient ensemble, seuls, loin du fracas de l'humanité. Plusieurs fois, sans le vouloir, ses dématérialisations involontaires l'ont conduit dans des situations compliquées. Pour une fois, il souhaiterait que son vœu soit exaucé, que son étrange capacité se plie à sa volonté. Malheureusement, rien ne se passe et le bateau poursuit sa course à travers la nappe translucide, poursuivant un vol chimérique au-dessus des flots.

— Le Port Assoupi, s'exclame le pirate. Enfin, nous allons retrouver nos semblables.

Les hommes d'équipage exultent dans les chaloupes bord à bord et rivalisent d'énergie pour atteindre les premiers le ponton en bois qui se dessine. Une trompe gutturale résonne à l'intérieur des terres, signe que leur arrivée ne passe pas inaperçue. Déjà, des hommes et des femmes surgissent de derrière les feuillages couverts de givre, agitent leur bras en signe de bienvenu.

— Des pêcheurs pour la plupart ! les rassure Fenbrum. Vous allez pourvoir goûter à l'hospitalité légendaire des septentrionaux. Ici, le froid ne laisse pas le temps aux moitiés de sentiments. On doit être complètement investi dans ce que l'on fait, sinon la mort a tôt fait de nous rappeler à ses côtés.

Zadia et Tian regardent avec un mélange de surprise et d'admiration cette improbable déclaration d'amour pour son pays du capitaine d'un équipage de pirates. Sans se concerter, ils déchiffrent au fond de leurs yeux la probabilité d'échouer sur ce continent.

Tandis que les marins manœuvrent habilement pour accoster, Zé-Gib scrute l'entrée du fjord. Les vaisseaux lancés à leur poursuite n'abandonneront pas. Même s'ils ont momentanément perdu de vue la flottille, ils les retrouveront.

— Capitaine Fenbrum, nous devons absolument nous éloigner de cet emplacement à découvert. Les chaloupes ancrées sont des proies trop faciles à repérer pour une vigie.

— N'aie pas peur, vieillard. Nos peuplades ancestrales ont l'art de se dissimuler à la vue de leurs ennemis et de fondre sur eux au moment où ils s'y attendent le moins. Tu te rempliras la panse tranquille ce soir !

Un nomade n'est jamais en sécurité lorsqu'il bivouaque. Dans le désert de sable, seul le mouvement assure la survie. Un pressentiment l'inciterait à fuir cette halte parmi ces pêcheurs. Mais ses nouveaux maîtres ont besoin de reprendre des forces, de savourer un repos mérité. L'horizon semble dépourvu de menaces, pourtant la lame de son poignard s'impatiente de sortir de son fourreau. Une peur diffuse s'est installée dans son cœur, un mal suinte de ces rivages à la blancheur trop parfaite. Sur la mer luisante, des dromons attendent de surgir ; sous la terre craquelée, des terreurs insidieuses se cachent. Zé-Gib n'est pas un trouillard, mais il s'équipe d'un arc et d'un carquois : on n'est jamais trop prudent !

Le village qui les accueille semble figé dans la glace. Des congères démesurées délimitent l'entrée d'un hameau blanchi par le givre. Seules les volutes de fumée qui s'échappent des toitures recouvertes de branches de sapins indiquent aux voyageurs la présence d'occupants. Des coulis d'air frigorifiant circulent entre les habitations serrées les unes contre les autres.

— Quelle heureuse surprise, mon frère !

Un grand gaillard, emmitouflé dans un manteau en fourrure animale, s'avance spontanément. Fenbrum serre vigoureusement dans ses bras le nouveau venu contre lui. D'autres pêcheurs font leur apparition et manifestent bruyamment leur joie aux autres membres de l'équipage. Tian et Zadia sont surpris par la familiarité entre les pirates et cette tribu isolée.

— Vous avez des liens de parenté ?

La question du bout des lèvres gelées de Zadia arrache un sourire à leur hôte.

— Pas besoin des liens de sang ! Ceux de l'honneur sont plus importants. Entrez à l'intérieur de ma modeste demeure et nous pourrons poursuivre cette conversation.

Zé-Gib ne peut réprimer un geste de recul. Il n'aime pas être enfermé entre des murs infranchissables. On n'emprisonne par un renard du désert. Avant que ses maîtres ne se décident, il disparaît discrètement.

— Ainsi, vous venez des îles paradisiaques et des cités baignées de soleil. Depuis ma plus tendre enfance, je rêve d'y séjourner, ne serait-ce qu'un instant !

Charmée par les manières très cordiales du chef du village, Zadia s'esclaffe, grisée par l'alcool fort qu'on leur a servi à la fin du repas. Le sourire que Brennac lance à sa compagne allume en Tian les braises de la jalousie. Le nordique n'a pas cessé de reluquer la jeune guerrière, qui semble apprécier sa cour appuyée.

— Comment avez-vous survécu avec votre handicap ? Dans notre pays, la tradition exige que l'on abandonne les enfants infirmes.

Tian se retient de répondre par une démonstration de son pouvoir. Ce rappel d'une loi inique le ramène à sa propre enfance. Le bouillonnement qu'il ressent dans tout son corps n'est pas dû qu'à l'absorption excessive d'alcool. Titubant de rage, il se redresse péniblement et s'apprête à haranguer les convives.

— Mon ami a trop bu, l'interrompt Zadia. Il est temps pour nous d'aller dormir.

Fembrun et Brennac échangent un regard de connivence. Aussitôt, plusieurs femmes se joignent au couple d'étrangers pour les escortent vers une hutte à quelques pas de celle du chef du village. Malgré la température extrême, les deux amants, collés l'un contre l'autre, bravent le froid et se glissent dans l'abri de fortune. Les rires moqueurs de leurs guides sont emportés par la bise sournoise.

— Nous n'aurions jamais dû accepter de venir ! Ces bouseux n'ont que mépris pour nous.

Maussade, Tian s'affale sur le sol recouvert d'une peau d'ours polaire. Zadia comprend que sa mauvaise humeur n'est pas liée qu'aux souvenirs du passé.

— Tu sais, le chef du village a le béguin pour moi. C'est la première fois qu'un homme tente de me séduire.

Parmi les adeptes de Chaam, liés par leur vœu de chasteté, seul Nathaan l'avait regardé autrement que comme la Commandante de la garde. Mais Tian ne l'écoute pas. Le feu dans son corps a eu raison de sa résistance. Ivre, il s'est endormi, terrassé par la fatigue. La jeune femme soupire : les hommes se vantent, mais au moment crucial, il n'y a plus personne. Elle s'allonge contre Tian, enroulant le tapis de fourrure autour de leurs corps grelotants. Les battements de son cœur déçu ne masquent pas ceux du jeune homme plongé dans un sommeil agité.

— Viens à moi, fils de l'Ombre ! Les réponses à tes questions sont à portée de main...

Tian sait que la voix familière l'appelle. Pourtant, ses craintes l'emportent sur la joie. Comment une vieille femme réussirait-elle à l'aider, alors que lui-même ne croit pas en son avenir ? Les paysages distordus défilent à une vitesse folle, les vallées succèdent aux vallées, les lacs gelés aux plans d'eaux luisants sous la lune. Il a commencé un voyage avec un aller simple, vers une destination inconnue, malgré des pressentiments. Un long tunnel s'étire en spirale, dans lequel il sait devoir s'engager. Des couleurs chatoyantes illuminent ce passage vers une autre dimension.

— Dépêche-toi, sacripant. Les jours sont comptés, les nuits s'allongent...

Les intonations à l'origine empreintes de douceur se couvrent de givre. Plus qu'une supplique, elles se transforment en ordres. Tian voudrait faire demi-tour, ne pas suivre les appels du passé. Il y a quelques instants, une créature faite de chair et de sang, une belle âme dont il s'est épris le couvait d'un regard maternel. Pourquoi l'abandonner pour des promesses stériles, de vagues espérances sans lendemain ? Sa curiosité l'emporte sur sa frustration, l'obligeant à poursuivre son voyage intemporel dans des steppes inconnues.

— Mon petit miracle, rejoins-moi et je t'apprendrai pourquoi ton existence a un sens.

Les phrases coulent de sa bouche telle une liqueur vermeille, une ambroisie que jamais aucun nectar n'égalera. Ses mots sont séduction aux oreilles de celui qui attend la révélation. Tian accélère la cadence, avale les distances dans sa réalité factice. Les images défilent à une vitesse folle, transforment le décor en lignes brillantes. Semblable à une météorite qui traverse le ciel assombri, le boiteux se faufile entre les gouttes de pluie, replie l'espace et le temps. Dans ces instants-là, il devient le maître des horloges, le prince des paradoxes temporels.

— Enfin, tu es revenu, Tian. Je t'attends depuis tellement longtemps...

Le revenant se pince les joues pour vérifier qu'il ne rêve pas, qu'il n'est pas encore assoupi contre Zadia. Assise sur une chaise à bascule, au milieu de la pièce de vie de son ancien logis, No'ma la sagesse, No'ma l'ancêtre le dévisage, de son air espiègle d'éternelle gamine. Tout comme la maison de son enfance, elle n'a pas pris une ride.

32. Un allié involontaire

En voguant vers le nord, la mer ressemble à s'y méprendre à un miroir de glaces où on peut s'égarer. Le cristal de ses eaux brille de mille feux, chahuté par d'improbables lucioles qui scintillent à sa surface. Nombre de reflets argentés caressent les flots roulants, tandis que tels des lainages, des brouillards éthérés recouvrent l'horizon d'une chape laiteuse. Pourtant, cette beauté sauvage laisse l'Amiral Kumbal indifférent. Son obsession de la vengeance, sa quête d'un responsable de la mort de Flamina, l'empêche de profiter de la partie septentrionale de la mer des Sarcasses.

Dès que les sauveteurs en provenance de la ville d'Astrebal ont reconnu le Commandant en chef de leurs forces maritimes, le Capitaine du plus puissant des trois dromons s'est empressé de lui faire allégeance. La mort de leur souverain a bouleversé le fragile équilibre du royaume, entraînant des rébellions, des émeutes, de l'instabilité politique. Les militaires ne redoutent rien moins que le chaos et le désordre grâce auxquels l'anarchie prospère. En attendant qu'un nouvel homme fort s'impose à la tête de leur pays, les officiers de Marine apprécient de savoir l'Amiral Kumbal à leurs côtés.

— Capitaine Zvarf, expliquez-moi comment quelques barcasses échappent à la vigilance de navires de guerre, ayant à leurs bords des équipages surentraînés et bénéficiant d'un matériel de pointe ?

Debout à la proue du vaisseau, fixant l'horizon intensément, Kumbal ne cache pas son agacement. Une misérable flottille, constituée d'embarcation de pacotille s'est volatilisée ! Pour un peu, l'officier supérieur ferait mettre au fer ces prétentieux bardés de diplômes obtenus dans des écoles militaires.

— Amiral, les conditions météorologiques sont très incertaines dans la région. Une facétie des dieux suffit pour que le climat se dégrade...

— Assez d'excuses oiseuses ! Depuis que ces chaloupes ont pénétré ce banc de brume, vous ne faites que ressasser les mêmes jérémiades. Donnez-moi des nouvelles que je veux entendre !

Le désespoir qui l'a envahi après la mort de Flamina, s'est transformé progressivement en haine tenace. Rien ne compte plus à ses yeux que de retrouver les fuyards. Son regard tente de percer le brouillard, mais Kumbal sait que cela ne suffira pas. S'il veut retrouver leur piste, il aura besoin d'un allié dans la place.

Au même moment, un aigle des mers virevolte autour du mat du vaisseau. Ses cris alertent les marins qui s'empressent de l'attirer pour le capturer et le remettre dans sa cage. L'oiseau dressé pour la reconnaissance aérienne ne supporte pas la liberté longtemps. Les membres de l'équipage en ont fait un esclave, qui a besoin d'être nourri et de regagner son nid.

— Il rentre bredouille, s'excuse le maître fauconnier. S'il avait repéré quelque chose d'anormal, il nous aurait guidés vers sa découverte.

Kumbal se retient de jeter par-dessus bord le volatile et son dresseur. Tous des incapables ! Malgré le traumatisme qu'il a vécu après la disparition de sa bien-aimée, la rage persiste en lui, une détermination sans faille pour retrouver les fomenteurs du cataclysme. Il n'a pas besoin d'oiseaux savants, ni d'artifices quelconques pour mettre la main sur le handicapé et sa compagne.

— Qu'on aille me chercher le sorcier de Zamgar ! ordonne-t-il d'un ton sans appel.

Bien que Hamilcar ait tenté de sauver Flamina, son repentir tardif n'a pas convaincu les officiers de l'escadre de lui accorder leur pardon. Il partage la chiourme, en compagnie d'autres naufragés, avec des galériens, pour maintenir l'allure des dromons. Kumbal va lui offrir l'occasion de renouveler son allégeance au royaume de Drusse. À défaut, il servira ses intérêts, de gré ou de force. Kumbal réfléchit déjà aux moyens de l'obliger à embrasser sa cause. La torture serait la méthode la plus douce pour parvenir à ses fins. Un sourire hideux se dessine sur les lèvres épaisses du militaire de carrière. À défaut de ressusciter Flamina, il aspire à punir ses assassins.

L'horizon maussade se fond dans la grisaille monotone. Parmi les membres de l'équipage, la peur s'est emparée des marins les plus superstitieux. La crainte d'avoir franchi la limite connue du monde des hommes, de pénétrer dans un domaine maléfique, agite les esprits torturés. Kumbal se moque d'affronter le royaume des morts. Au contraire, si c'est le seul moyen de rejoindre son épouse, alors, il est prêt à endurer tous les tourments.

— Amiral, le renégat que vous avez demandé a disparu la nuit dernière. Certains prisonniers prétendent l'avoir vu se transformer en félin !

Inquiet de la réaction de son supérieur, le garde-chiourme s'est jeté à ses pieds, espérant l'apitoyer pour implorer sa clémence.

— Il ne manquait plus que ça : un magicien évadé ! fulmine Kumbal.

Bien qu'il se doute que le fugitif n'a pas pu aller bien loin sur le bateau, à moins de plonger dans des eaux glacées, il hurle ses ordres :

— Trouvez-moi ce maudit mage ou je vous tiendrai personnellement responsable de son évasion... Vous implorerez alors que je vous pende.

Effrayé, le gardien recule à quatre pattes pour regagner les ponts inférieurs. D'un geste autoritaire, Kumbal fait comprendre à des argousins de le suivre. Ce pleutre est capable de lui ramener le premier matou en maraude dans la soute. Ces félidés accompagnent toujours les marins, car les rats sont un fléau à bord d'un navire. Comment Hamilcar s'est-il défait de ses liens ? Le doute s'insinue dans son esprit cartésien. La guilde des sorciers de Zamgar est une instance puissante, bénéficiant de nombreuses complicités parmi les courtisans. Ce pourrait-il que... ?

— Soldats, accompagnez-moi ! Je sais comment localiser le fugitif.

Surpris, les deux gardes affectés à sa sécurité emboîtent le pas de leur supérieur. Kumbal traverse le pont supérieur et descend sans hésitation dans l'entrepont. Plusieurs simples matelots saluent le trio, surpris de croiser le commandant en chef de l'escadre. Il est rare qu'un officier de son rang les honore de sa visite. Certains hommes d'équipage se dressent sur leur séant dans leur hamac, tirés de leur torpeur par la rumeur insistante.

— Piam ! hurle Kumbal. Sors de ta cachette immédiatement.

Tous les marins debout restent au garde-à-vous, déconcertés par la situation. Après un moment qui semble durer une éternité, le gabier surgit de derrière une pile de caisses, cherchant à dissimuler son air coupable. Avant qu'il ne fasse mine de s'enfuir, l'escorte s'en saisit.

— Où est-il, gamin ? Qu'as-tu fait du prisonnier que tu as eu la folie d'aider ?

Bien que le ton de l'officier incite plus à parler qu'à garder le silence, Piam ne paraît pas pressé d'avouer.

Kumbal n'a pas oublié que le jeune matelot lui a sauvé la vie, puis l'a aidé à repêcher Flamina. Respirant profondément, il sait devoir prendre une décision à laquelle il ne s'attendait pas.

— Dis-moi tout de suite ce que tu as fait du magicien. À défaut, tu subiras le supplice de la cale.

Tous les matelots présents écarquillent leurs yeux avec horreur. Cette punition fait partie des pires sentences infligées à un membre de l'équipage. Elle consiste à hisser un condamné en bout de vergue, puis à le larguer à la mer, autant de fois que nécessaire. Immergé, le supplicié devra respirer en apnée pendant une durée plus ou moins longue. Ce châtiment corporel, particulièrement barbare, laisse peu de chance de survie.

Le visage déformé par la peur, Piam lutte pour ne pas trahir sa parole donnée au sorcier. Hamilcar a profité d'une de ses corvées d'eau parmi les galériens pour lui proposer un marché : il le prendrait à son service afin de lui assurer un avenir meilleur, mais à condition de l'aider à s'évader.

— Tu vas parler ou tu mourras dans d'affreuses souffrances !

La patience de Kumbal a atteint ses limites. Pour parvenir à ses fins, aucun acte abject ne le rebute. Il lui faut obtenir le concours du magicien. Quel qu'en soit le prix à payer !

— Je... Je vais vous mener à lui, bredouille le gabier vaincu par la peur. Promettez-moi de ne pas lui faire de mal.

— Tu n'as rien à me demander, mais je te donne ma parole... à condition de la pleine et entière coopération d'Hamilcar.

Le ton presque jubilatoire de l'Amiral ne masque pas sa satisfaction.

33.   La véritable histoire

Tian ne sait pas comment il a atterri dans cette maison. Est-ce un rêve ou un cauchemar, une mauvaise plaisanterie de la Destinée ? La vision n'en demeure pas moins conforme à ses souvenirs : une pièce unique où s'entasse un bric-à-brac, mêlant pêle-mêle des petits mammifères morts, de la vaisselle en bois de sapins, des récipients en peau de phoques, des manuscrits, des armes blanches, des carquois et tant d'autres merveilles pour un enfant avide de découvertes.

Au milieu de ce tohu-bohu, une vieille femme, assise sur un fauteuil en bois de renne, l'observe, impassible. Sa chevelure grise semble fanée comme un feuillage ayant passé trop d'hivers. Sa peau parcheminée, sur laquelle d'innombrables histoires sont inscrites, s'anime de brefs spasmes. Son corps squelettique ressemble à celui d'une morte, et pourtant, lorsque ses yeux le fixent tels des brasiers incandescents, Tian ne peut s'empêcher de frémir en se rappelant l'aisance naturelle avec laquelle No'ma imposait son autorité.

— Te voilà enfin revenu parmi les tiens !

Jadis envoûtante, sa voix s'est métamorphosée en un son de crécelle. Impitoyable, le grand âge a eu raison de ses cordes vocales.

— Comment suis-je arrivé ? Pourquoi cette rencontre après toutes ces années ?

Tian n'a que des questions, aucune réponse. Toute son existence, il a cherché des explications à sa différence, à sa fuite en avant permanente. Dans les bras de Zadia, il a trouvé une part de la vérité, mais celle-ci s'exprime par les sentiments, par des manifestations immatérielles.

— Déjà enfant, tu voulais tout comprendre, saisir l'insaisissable, refuser les évidences. Le miracle de la vie entière ne se résume-t-il pas au mystère ?

D'une démarche volontairement lente pour dissimuler sa claudication, Tian s'approche de la matriarche qui a régné sur ses années juvéniles. Malgré les entrelacs de ses rides qui forment une toile sur sa peau, ses lèvres minces conservent une expression sévère, sculptée par les aléas de la vie.

— Toutes mes pérégrinations, mes déboires, mes aventures, m'ont guidé vers toi... Pour quelle raison ?

D'un rire de corneille, No'ma brise le prétendu silence de la glace. La croûte gelée travaille et son chant, la nuit, rend fous les étrangers qui s'égarent. Mais l'ancêtre et son hôte sont familiers de ce monde où la blancheur n'a d'égale la terreur.

— L'impatience de la jeunesse ! Te dématérialiser sans cesse ne t'a pas donné matière à réfléchir ? Tu ne t'es pas demandé d'où te vient ce pouvoir ?

Chaque jour passé sur Terre, Tian a tenté de trouver un sens à sa malédiction. La plupart des hommes l'ont rejeté à cause de cette étrange prédisposition. Les prisonniers de la galère royale l'ont adulé pour les avoir libérés du joug, en usant de ce don. Pourtant, il les a abandonnés après avoir déclenché une terrible catastrophe. Combien de sang faudra-t-il verser pour assouvir sa soif de connaissance ?

— J'en ai assez du regard des autres, de cette condescendance qui se transforme en stupeur, puis en haine, lorsque je fais usage de mon maudit talent. L'univers entier n'est pas suffisant pour abriter ma peine. Je me déteste et voudrais ressembler à un type des plus quelconques.

No'ma dévisage intensément Tian, au point de lui faire baisser les yeux. De la fureur s'échappe de ses pupilles dilatées. Ses paupières rougies, comme si elle avait pleuré, allument une flamme sous des orbites creusées par le poids du temps. À l'aide de sa canne, elle désigne la porte d'entrée à son visiteur :

— Si tu souhaites ressembler au commun des mortels, alors va-t'en et ne reviens jamais ! Tu n'es pas comme les autres, Tian. Au fond de toi, tu l'as toujours su depuis cette nuit où ce renne t'a chargé férocement.

La scène est gravée dans l'inconscient du miraculé. Les chasseurs qui l'ont trouvé, gisant ensanglanté à la naissance du jour, étaient surpris par un tel exploit. La rencontre avec un mâle solitaire sans arme, même pour un homme adulte, laisse peu de chance de survie. Ce genre d'animal est réputé pour son agressivité. Qu'un enfant n'ait pas succombé à la charge dévastatrice du robuste cervidé les a laissés perplexes. Ils ont ramené son corps brisé à la guérisseuse avec laquelle le garçon vivait. Ses cris de désespoir ont ameuté tout le village. Sa détresse a ému les femmes dont leurs enfants ont été enlevés. No'ma ne s'est pas contenté de défier les dieux, elle a utilisé toutes ses connaissances pour sauver Tian de la mort.

— Qu'est-ce que cela m'apporte de posséder une telle disposition ? La majorité du temps, je me déplace péniblement, au point que ma souffrance incommode les foules. J'aurai fini par me laisser mourir, si Zadia n'était apparue...

À ces mots, le jeune homme tombe à genoux et éclate en sanglots. La tension trop forte accumulée les jours derniers trouve un passage vers son cœur. Il laisse libre cours à ses sentiments, à ses émotions. Le monde dans lequel il vit ne tolère pas la faiblesse.

— Tian, on n'invoque pas la mort à la légère. La tueuse aux mains froides ne frappe pas qu'au hasard. Parfois, elle choisit volontairement ses victimes parmi les êtres vivants.

Relevant la tête pour comprendre, l'intéressé cherche où veut en venir la vieillarde. Elle est certainement plus familière de la Grande Faucheuse que lui. La pièce entière ressemble à un tombeau et le cimetière n'est pas loin. Pour chasser l'impression désagréable qui l'envahit, il se redresse avec lenteur.

— Où veux-tu en venir, No'ma ? Je t'ai quittée à une période révolue de mon existence. Me voilà à nouveau devant toi, et tu ne me parles que par énigmes !

Ce mot haï lui irrite la bouche. Durant sa courte existence, il a combattu les flagorneurs, les menteurs, les vendeurs de rêve, les marchands d'espoir. Les mêmes qui se prétendent détenteurs d'un savoir extraordinaire, tandis que d'autres flattent la vanité des plus riches. Tous n'ont comme but ultime que d'abuser de la crédulité des ignorants. Au fond de lui, Tian cache sa déception : il aurait aimé que sa grand-mère adoptive fasse davantage étalage d'affection à son égard. L'âme d'enfant délaissé par ses parents n'a pas oublié que No'ma lui a prodigué son amour.

— Tu m'as abandonné parce qu'un vent impérieux t'a poussé vers d'autres cieux, un appel enfoui au cœur de tes entrailles lacérées par les ramures d'un cervidé !

La nonagénaire s'extrait facilement de son fauteuil, pour marcher avec décontraction vers les braises mourantes de l'âtre. Avant que son ancien rejeton ne manifeste sa stupeur, elle jette quelques bûches dans le foyer, et d'un geste désinvolte, rallume les flammes pour chasser le froid qui menace de figer leurs organismes. Soufflée comme une congère, Tian reste partagé entre l'incrédulité et l'agacement.

— Ainsi, tu jouais un rôle, simulant la sénilité pour m'attendrir. Pourquoi cette sordide comédie ? Que cherches-tu vraiment ?

À deux doigts de libérer le torrent de sa colère, au risque de dévaster la maison de son enfance, Tian s'efforce de se calmer. Cette femme diabolique a toujours su comment le manipuler. Avant, au moins, elle dissimulait ses tentatives sous une dose de tendresse. À présent que la vieillesse l'agrippe dans ses serres crochues, le masque tombe.

— Décidément, les années ne t'ont pas rendu plus sage ! Tu ne vois toujours que la surface des choses ; tu ne t'intéresses qu'aux conséquences et non aux causes. Tu me fais pitié !

Plus que les mots prononcés, son mépris fait sortir Tian de ses gonds. Une rage étouffée l'embrase, une violence dont il se croyait incapable le saisit. Aussitôt, ses dématérialisations s'accélèrent, pulvérisant les objets dans la pièce, n'épargnant que son occupante qui le défie encore d'un regard autoritaire. Ses transformations se succèdent à un rythme fou, telle une pluie de météorites traversant le ciel nocturne. La Terre s'éloigne, son cœur bat à un rythme effréné, au point de risquer l'explosion. Plus rien ne semble en mesure de contenir sa fureur...

Par quel miracle parvient-il à ne pas réduire en cendres la cabane ? Peut-être les restes d'un amour juvénile, des souvenirs gravés pour toujours dans sa mémoire. À force de volonté, Tian revient dans le monde des humains. Le spectacle de désolation autour de lui soulève sa poitrine. Au milieu, semblable à une statue de marbre, No'ma darde ses pupilles d'oiseau de proie sur le jeune homme qui a cherché à l'impressionner.

— La vérité t'aveugle, mon fils. Tu n'as toujours pas compris ce que tu as subi ? Envisage l'impossible et tu trouveras !

Les paroles de la matriarche plongent davantage Tian dans le désarroi. Que veut-elle qu'il comprenne ? Ses pensées sont parasitées par son inquiétude pour Zadia. Elle doit remuer ciel et terre pour le retrouver. Malgré leur lien unique, aucun signe de son aimée ne lui parvient lorsqu'il pense à elle. Les pirates ne sont pas des alliés fiables ; le profit facile est leur quotidien. Le capitaine Fembrun peut décider, sous la pression de l'équipage, de vendre au plus offrant la jolie guerrière. Les dromons finiront par retrouver la trace des fugitifs et les troupes du royaume de Drusse écraseront les rebelles. Sa crise existentielle lui a fait oublier que des personnes qui comptent pour lui sont peut-être en danger.

— Assez de devinettes, No'ma ! Je n'ai plus le temps. Des amis chers que j'ai abandonnés ont besoin de ma présence. Je ne peux rester plus longtemps.

Exultant, la soigneuse se place en face de lui, comme pour mieux le pénétrer à l'aide de son regard. Elle tend une main et malgré un mouvement de recul de Tian, pose la paume contre son front brûlant.

— Enfin, ton impatience a un but. Tu es amoureux d'une femme qui te le rend au centuple. J'ai deviné ta liaison dès que tu as franchi le seuil de la porte. Elle est ton âme sœur, la raison de vivre qu'il te manquait.

No'ma ménage une pause dans son discours, pour bien laisser le temps à Tian de s'imprégner de ses paroles. Elle hésite un court instant avant de poursuivre. Qui est-elle pour dévoiler des vérités ? Pourquoi s'arroger le droit de briser un amour terrestre ?

— Mais tu ne pourras pas vivre à ses côtés, tu ne connaîtras jamais le bonheur d'être père, d'avoir des enfants, de fonder une famille.

— Tais-toi ! hurle Tian rageur. En plus de vouloir garder une emprise sur ma vie, tu voudrais m'empêcher d'aimer. Jamais je n'aurais pensé que tu tomberais aussi bas !

Plus écœuré par sa propre colère que par les paroles injustes de la vieille sorcière, il fait demi-tour en direction de la sortie. Avant de quitter pour toujours celle qui l'a profondément peiné, il se retourne une dernière fois pour s'excuser d'être venu.

— Tian, tu n'as rien compris. La raison pour laquelle tu ne peux t'accoupler avec cette femelle,

c'est que tu es mort la nuit où tu as croisé ce renne.
Depuis, seule ton Ombre persiste sur Terre.

312

34.   Doute et déroute ?

Depuis le lever du jour, les armes de trait des puissants navires de guerre lancent sans discontinuer des projectiles enflammés. L'emploi des feux grégeois n'était pas possible, à cause de la trop grande distance. Le village dissimulé dans la neige s'est réveillé avec stupeur, ses habitants désemparés par l'attaque des lourds dromons. Une des catapultes atteint son objectif et la hutte en bois s'enflamme aussitôt. Zadia tente de protéger des enfants dont les logis ont été détruits.

— Il faut gagner l'intérieur des terres. La forêt sera notre meilleure alliée.

Brennac ne peut qu'approuver la jeune femme. Jamais, les pêcheurs du Port Assoupi n'ont eu à fuir l'ennemi. Comment cette escadre les a-t-elle localisés ? L'art du mimétisme est inscrit dans les gènes des tribus côtières, coutumières des attaques de pirates depuis des siècles. Impuissant, il assiste au ravage par les flammes des fragiles installations portuaires. La plupart des cabanes en bois, dévorées par le feu, se consument déjà. Tant d'années de travail, depuis plusieurs générations, réduites à néant par ces maudits envahisseurs. La tentation est grande de laisser la vengeance prendre le dessus sur la raison.

— Nous devons fuir, sinon nous serons tous massacrés !

Fembrun tire son ami de ses sombres pensées. Le visage défait, celui-ci serre les poings et ordonne à regret la retraite. Les hommes les plus valides aident les plus faibles à se rassembler pour une longue marche dans la neige. Certains ont tout perdu, d'autres n'emportent qu'un sac en peau de phoque. Le chef du village regrette d'avoir offert l'hospitalité à ses compatriotes accompagnés d'étrangers. À coup sûr, les trois vaisseaux qui sèment la désolation sont à la recherche du boiteux qui a disparu, sinon pourquoi les dromons du roi Yalstar navigueraient-ils si loin de leur port d'attache ? En quoi un handicapé peut-il avoir de la valeur, au point de mobiliser autant de forces maritimes ? Des idées confuses s'entrechoquent dans sa tête tandis qu'il s'éloigne du brasier avec les autres rescapés.

— Nous devons attendre Tian s'il réapparaît ! s'offusque Zé-Gib.

Le vieillard peine à suivre le rythme des fugitifs. Avant de quitter le port, il a aperçu les barques remplies de soldats qui approchent du rivage. L'attaque incendiaire précède le débarquement : les assaillants n'en resteront pas là !

— Pour le moment, la fuite est la seule option possible.

Les accents forcés de la voix de Zadia trahissent son émotion. Elle se souvient de son angoisse au réveil, lorsqu'elle a compris que Tian avait disparu. Elle n'a pas pu partir à sa recherche avant que la pluie enflammée ne s'abatte sur leurs têtes. Elle s'est sentie profondément trahie par son départ sans justification. Sa relation étroite avec l'Élu n'a pas suffi pour deviner ce qui se tramait dans son esprit torturé. Si l'armée responsable de la chute de l'archipel de Bellisar ne les menaçait, Zadia aurait déjà abandonné les autochtones. En tant que chef de guerre, elle ne peut se soustraire au devoir de sauver la population. Ces enfants, ces vieillards ne méritent pas de subir les conséquences des actes d'autrui. Avant de s'enfoncer dans la protection sylvestre, elle jette un dernier regard aux assaillants abhorrés : les incendiaires ne perdent rien pour attendre...

Kumbal est satisfait du spectacle auquel il assiste depuis le château en bois à la proue du navire amiral. Le village de pêcheurs n'existera bientôt plus. Ses troupes amorcent le débarquement, avec l'objectif de prendre en chasse les fuyards. Parmi eux se trouvent ceux qu'il recherche : cette femme guerrière et cet estropié doté d'un pouvoir qui le dépasse. Ils paieront pour la mort de Flamina ! Tant pis si des innocents feront les frais de sa vengeance. On ne fait pas d'omelette sans casser des œufs !

— Quelle fierté de réduire à néant un misérable hameau sans défense. Vous resterez dans la mémoire des peuples comme un grand conquérant.

L'Amiral se tourne vers le mage qui le fixe d'un air narquois. Grâce au gabier Piam, sa cachette a été découverte.

— De quel droit prononcez-vous le mot « fierté » ? N'est-ce pas vous qui nous avez indiqué les coordonnées de ce lieu ?

Le regard d'Hamilcar s'assombrit à l'évocation de sa trahison. Pour ses compagnons, il endossera à jamais le rôle de vendu à l'ennemi. Pourtant, avait-il le choix ? Le royaume de Drusse est sa patrie. Il y a grandi, s'est fait une place de choix à la cour. Ce mégalomane de Yalstar ayant dramatiquement disparu, le prochain souverain pourrait émerger parmi les généraux. Le chaos qui a suivi l'annonce de la mort du roi prône pour un militaire à la tête du pays. Les principales familles courtisanes s'affrontent, conséquence de la politique du précédent monarque qui a érigé en principe la division pour maintenir son autorité. L'Amiral Kumbal pourrait prétendre à régner, s'il était capable de dépasser le chagrin lié à la perte de son épouse. Hamilcar se souvient de la jeune beauté, Flamina, offerte à cet homme d'âge mûr par un suzerain friand d'humiliations.

— Je l'ai fait pour l'avenir du royaume de Drusse !

À présent, Hamilcar doit soutenir ce militaire de carrière. Yalstar le haïssait et aurait fini par le faire exécuter. Il doit gagner sa confiance. Avant sa capture, les membres de la guilde des sorciers de

Zamgar lui ont fait parvenir un message : s'il veut avoir une chance de récupérer ses prérogatives, une aide sans condition au commandant en chef des forces navales est nécessaire. S'évader du dromon aurait été un jeu d'enfant, car bien que diminués, ses pouvoirs de magicien auraient suffi. Il a préféré laisser Piam le livrer à Kumbal. Au passage, il a exigé en échange de ses informations la libération de Tongar et de Sigbert de Clérant. Il espère qu'avec un peu de chance, Tian et Zadia échapperont à la vindicte du corps expéditionnaire.

— Une question que je me pose depuis votre revirement : comment avez-vous retrouvé la piste de la flottille ?

Non sans dégoût, l'Amiral apostrophe le jeteur de sorts, à qui il ne fait nullement confiance. Ce genre d'adepte de la magie noire ne renonce pas aux pires sortilèges pour parvenir à ses fins. N'a-t-il pas demandé à se retirer dans la partie la plus isolée de la soute, sous prétexte de consulter les auspices ? Kumbal espère que ses maléfices n'attireront pas le mauvais œil sur l'équipage.

— Si vous voulez que notre collaboration se poursuive, il faudra vous résigner à accepter mes conseils sans en connaître la provenance.

Même s'il expliquait à ce militaire trop rationnel que le lien forgé avec l'Élu lui a servi de guide comme un fanal dans le brouillard, Hamilcar doute de sa compréhension. Au mieux, Kumbal se moquera de son prétendu rapport privilégié ; au pire, il l'accusera de charlatanisme. Dans tous les cas, un peu de mystère lui assure une aura protectrice. Les temps changent ! La disparition du despote à la tête du royaume de Drusse ouvre la porte à une nouvelle ère, empreinte de davantage de justice. Hamilcar sait que sa vision idéaliste risque de se briser sur la réalité têtue, mais il ne peut plus jouer sa survie uniquement sur l'espoir d'un sauveur providentiel. Certes, il a vu de ses propres yeux les prodiges accomplis par le gamin handicapé, mais lui sera-t-il possible de rééditer ce genre d'exploit ? Sa relation fusionnelle avec Zadia persistera-t-elle ? Tant de questions l'agitent, auxquelles nulles réponses ne lui viennent. En définitive, les conseils de la guilde des sorciers suggéraient la prudence et la sécurité. S'il se déteste à présent, c'est davantage pour avoir refusé de prendre des risques.

— J'en ai connu des hommes comme vous à la cour, l'interrompt dans ses réflexions Kumbal. Les intrigues sont votre inspiration, votre raison de vivre. Dès qu'il s'agit de passer à l'action, vous n'êtes que des lâches !

Hamilcar avale l'insulte en tentant de maîtriser sa colère. De cet officier, appelé aux plus hautes fonctions selon les dires de la guilde, il pourrait ne faire qu'une bouchée, d'une incantation magique. Mais les règles de Zamgar sont claires : ne pas faire usage de la sorcellerie à des fins personnelles, mais avant tout pour des motifs impérieux. Sa fierté doit passer après les intérêts supérieurs du royaume.

— N'oubliez pas que je ne suis plus votre prisonnier selon notre accord, mais votre conseiller. La collaboration est meilleure avec une dose de respect !

Kumbal ne réplique pas, mais son silence exprime plus le mépris que de vaines paroles.

— Amiral ! s'écrie la vigie. Les soldats ont atteint la rive et sécurisé les lieux.

D'un soupir de soulagement, le commandant des troupes évacue cette conversation. Toute sa vie a été tournée vers l'action, les plans stratégiques, les invasions préventives. Les champs de bataille : voilà les endroits où il excelle et se sent à sa place. Quelle meilleure façon de noyer son chagrin que la guerre ? Ses ambitions de fonder à nouveau une famille se sont envolées depuis la mort de Flamina. À la place, un besoin de victoires pour assouvir sa haine les remplace.

— Ne vous perdez pas en chemin, mage. Personne ne viendra vous chercher !

À ses mots prophétiques, Kumbal donne le signal de départ vers la chaloupe qui attend, amarrée contre la coque du navire. Hamilcar a un doute : aurait-il fait le mauvais choix en se mettant au service d'un va-t-en-guerre revanchard ? Bien que l'image de ses amis pris en chasse le révulse, il doit poursuivre sa quête de pouvoir, en grande partie pour regagner la confiance de ses pairs. La trahison a toujours un prix à payer, celui de la conscience.

Les marins qui rament en cadence, emportent la chaloupe vers le village détruit. Pour un sorcier, la matérialisation de la guerre heurte ses convictions. Ses agissements, de l'ordre de l'esprit, s'accommodent difficilement avec la brutalité des militaires. Les troupes débarquées ont pris soin de raser les quelques bicoques encore debout, d'éradiquer toute trace de la société qui vivait en ce lieu. Hamilcar ferme les yeux, lorsque les cadavres calcinés d'enfants sont jetés à la mer. Si au moins aucune de ses connaissances ne fait partie des victimes. En prenant le parti du plus fort, il devait s'attendre à de tels débordements.

— Maudit traître de sorcier ! maugréé Tongar, les mains liées derrière le dos. Comment oses-tu encore te regarder dans une glace ?

À ses côtés, Sigbert de Clérant se contente d'un regard assassin. Lui qui jadis voulait faire exécuter Tian à cause du vol de la poussière d'Alun n'a que mépris pour le mage. Le jeune homme et sa compagne représentaient un espoir pour les peuples. En les trahissant, Hamilcar a anéanti l'élan créé par les victoires inespérées de l'Élu. Les esclaves avaient trouvé un guide vers la liberté, un prophète de lumière. Malgré sa haute naissance, le noble sait reconnaître les actions héroïques, même si elles sont l'apanage d'un gamin issu d'une peuplade du nord.

Contrairement à Tongar, sa colère n'a d'égale sa déception. Il a cru naïvement que tous ses contemporains comprendraient l'importance d'un Élu. Malheureusement, c'était sans compter sur la cupidité et la lâcheté de la plupart des hommes.

35. Le voyage étranger

Tian n'en croit pas ses oreilles. Comment No'ma peut-elle énoncer de pareilles sottises ? La sénilité l'a-t-elle rattrapée ou alors elle est atteinte d'une maladie incurable ? La vieillesse a perturbé cette femme qu'il avait en estime. Il n'aurait jamais dû abandonner Zadia. Au fond de son cœur, il sent qu'elle a besoin de lui. C'était une grossière erreur de laisser son pouvoir prendre le dessus.

— Je dois m'en aller, No'ma. Tu n'as plus toute ta raison. J'étais venu avec l'espoir d'apprendre des choses sur mon passé pour comprendre le présent, mais tu m'as beaucoup déçu.

La guérisseuse, visiblement touchée par les propos de Tian, s'affale sur le fauteuil miraculeusement intact malgré la démonstration de force. Soudain, elle parait plus âgée, son visage asséché par l'effort et la concentration.

— Tu ne veux pas l'entendre et je peux le comprendre, Tian. La nuit où tu as affronté le renne solitaire, sa ramure t'a déchiré le ventre, puis brisé la jambe. Tout ce sang dont tu t'es vidé avant que les chasseurs ne te trouvent et t'amènent au village, tout ce sang... Ton corps était déjà exsangue lorsqu'ils t'ont déposé sur le seuil de la maison. Les femmes pleuraient, tandis que les enfants, horrifiés, restaient pétrifiés. Je me suis penché vers toi, pâle et rigide comme un cadavre. J'ai caressé ton front glacé, puis fermé tes yeux fixés désespérément sur la nuit. Les larmes des villageois n'ont rien changé à mon désespoir. J'aimais le petit garçon qu'un animal sauvage venait de m'enlever. J'ai pris dans mes bras ton corps sans vie qui ne pesait pas plus qu'un oreiller en plumes, comme si tu étais décharné. Je suis rentrée et j'ai fermé la porte afin de te veiller, pour cacher mon chagrin au monde.

— Tu délires, vieillarde. La raison t'a abandonnée. Jamais je ne suis mort ! Arrête de raconter n'importe quoi !

Tian sent le pouvoir l'envahir, avec l'envie cette fois de détruire, de briser la vie de cette femme qui ose proférer des horreurs sur lui.

— J'ai aimé, j'ai souffert : comment cela se pourrait-il si je n'étais plus en vie ?

Un silence pesant succède aux paroles de Tian. Dehors, le vent halète et son souffle se brise contre un obstacle invisible. Les allégations de No'ma infusent sa mémoire. Ses souvenirs lui rappellent sa différence, son incapacité à vivre avec les autres, à s'intégrer dans une société. Cela ne fait pas de lui un revenant, un mort condamné à hanter les vivants. Et puis, il y a Zadia. Leur amour est réel, il n'est pas le fruit de son imagination. Par quel hasard pervers un non-vivant s'éprendrait-il de l'incarnation même de la beauté et de la vie ?

— Tian, murmure celle qui l'a élevé avec amour, je suis consciente que mes révélations te brisent le cœur. Je sais que tu pensais former un couple fusionnel avec la belle Zadia... mais tu te trompes lourdement. Ta place n'est pas à ses côtés. Tu es revenu d'entre les morts pour te mêler aux Ombres, des créatures de passage sur Terre afin d'accomplir une mission avant l'avènement du repos éternel.

— Assez, sorcière, assez de boniments ! Je ne comprends pas ce que tu cherches en distillant le poison du mensonge, mais si tu n'arrêtes pas tout de suite, je te ferai taire définitivement.

La voix déchirée par les sanglots, Tian sait qu'il mettra sa menace à exécution si la vieille femme n'obéit pas. Il a encore de l'estime pour elle, en dépit de ses affirmations incohérentes. Dans toutes les fibres de son corps, un pouvoir circule, en attente de se déchaîner, pareil à la foudre qui précède le tonnerre. Il prie pour que No'ma ne professe plus d'insultes à son existence, une négation de sa liaison avec Zadia.

— Il n'y a pas qu'une vérité, mon enfant, affirme avec émotion No'ma. Notre passage terrestre n'est qu'une facette de la réalité. Plusieurs dimensions cohabitent, s'entremêlent, se superposent telles les différentes couches minérales dans le sol. Seuls certains élus ont la faculté de circuler entre ces strates.

Intérieurement, Tian bouillonne, incapable d'accepter les explications confuses de cette femme qui lui est désormais étrangère. Il a cependant noté l'emploi du mot « enfant » pour tenter de l'attendrir. Désormais, sa folie a franchi un point de non-retour qui décrédibilise ses propos. Il décide d'entrer dans son jeu pour mieux la confondre.

— Ainsi, la vie humaine peut suivre des plans qui se croisent, des mondes parallèles en quelque sorte.

— Oui, Tian. Certains événements dans la vie d'un être humain peuvent entraîner des conséquences inexplicables... Par exemple, toi, tu es décédé d'un point de vue des mortels. Ton cœur a cessé de battre et ton enveloppe terrestre aurait dû pourrir, mais sans que je ne sache ni pourquoi, ni comment, ton organisme s'est régénéré, puis s'est remis en marche tel une horloge dont le mécanisme grippé aurait redémarré.

No'ma ménage une pause pour attendre que l'incrédulité ancrée sur le visage de son fils adoptif s'estompe. Elle ressent avec une douloureuse acuité sa méfiance, sa condescendance. Son sourire ironique la blesse, alors qu'elle n'a eu de cesse de le protéger des horreurs du monde.

— Alors, comme ça, des sortes de tranche de vie se superposent et moi, je posséderai le don de sauter de l'une à l'autre ?

Tian éclate d'un rire nerveux, incapable de jouer son rôle plus longtemps. Un tel ramassis de billevesées ne mérite pas de lui faire perdre son temps. Une beauté ténébreuse l'attend, son corps, sculpté par l'effort, se tend vers lui.

— Tu as tort de te moquer de ce que tu ne comprends pas. Puisque tu ne veux pas me faire confiance, alors je vais te prouver que ma théorie n'est pas une élucubration.

Avant que le rire ne se lézarde, No'ma se redresse, tape plusieurs fois dans ses mains, puis pose sa paume droite contre le front transpiré de Tian. Une décharge plus violente qu'un coup de fouet le traverse et sa vision se brouille. L'image accélère sans que le garçon boiteux n'ait la sensation d'avoir activé son pouvoir. Le paysage défile, montagnes et vallées, rivières et lacs asséchés, forêts puis déserts caniculaires. Enfin, un lieu se matérialise, une scène familière : l'enterrement d'une personne. Étrange voyage qui l'a mené dans une nécropole. Les gens qui assistent à l'inhumation lui sont inconnus, bien que les visages de certains lui rappellent des souvenirs. Son pouvoir l'a conduit à assister à une cérémonie dont il se serait bien passé.

— Approche-toi de la défunte ! ordonne une voix venue de nulle part. Ensuite, tu ne mettras plus jamais en doute ma parole.

Inquiet, Tian a reconnu les accents persuasifs de No'ma. Il se faufile entre les silhouettes immobiles qui ignorent sa présence. Une cavité fraîchement creusée dans la roche accueille la dépouille d'une femme. Pris soudain d'une angoisse, il s'approche lentement, effrayé par sa découverte. En se penchant sur la forme allongée pour toujours, Tian reconnaît avec terreur le visage de Zadia. La mort qui a figé ses traits n'a pas porté atteinte à sa beauté.

— Non ! hurle-t-il désespérément. Cela ne se peut. Jamais Zadia ne mourra !

Malgré ses sanglots, aucun des participants à la cérémonie funéraire ne réagit. Seules les flammes des bougies vacillent avant de s'éteindre. Un long tunnel sombre succède aux catacombes. Tian voudrait revenir en arrière pour effacer la vision traumatisante de Zadia assoupie d'un sommeil éternel. Il tente de freiner sa course vers l'au-delà, mais ses gesticulations se perdent dans la nuit glaciale. Un cri angoissant perce le silence funeste et il devine, au loin, une lueur naissante. En se dirigeant vers la lumière, sa course s'accélère. Le sang circule à nouveau dans son corps, sa poitrine se gonfle d'un air plus respirable. Enfin, une porte brillante offre son passage. Sa traversée le ramène dans la hutte de son enfance, en présence de No'ma qui semble pénétrer ses pensées.

— À présent, tu me crois ?

Déstabilisé par son étrange voyage, Tian reste amorphe pendant un long moment avant de réagir :

— Quel sortilège as-tu employé ? Comment oses-tu mettre en scène la mort de Zadia ?

Il avance pour châtier la dangereuse magicienne qui joue avec ses peurs. Celle-ci ne bronche pas lorsqu'il attrape son cou pour l'étrangler. Au contraire, elle sourit sans chercher à se défendre. À la grande surprise de Tian, ses doigts n'enserrent que du vide.

— Tu vois, nous ne sommes plus exactement dans le même plan et un simple décalage a suffi à t'empêcher de m'atteindre.

Tian recule, impressionné par l'assurance de la vieille femme. Sa magie est plus puissance qu'il ne l'imaginait. Elle la protège de son ire.

— S'il te plaît, jure-moi que Zadia n'est pas passée de vie à trépas !

Son ton implorant adoucit l'expression de No'ma. Elle comprend que son amour traverse les frontières immatérielles. Jadis, n'a-t-elle pas ressenti des sentiments similaires ?

— Mon enfant, je conçois que le choc a été dur à encaisser pour toi. Ce que tu as aperçu n'est qu'une des facettes du possible. Cela arrivera-t-il un jour dans une autre dimension ? La mort de Zadia se produira inéluctablement, mais pas pour l'instant. Elle vit toujours dans la réalité à laquelle elle appartient, mais toi, tu peux circuler entre différents choix. Tes dématérialisations ne sont que la conséquence de cette particularité.

Les explications de No'ma sont difficiles à croire pour un handicapé qui s'accroche à l'espoir d'une liaison amoureuse avec une femme exceptionnelle. Tant que Zadia est vivante, sa raison ne vacillera pas.

— Tu... Tu as évoqué une tâche qui m'incombe. Sais-tu en quoi elle consiste ?

Traversant un voile invisible, la matriarche pose d'un geste rassurant sa main sur le bras de Tian. Elle sonde le regard du jeune homme qu'elle a élevé. Elle ne sait pas s'il est prêt à accomplir sa mission.

— Je n'ai pas le don de divination, hélas. Mais il y a une chose dont je suis certaine, c'est que ta résurrection sur Terre est liée à Zadia. Autrement dit : tu ne pourras te libérer de ton vœu sans sa présence à tes côtés.

Énervé, Tian secoue la tête comme un ours furieux. Cette vieille femme parle par énigme. Il ne s'explique pas pourquoi ce pouvoir lui a été conféré. Pourtant, une chose reste certaine : il doit retourner rapidement auprès de sa bien-aimée.

— Des choses étranges sont à l'œuvre et tu parles sans que je comprenne. No'ma, ne m'en veut pas... Je t'ai toujours aimée.

Alors, d'un mouvement sec et précis, il tranche la tête de la sorcière avec sa dague pour conjurer le sort qui s'acharne sur lui. Des larmes roulent sur ses joues brûlantes, tandis qu'une partie de son innocence s'enfuit pour toujours.

36.   Le dernier sursaut

Encerclés ! Les soldats du royaume de Drusse sont parvenus à encercler le groupe de survivants. Zadia regrette le choix du chef du village. Brennac n'est pas un stratège, seulement un homme soucieux de la vie de ses proches. Son avantage de la connaissance du terrain n'a pas suffi. Après la traversée de la forêt de conifères, son idée de bifurquer vers la Passe des Ours, un passage débouchant sur une plaine immense, couverte de neige épaisse, a ralenti considérablement leur progression. À découvert, les villageois ont offert une cible de choix à l'armée à leurs trousses. Des femmes, des enfants et des vieillards, dont certains blessés : les envahisseurs n'en demandaient pas autant ! Repérée par des éclaireurs, la troupe hétéroclite n'a eu d'autre choix que de s'adosser à la paroi gelée d'une colline pour tenter de faire front. Sans échanger la moindre parole, Zadia et Fembrun ont immédiatement compris que la fin approchait. Le pirate, plus à l'aise sur les flots indomptables des mers, a néanmoins eu la présence d'esprit de mettre les plus faibles à l'abri, disposant ses hommes d'équipage encore vaillants en demi-cercle.

— Quelle ironie de finir de la sorte après avoir échappé à tant de périls !

Zé-Gib ne craint pas la mort. À son âge, un nomade n'a que peu de chance de survie. Les conditions de vie dans le désert entraînent une sélection naturelle et n'autorisent que les plus robustes à poursuivre leur chemin. Avec nostalgie, les paysages de dunes et les journées caniculaires défilent dans son esprit. Venir mourir au milieu d'une étendue gelée, aux confins des contrées polaires, constitue un ultime pied de nez à son destin.

— Nous ne sommes pas encore morts, réfute Zadia. Nous défendrons chèrement notre peau.

Dommage que Tian ne soit plus à ses côtés. Sa disparition mystérieuse a semé le trouble dans ses pensées. Tel un linceul, un voile opaque a recouvert son cœur et chassé l'insouciance liée à l'amour. Le lien invisible de leur relation particulière s'est rompu. La tristesse de la séparation, au moment où un danger redoutable les guette, paraît bien dérisoire.

— Bien dit ! s'exclame le chef des pirates. J'aurais préféré affronter ces faquins sur le pont d'un navire, sentir le vent salé me fouetter le visage, mais on ne choisit pas toujours le théâtre de ses exploits.

Un franc sourire éclaire le visage de l'aventurier. Son existence a été bien remplie ; il a baroudé au-delà des mondes connus, a mené des raids victorieux, s'est couvert de gloire et d'or qu'il a aussitôt dilapidés dans les bras voluptueux de maîtresses. Il a bien profité des instants qu'on lui a accordés sur les étendues liquides. Son seul regret : avoir entraîné à sa perte de paisibles pêcheurs, des pauvres gens qui ne demandaient qu'à vivre en paix. Certes, les villageois ne sont pas tous innocents, prompts à s'improviser naufrageurs ou complices des pirates, mais de là à subir une telle attaque, d'assister impuissants à la destruction de leur habitat. Fembrun regrette d'avoir apporté la désolation au Port Assoupi.

— Qu'est-ce qu'ils attendent pour attaquer ? s'énerve Brennac. Ils sont supérieurs en nombre et mieux équipés. Nous sommes théoriquement à leur merci.

— Taisez-vous ! ordonne Zadia. L'attente fait partie de leur tactique. La peur s'insinue parmi nous et érode notre courage. Ne vous impatientez pas. Le commandant de ces forces sait parfaitement ce qu'il fait. Il prend son temps, fait durer le plaisir et frappera au moment opportun qu'il aura choisi.

Les regards sombres des hommes autour d'elle présagent la défaite. L'ancienne cheffe des gardes du Grand Médicateur ne peut le supporter. Après avoir fui l'archipel de Bellisar, elle n'imaginait pas devoir à nouveau rendre les armes. Le combat qu'elle va livrer sera sans doute le dernier. Un pincement au cœur lui rappelle que Tian ne s'est plus manifesté depuis l'attaque du village des pêcheurs. Qu'est-il advenu de lui ? Aucun message, pas le moindre signe de sa part ; il demeure absent de ses rêves, ne communiquant même pas par les moyens des songes. À l'inquiétude d'un assaut imminent s'ajoute la peur d'avoir perdu celui qu'elle aime.

— Il va revenir, rassure Zé-Gib, qui semble lire dans les pensées de la jeune femme. Ses facultés hors du commun le protégeront de la folie des hommes.

Zadia remercie d'un sourire le nomade pour sa sollicitude. Elle ressent en lui une sagesse millénaire, une assurance ancestrale acquise dans la douleur et le sang.

— Nous allons montrer à ces maudits soldats ce que le courage signifie. Tian sera fier de notre résistance lorsqu'il réapparaîtra !

Des vivats retentissent autour de la cheffe de guerre ; tous sont prêts à servir sous ses ordres.

— Les voilà ! alerte un des pirates, chargé de faire le guet. Plusieurs bataillons convergent dans notre direction.

Les troupes du royaume de Drusse, fortes de leur nombre, attaquent de tous les côtés, certaines de leur supériorité. Zadia et Fembrun commandent chacun un quart du cercle que forment leurs maigres défenses. Adossés à une paroi, les assiégés n'ont d'autre choix que d'affronter le péril, sans possibilité de retraite. Zadia croise furtivement le regard d'une mère qui serre dans ses bras son fils encore trop jeune pour se battre. Au fond de ses yeux, elle devine la résignation.

— Archers, parez à tirer ! hurle le pirate.

Une volée de flèches s'abat sur les assaillants qui s'écroulent en se tordant de douleur, leur assurance fauchée par la pointe en acier. Malheureusement, la pluie meurtrière ne les ralentit pas. Au contraire, les soldats accélèrent, décidés à châtier les archers. D'autres tirs atteignent les cibles humaines, toujours sans parvenir à stopper leur élan. Des dizaines de lanciers transpercent les premiers défenseurs dépourvus de boucliers. Escortée de robustes gaillards, Zadia repousse l'avant-garde en tranchant à coups d'épée les membres et les têtes. Avec l'énergie du désespoir, les villageois, armés de pics et de bâtons, font des victimes parmi les rangs ennemis. Les assaillants faiblissent et reculent peu à peu, puis se replient en désordre.

Les manifestations de joie parmi les résistants sont de courte durée. Au loin, une nouvelle troupe prend position au sommet d'une colline enneigée. Parmi les effectifs, une silhouette se dégage : un cavalier vêtu d'une tenue sombre.

— C'est leur chef ! Il faut l'éliminer pour semer la confusion. Sans vrai commandement, une armée n'a que peu de chance de vaincre.

Zadia s'empare d'un arc et d'un carquois et avant que quiconque ne songe à l'en empêcher, elle disparaît derrière des rochers couverts de givre. Zé-Gib fait mine de la suivre, mais Fembrun le retient fermement.

— Elle sait ce qu'elle fait. Son sacrifice nous permettra peut-être de survivre.

Une larme coule sur la joue du nomade, témoin de son impuissance. Il parvient toutefois à haranguer le pirate :

— Je croyais que vous aussi possédiez une sorte de pouvoir. Pourquoi ne l'utilisez-vous pas pour mettre un terme à cette bataille ?

D'un air las, Fembrun baisse la tête, mal à l'aise. Des regards remplis d'espoir se tournent vers lui, dont celui de la mère et de son enfant. Le silence devient assourdissant, contrastant avec le chaos de la bataille. L'attention de chaque belligérant est braquée sur sa personne.

— Cette faculté ne m'a été accordée que pour une seule raison : sauver une personne en particulier.

La tension est palpable parmi les compagnons qui l'entourent. Brennac s'avance et pose fraternellement sa main sur son épaule :

— Dis-leur, mon frère. Dis-leur. De toutes les façons, nous ne survivrons pas longtemps. Ils ont le droit de savoir.

Visiblement gêné, le pirate hésite à satisfaire la demande de son ami. Ce secret qu'il protège depuis si longtemps...

— Je... Ce n'est pas simple à avouer. Voilà : je ne suis plus tout à fait vivant, mais pas non plus mort. J'erre depuis mon enfance entre le royaume des humains et celui des ténèbres.

À l'énoncé de cette révélation inattendue, les villageois reculent, oubliant des dangers qui les guettent, tandis que les hommes d'équipage encore vivants écarquillent les yeux, horrifiés.

— Mes amis, poursuit Brennac, ne le blâmez pas. Il n'est pas possédé par un démon des glaces. Ce n'est pas un choix de sa part. Certains parmi les sages les nomment les Ombres, une race d'hommes et de femmes qui doivent accomplir une mission avant de rejoindre l'ultime repos.

— Quelle est votre tâche en ce monde ? l'interrompt Zé-Gib d'une voix furieuse. Seriez-vous lié à notre maître, celui que nous considérons comme l'Élu ? À moins que vous ne nous racontiez des sornettes pour je ne sais quel profit.

Brennac s'interpose entre son ami et les autres, désormais inamicaux. L'armée qui menace à chaque instant de passer à l'attaque semble reléguer au second plan. La différence, lorsqu'elle revêt des formes incompréhensibles, dérange plus que la barbarie des combats. Le chef du village toise les pêcheurs que l'aveu insolite affole. L'ignorance, le repli communautaire, ne favorisent pas l'ouverture d'esprit. Jadis marin comme son compagnon, Brennac a maintes fois été confronté à des phénomènes surnaturels. La logique seule ne suffit pas à expliquer tous les mystères sur la Terre. Il est prêt à défendre la vie de son ancien frère d'armes, quitte à perdre la sienne.

— Cessez ce jeu ignoble ! ordonne la mère en pleurs. Vous réglerez cette affaire plus tard. Les assaillants reviennent pour finir leur sale besogne.

Aussitôt, mue par l'instinct de survie, la petite troupe reprend les armes et se prépare à l'assaut final. Le désir de vengeance, lié à la peur de la différence, attendra les fracas de la bataille. Observant les bataillons qui approchent, Fembrun se demande s'il pourra accomplir sa destinée. L'absence de Tian le rassure : au moins, son jeune ami, Ombre parmi les Ombres, survivra à cette journée terrible et poursuivra sa quête. Un son de cor annonce la curée finale. Dommage, il ne reverra pas la mer et ses embruns, les couchers de soleil flamboyant à l'horizon, les tempêtes de vagues monstrueuses...

Une dernière fois, il empoigne le manche de son épée, bien décidé à vendre chèrement sa peau d'homme à la vie brisée. Comment un mort pourrait-il défendre les vivants ? Sa pauvre différence lui permet de s'élever au-dessus du sol, en défiant les lois naturelles. En quoi cette particularité le sauvera-t-il de l'acier des assaillants ? Pourquoi être demeuré sur Terre pourvu d'un si piètre avantage ? Les questions se bousculent encore dans sa tête au moment où les flots ennemis se déversent sur eux sans aucune pitié. De rage, Fembrun offre sa dépouille encore vivante aux bras vengeurs des troupes belliqueuses.

37. Sublime élévation

L'Amiral Kumbal assiste avec satisfaction à la seconde offensive de ses soldats. Perché sur un grand cheval pris aux villageois, il domine le champ de bataille. Ces gueux, complices de gibiers de potence, opposent une résistance illusoire. Les marins et les pêcheurs ne seront jamais des fantassins. Sur mer, les pirates font appel à la ruse pour rétablir l'équilibre entre les forces en présence. En vétéran de la marine, il les a affrontés à de multiples reprises. Tels des oiseaux de proie évoluant au-dessus des flots en se jouant des caprices du vent, les pirates s'évanouissaient pour échapper aux navires lancés à leurs trousses.

D'une certaine manière, il admirait leur liberté et leur audace, mais depuis que sa femme a été tuée dans des circonstances liées à leur présence, sa raison lui dicte de supprimer tous les renégats. Par-dessus tout, la mort du boiteux et de sa compagne reste sa priorité. La distance qui le sépare du groupe de résistants qui se défendent avec ardeur ne lui permet pas d'identifier parmi les futures victimes ses cibles prioritaires. Qu'importe ! Toute cette engeance périra, que les coupables du crime contre sa bien-aimée figurent parmi eux ou non.

— Vous appréciez le spectacle, Hamilcar ? Votre soi-disant magie n'a pas sauvé Flamina, pas plus qu'elle ne servira de bouclier aux villageois qui ont hébergé des criminels.

Le magicien lève la tête et fait l'effort de fixer d'un œil torve le cavalier qui fanfaronne. Le massacre d'une maigre troupe, parmi laquelle des femmes et des enfants vont payer un prix exorbitant, ne s'apparente nullement à un exploit.

— Mes sortilèges sont impuissants face à la sauvagerie des hommes. N'avez-vous pas honte de vous en prendre à des innocents ?

Sans qu'il n'ait le temps de l'éviter, Kumbal lui écrase le talon de sa botte sur le crâne, puis oblige son cheval à le piétiner.

— Ligotez-le à un arbre pour qu'il jouisse du spectacle. Bientôt, tes complices pour qui tu as trahi le royaume de Drusse supplieront que je les épargne. Tu seras aux premières loges pour assister à leur exécution.

À moitié assommé, Hamilcar, du sang dans la bouche, souffre trop pour répondre à un officier qui a perdu la raison. Son corps meurtri par les sabots du destrier n'est que douleur. Quelle erreur de sa part d'avoir accepté de guider ce tortionnaire vers ses amis ! Finalement, les blessures de son âme sont bien plus insupportables que celles infligées par une vulgaire monture. Traîné dans la neige par les pieds, les derniers lambeaux de sa fierté consumés par ses erreurs, le sorcier impuissant se laisse attacher à un arbre comme un vulgaire paquet. La fierté qui l'habitait naguère a déserté son cœur. La honte l'écrase et l'empêche de réfléchir. Il ne lui reste que la prière pour espérer que ce monstre épargnera les villageois.

Dédaignant Hamilcar, Kumbal observe au loin l'étau se resserrer et les derniers combattants valides opposer une résistance héroïque. Que des hommes qu'il tenait si peu en estime proposent un baroud d'honneur le surprend et l'offusque.

— Achevez cette racaille ! ordonne-t-il d'un ton impitoyable. Envoyez les renforts finir le travail.

Pied à terre, les officiers qui le secondent n'osent pas le contredire, mais leurs regards dubitatifs expriment le doute. S'ils subissent une contre-attaque, comment se défendront-ils ? Un état-major sans vrai soldat ne pèsera pas lourd face à des combattants déterminés. Avant que l'un d'eux ne s'exprime, les renforts exigés foncent vers le groupe d'assiégés. Obnubilé par la bataille, leur Commandant a oublié les règles militaires les plus élémentaires.

— Lâchez vos armes ! exige Zadia, son arc tendu braqué vers la cible idéale qu'offre le cavalier.

Après avoir contourné l'armée assaillante, la cheffe de guerre a jailli de derrière les rochers où elle se dissimulait. La trop grande confiance en eux des attaquants a grandement facilité son approche. Les guetteurs, positionnés pour couvrir l'arrière des troupes, n'ont pas joué leur rôle. Zadia n'a eu aucune peine à traverser les lignes ennemies sans se faire repérer.

— Qui es-tu, étrangère, pour croire qu'une femme seule, armée d'un arc, pourra imposer sa loi ?

Après la première surprise, la dizaine d'officiers se ressaisit et dégaine d'un même mouvement leurs épées. Les lames scintillent au soleil, lancent des reflets argentés sur la neige poudreuse. Imperceptiblement, Zadia recule devant cette rangée qui brandit de l'acier. La détermination et le courage, dont elle n'a jamais manqué, vacillent un instant. Sa démarche suicidaire pour sauver ses compagnons engagés dans un combat perdu d'avance avait-elle une chance d'aboutir ?

— Je suis Zadia Efira, enfant du royaume septentrional, cheffe de la garde du Grand Médicateur Azaam et protectrice de l'Ordre de Chaam. Je vous tuerai si vous n'ordonnez pas immédiatement à vos sbires de battre en retraite.

Un silence momentané s'abat sur le plateau enneigé, troublé uniquement par le fracas lointain de la bataille. L'ultimatum de l'archère déstabilise les généraux. Son regard sombre, dépourvu de la moindre hésitation, impressionne ces soldats habitués aux campagnes militaires.

— Ainsi, c'est toi la complice de Tian, savoure Kumbal. Cet handicapé au corps malingre qui a détruit une flotte entière du royaume de Drusse. Crois-tu me faire peur ? Ton bras commence déjà à trembler sous la tension, et bientôt, il te faudra décider de libérer ta flèche ou bien de te rendre. Dans les deux cas, tu mourras dans d'atroces souffrances et tes amis seront quand même massacrés.

Avant de venir, Zadia savait que la situation ne tournerait pas en sa faveur. Elle n'a pas l'avantage du nombre et les militaires ne sont pas habitués à négocier avec une femme. Lorsque la supériorité de l'ennemi paraît écrasante, il faut s'en servir à son avantage. Avant qu'un des officiers ne réagisse, la pointe de sa flèche transperce l'encolure du cheval qui s'écroule, entraînant dans sa chute son cavalier. Aussitôt, elle saute sur le haut-gradé tombé sur le sol et l'empoigne par les cheveux, la lame de sa dague menaçant la gorge offerte.

— À présent, je réitère ma demande : donnez le signal de la retraite à vos fantassins.

Subjugués par son audace, les membres de l'état-major font mine de s'exécuter, mais Kumbal, d'un geste précis, plante dans le flanc de Zadia la lame du poignard dissimulé derrière son dos. Celle-ci pousse un cri aigu, puis lâche son arme. En sueur, l'Amiral repousse le corps féminin qui s'affaisse. Péniblement, il se relève sans l'aide des officiers embarrassés.

— Pitoyable tentative de stopper l'inarrêtable. Avec un peu de chance, ton agonie attirera Tian. Ne dit-on pas que même les plus grands prédateurs ne peuvent résister à l'attrait d'une charogne ?

Il éclate d'un rire démentiel, visiblement satisfait de son trait d'humour. Effrayés, les chefs d'état-major qui l'entourent ne semblent pas partager sa joie. La neige immaculée autour de Zadia se teinte de pourpre tandis que la vie s'échappe par ses veines.

Irrésistiblement, Fembrun s'élève au-dessus de la mêlée de combattants. Les traits des assaillants se concentrent sur sa silhouette nimbée d'un halo lumineux. Les lances se brisent sur le film étincelant qui l'entoure, improbable protection contre l'acier. Le pirate a compris que la fin approche, mais il sait à présent pourquoi sa mort a été suspendue. Les soldats ont l'intention de massacrer tous ses amis. Les prisonnières leur serviront d'objets de plaisir avant de les lasser. Il n'y aura aucun survivant s'il n'intervient pas. Son sacrifice est le prix à payer de cette longue attente. Depuis des années, son séjour parmi les Ombres lui a laissé croire qu'il demeurerait en vie.

Les arbalétriers appelés en renfort prennent pour cible ses camarades, sans se soucier des pertes humaines. Un massacre dénué d'empathie, un coup de grâce asséné par des bourreaux sans pitié. Enveloppé d'une aura qui s'étend, au point qu'une chaleur insupportable l'envahit, Fembrun voudrait hurler, mais les mots restent soudés à ses lèvres. Avant que les guerriers ne mettent leur menace à exécution, une multitude de flammes jaillissent de son enveloppe terrestre pour atteindre les corps des soldats qui s'embrasent. Effroyables brandons, leurs suppliques déclenchent la panique parmi les soldats miraculeusement épargnés. Fembrun aurait aimé profiter de la débandade qui s'en suit, mais sa chair se consume. Ses derniers instants à planer au-dessus du sol sont bénéfiques. L'image des villageois qui se sauvent, levant vers le ciel un regard plein de sollicitude, remplit son cœur calciné de joie.

Sur la colline où les généraux dirigent les opérations, la certitude de la victoire cède à la panique. Hamilcar éclate d'un rire cynique, lorsque la débâcle des troupes du royaume de Drusse se confirme. Contrairement à Kumbal, le brasier des dizaines de soldats le réjouit.

— Par tous les sorts funestes, quel sortilège abject est responsable d'un tel désastre ? Notre supériorité numérique ne faisait aucun doute.

Sa voix s'éteint en même temps que les flammes diminuent à l'endroit où combattaient jadis ses troupes. Incapable de dominer sa peur, l'Amiral s'agenouille. D'abord, ses officiers restent pétrifiés, dévastés par l'humiliation subie. Puis, peu à peu, ils se tournent vers le responsable, la vengeance inscrite au fond de leurs yeux. Kumbal dédaigne son épée, peu soucieux de défendre sa peau. Le visage de Flamina flotte à ses côtés, un sourire bienveillant ourlé sur les lèvres. Ses bras fins ouverts se tendent pour l'accueillir, une invitation à la rejoindre qui ne se refuse pas. Le commandant en chef de la flotte d'un tyran disparu ouvre grand les bras et s'offre aux lames qui plongent dans sa poitrine. Transpercé de toutes parts, la douleur insupportable s'achève quand une voix familière lui susurre des mots d'amour à l'oreille.

Honteux, les officiers coupables de sédition abandonnent le corps ensanglanté de Kumbal. Têtes basses, ils fuient vers leurs embarcations, sans daigner s'intéresser au sorcier ligoté contre un arbre. Hamilcar ne se moque plus ; tous ces morts inutiles, ces vies perdues. Son plus grand regret : la dépouille de Zadia, allongée dans la neige fraîche, qui repose dans une mare de sang. Quel gâchis ! Il expiera sa faute, car il ne doute pas que Tian le retrouvera et lui fera payer sa trahison. Mieux vaut l'attendre pour en finir rapidement. Une culpabilité immense s'abat sur ses épaules voûtées. S'il n'était attaché à un tronc d'arbre, ses jambes flageolantes le soutiendraient difficilement. La responsabilité de la mort de tant de victimes innocentes lui incombe. En trahissant ses amis, en qui il croyait et qui croyait en lui, le malheur a fondu sur eux, semblable à un vautour affamé.

Un faible gémissement le détourne de ses pensées morbides. Une des dépouilles a-t-elle remuée ? La fièvre guerrière n'aurait pas abdiqué face à la mort ? Hamilcar observe attentivement la silhouette de Zadia, dérisoire moyen d'oublier les épreuves endurées par ses compagnons. Zé-Gib, Tongar,

Zadia... La liste des victimes est longue, tandis que lui demeure encore en vie. Oui, mais pour combien de temps encore ?

38. Les rivages délivrés

Tian cherche Zadia de toutes ses forces. Dans les multiples dimensions qu'il emprunte, aucun indice n'indique qu'il se rapproche de la femme aimée. Après l'assassinat de sa mère adoptive, la folie a failli prendre possession de lui. Face à un tel crime, un être humain normal aurait perdu la raison. Mais Tian n'est pas un homme ordinaire. Bien qu'il rejette toujours les interprétations de No'ma, son pouvoir décuplé lui confirme qu'elle n'avait pas complètement tort. Est-ce de donner la mort qui l'a libéré ? Depuis, il traverse toutes les frontières sans effort. Le temps s'écoule différemment, les paysages se succèdent et il voyage à son gré.

Au début, un sentiment de toute puissance s'est emparé de lui, un souffle nouveau, une promesse d'invincibilité. Puis, progressivement, la sensation d'isolement, de solitude, a pénétré son cœur, dissociant son esprit de son âme. Il a fait l'expérience de l'unicité qui l'éloigne du monde des vivants. La peur a remplacé la jubilation et soudain, le visage pâle et fragile de Zadia lui est apparu. Tian a compris que la jeune femme courrait un grave danger. Dans tous ses gènes, la nécessité de la secourir, de la localiser s'est imposée à sa conscience. Le besoin impérieux de revenir parmi les humains a pris toute la place dans ses pensées.

La recherche infructueuse à travers une succession de mondes parallèles a mis ses nerfs à rude épreuve. Bientôt, il devra interrompre ce voyage incroyable, quitte à s'écraser dans une autre réalité. Un bref instant, pourtant, il a entrevu un corps ensanglanté de femme. La blancheur irréelle du décor environnant confirme la véracité de la scène. Soudain, un message du mage Hamilcar l'alerte sur l'état de santé dramatique de Zadia. Comme un fanal dans l'obscurité, cet appel le guide vers celle que tout son être réclame. Il s'extrait d'un passage sans fin et atterrit sur une colline enneigée.

— Tian ! s'écrit Hamilcar. Enfin. Zadia se meurt. Toi seul peux la sauver.

Épuisé par son long périple dans les limbes, le naufragé boitille vers le corps blafard. Vidée de son sang, la victime de Kumbal gît sans vie sur le sol rougeâtre. Tian saisit la main gelée de Zadia et pose sa tête sur la poitrine immobile. De désespoir, il laisse le chagrin s'imposer et les pleurs éclater. Il est arrivé trop tard ! Le cadavre de son amour repose contre lui. Toute son odyssée n'a servi à rien !

— Tian ! alerte le sorcier. Je suis le seul responsable de sa mort et de celle des autres. Tu as le droit de me le faire payer ! Mais avant, fais ce pourquoi tu es revenu !

Les yeux brouillés de larmes, Tian lève la tête pour maudire Hamilcar. Il se ravise et, parcourant les alentours du regard, il découvre en contrebas une plaine neigeuse jonchée de cadavres, au pied d'une paroi gelée. Un pressentiment le fait frissonner, pas seulement à cause du froid.

— Oui, ce sont tes compagnons d'infortune. Tous morts à présent.

La voix du mage se brise telle une avalanche contre un mur. Des sanglots concluent son intervention. Tian n'entend plus rien. Tous absents, tous tués. Il ne comprend plus quelle est sa place, pourquoi sa vie mortelle n'a servi à rien. Son handicap, sa différence ne mènent qu'à du vide. Soudain, il ressent un tressaillement dans ses membres, un infime mouvement. Incrédule, il se tourne à nouveau vers Zadia, dont le visage a la couleur d'un cierge. En s'approchant de ses lèvres qu'il aimerait tant embrasser encore, il décèle un souffle infime, une brève respiration. Elle n'est pas encore morte ! Son existence ne tient qu'à un fil. En cet instant, Tian comprend pourquoi il a ressuscité, pourquoi depuis ce moment où le renne a déchiré sa chair, lui, Ombre parmi les Ombres, pendant ces longues années, sa vie n'a tenu qu'à un fil aussi. Ce fil ténu, il le doit à Zadia, à son refus de la voir mourir sous ses yeux.

Alors, d'un geste déterminé, il pose ses mains sur la poitrine de cette femme adorée, à l'emplacement exact de son cœur. Un battement hésitant, pareil à une promesse d'avenir, lui effleure la peau. Les rayons du soleil irisent les facettes d'un bloc de glace, les couleurs d'un arc-en-ciel auréolent leurs corps liés par un même but, un unique objectif : extirper Zadia des griffes de la Mort, l'arracher à son destin tragique. Tian transfère son énergie vitale à la silhouette immobile, pour lui insuffler une nouvelle essence. Toute sa force, tout son amour se liguent pour réanimer la mourante. Un fluide invisible se répand dans le corps de la jeune femme, dont les muscles bandés témoignent du conflit qui se joue. Tian est tenté plusieurs fois de détacher sa main de la dépouille presque refroidie, mais une voix impérieuse lui interdit.

Après un moment qui ressemble une éternité, la respiration de Zadia s'insinue peu à peu dans sa poitrine qui se soulève lentement. Les battements de son organe vital reprennent en cadence, telle une mélodie de la vie. Son sauveur s'allonge aux côtés de la miraculée, une immense fatigue pèse sur son enveloppe charnelle. Tian aimerait tellement prendre son unique amour dans ses bras, mais il n'en a plus la force. Toute son énergie s'est volatilisée, utilisée pour redonner une chance de vivre à une mortelle condamnée. La prophétie de sa mère adoptive, No'ma, s'est accomplie : il a traversé un territoire interdit aux humains, une autre dimension dont on ne revient jamais. S'aventurer dans le maelström infernal ne laisse personne indemne. Tian sait qu'il a accompli la mission pour laquelle son séjour sur Terre s'est prolongé. En sauvant une vie, il a scellé son propre destin.

— Tian, mon amour. Qu'as-tu fait ? Je ne le méritais pas...

Les sanglots étouffent les paroles de Zadia qui se tournent péniblement vers cet homme providentiel. Tian, dans un dernier effort, esquisse un pâle sourire. Il peut partir sans regret : son sacrifice n'aura pas été vain. Une humaine profitera de la nouvelle existence qui lui a offerte.

— Parle-moi, Tian, ne t'en va pas comme ça...

La voix brisée de la fière guerrière s'accroche à l'illusion de sa survie. Il voudrait pouvoir la rassurer, lui expliquer que sa glissade sur l'autre versant plus sombre ne sera pas douloureuse, mais les mots lui manquent, la parole s'est enfuie de sa gorge. Ses cordes vocales n'ont pas résisté au choc de la transfusion symbolique. Une fatigue pesante alourdit la moindre de ses pensées, la certitude que sa présence n'est plus souhaitée sur la Terre. Bien que Zadia lui prenne la main et la serre au point de l'écraser, son enveloppe terrestre s'élève comme des feuilles mortes soulevées par une rafale de vent, et la plante de la vie se racornit peu à peu. Zadia, les yeux brouillés de larmes, ressent plus qu'elle ne voit le corps de Tian partir en fumée. Bientôt, seul le parfum de la peau de celui qu'elle aime persiste.

Incapable de bouger, Zadia pleure au point de ne plus vouloir faire autre chose. Hamilcar qui a assisté à la scène sans rien dire, retrouve un peu de dignité et se débarrasse de ses liens. Il n'ose pas s'approcher de celle qu'il a trahie, de peur que sa seule présence l'indispose. Il patiente, accroupi près d'elle, guettant le moment où survivre l'emportera sur souffrir. La neige tombe en flocons malicieux, comme pour montrer que rien n'a d'importance. Le mage ose approcher sa main pour toucher la jeune femme.

— Laisse-là tranquille ! ordonne Zé-Gib. Elle a gagné le droit de choisir le moment de partir. Moi-aussi, j'ai survécu grâce à un autre adepte des Ombres, Fembrun, qui a sauvé la vie à quelques-uns d'entre nous en éliminant les soldats ennemis. Toi, tu as trahi pour la gloire tes amis. Tu n'es plus digne de les accompagner.

Hamilcar regarde péniblement ce vieillard qui le défie du regard. Il sait que d'autres attendent au pied de la colline, et le mettront en pièces s'il touche à un cheveu du nomade. Un sentiment de nausée l'emporte et il recule effrayé par sa conduite indigne. Sans s'excuser, il s'éloigne du rivage et de son salut. Son seul espoir : qu'un prédateur le dévore avant que le froid ne le paralyse.

Des corbeaux s'envolent en manifestant, preuve qu'un malheur s'achève. Zadia ouvre ses yeux humides, consciente du cadeau inestimable que lui a fait Tian. Ce boiteux, cet homme handicapé, a sacrifié son statut particulier, son don unique, pour lui permettre de renaître. Elle sait que la seule manière de le remercier consistera à croquer cette offrande de vie par les deux bouts, à profiter de chaque instant comme s'il était le dernier. Avec précaution, elle se met sur son séant, le souffle encore court. Zé-Gib lui tend une main secourable qu'elle refuse. Elle veut absolument se relever toute seule, pour honorer celui qui l'a sortie des griffes mortelles. Après plusieurs essais infructueux, elle parvient à tenir debout. La neige molle sous ses pieds forme un coussin rassurant. Elle pose un pied devant l'autre et malgré un équilibre précaire, avance sans se retourner. Zé-Gib lui emboîte le pas naturellement.

Dans le lointain, les silhouettes des rescapés attendent celle qui a survécu et les guidera vers des terres plus hospitalières. L'hiver septentrional recouvre d'une blancheur virginale toute la noirceur du monde. Bientôt, des tyrans entendront parler de cette reine des contrées nordiques. Alors, ils trembleront de peur face à sa détermination à rétablir la paix sur tous les rivages de la mer des Sarcasses.

REMERCIEMENTS

La publication de ce roman a emprunté un parcours semé d'obstacles, à l'image du héros de cette histoire. Deux maisons d'édition ont d'abord accepté de le publier, puis sont revenues sur leur décision. J'avoue avoir souffert de ces revirements de situation.

Néanmoins, grâce au soutien de lecteurs passionnés, j'ai décidé de passer outre les facéties du destin. Je tiens à remercier en particulier Alexandra et Angélique, lectrices pétries de talent, qui ont lu et corrigé le manuscrit de ce roman. Leurs précieux conseils et leurs suggestions m'ont été d'un grand secours.

Malgré une collaboration littéraire avortée, je dédie une pensée à Céline, avec qui les échanges ont été intéressants et les retours de lecture fructueux.

Enfin, je voudrais remercier Christophe Ribbe d'avoir accepté de réaliser la couverture. Merci pour son travail splendide.